# 红发左拉

[德] 库特 · 海德——著

李晓旸——译

古吴轩出版社

图书在版编目（CIP）数据

红发左拉 / (德) 库特・海德著；李晓旸译. -- 苏州：古吴轩出版社, 2022.2
（世界少年经典文学书屋）
ISBN 978-7-5546-1825-7

Ⅰ. ①红… Ⅱ. ①库… ②李… Ⅲ. ①儿童小说－长篇小说－德国－现代 Ⅳ. ①I516.84

中国版本图书馆CIP数据核字(2022)第015756号

责任编辑：徐小良
见习编辑：沈欣怡
策　　划：沈　鹏
封面设计：张易凡

书　　名：红发左拉
著　　者：［德］库特・海德
译　　者：李晓旸
出版发行：古吴轩出版社
地址：苏州市八达街118号苏州新闻大厦30F　　邮编：215123
电话：0512-65233679　　传真：0512-65220750

出 版 人：尹剑峰
印　　刷：无锡市证券印刷有限公司
开　　本：880×1240　1/32
印　　张：11.5
字　　数：252千字
版　　次：2022年2月第1版　第1次印刷
书　　号：ISBN 978-7-5546-1825-7
定　　价：49.80元

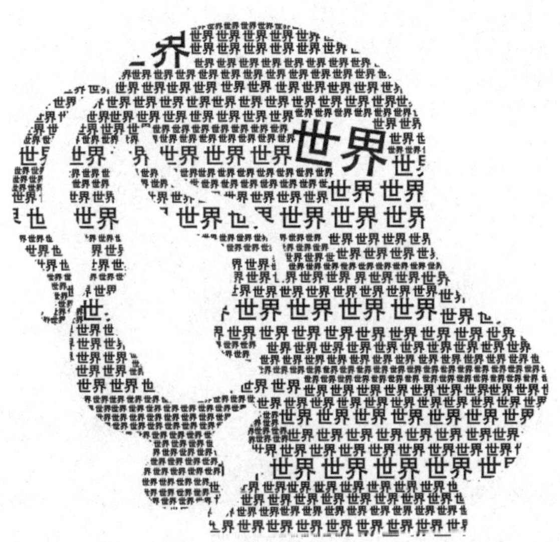

致所有在征途上披荆斩棘的少年！

库特·海德

库特·海德和妻子丽莎·泰兹纳

# 目 录



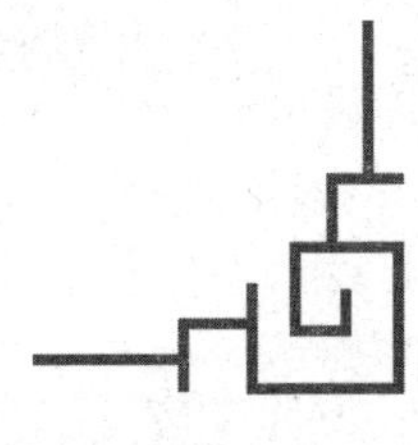

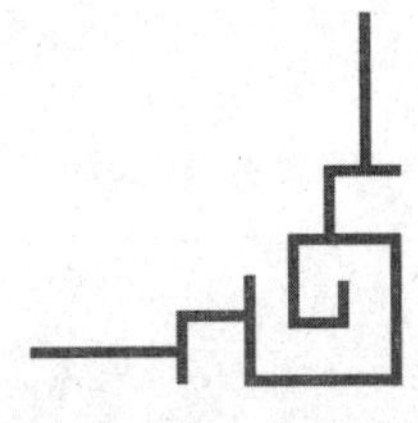

# 第一章　母亲的葬礼

克罗地亚，塞尼港。

“布兰科！布兰科！”

逼仄的小巷里，一个嘶哑的女声不断地呼喊着。

“布兰科！布兰科！”

是斯托雅娜嬷嬷在呼唤。她是一个身材高挑、像竹竿一样细瘦的女人，满脸干枯的皱纹，总是一副和善的神情。一头白发像是野草做的花冠一般堆在脑袋上。

“布兰科！布兰科！”

在一个废弃的宫殿后院里，十二岁的布兰科——一个高个子男孩儿正在和他的小伙伴们玩弹珠。声音越来越近，斯托雅娜嬷嬷来到了他的面前。“布兰科，”她又一次叫着他的名字，语气中多了几分无奈，“时辰到了。”说罢，她转身离去。布兰科乖乖地站起来，跟在老人身后。

布兰科是个漂亮的男孩。他继承了父亲蓬松的黑发、线条分明的瘦削脸庞以及格外高挺的鼻梁，黑色的眸子里闪烁着点点星光。他十二岁，个子却比同龄人高，颀长的身体不算强壮，但非常灵活。双手、双脚、脖子、脸，就连衬衫破洞里露出的肌肤都是健康的小麦色。

布兰科可能是这座城市里最可怜的孩子了，除了身上这件打满补丁的淡蓝色破旧衬衫，他也就只剩一条同样破烂的裤子了。

他的父亲米朗，是一名小提琴手，在沿海一带颇负盛名。塞尼城的人都喜欢听他拉琴。可是他总是流浪在外，混迹于各个大型海滨浴场和沿海小城市，虽说收入不菲，却从不寄钱回家，也不跟家里联络，没有人知道他什么时候才会回来。

斯托雅娜嬷嬷大踏步往前走，回到那个狭窄的、宽不过两米的小巷，在一处半掩的房门口停了下来。嬷嬷把布兰科推进屋里。

一束微弱的光透过墙上的小洞照进来，半明半暗间，依稀可见屋里摆放着两张睡觉用的草席。右边靠近门的草席上躺着一个女人，她苍白瘦削的脸庞上一对大大的眼睛直直地望向空中。

“时辰到了。”又是这句话。

布兰科不愿意相信。以前，每当母亲咳得厉害，或是昏睡在床时，嬷嬷总是这么说，重复了无数次。可是每当他气喘吁吁地飞奔回来时，病恹恹的母亲总能睁开眼睛，唤着“布兰科”，然后给他一个微笑。

他盯着她的脸，期待着她再一次呼唤他的名字。可是母亲沉默着，眼睛瞪着天花板，一只苍蝇在她憔悴的脸上爬行，她却依然一动不动。

“妈妈。”他轻声叫道，挥手将苍蝇赶走，可是草席上的女人仍然没有动静。

布兰科睁大眼睛，握住母亲的手——在彩色床单的映衬下，她的肤色惨白得几近透明。她的手不再像平日那般温热，变得冰冷而僵硬。

“这次真的是时辰到了。”嬷嬷站在母亲的另一侧，伸出手合上她的双眼。

布兰科只觉得膝盖一软，扑倒在母亲的身边，哭了。

“可怜的孩子，可怜的孩子。”嬷嬷喃喃道，“现在你只有爸爸了。”

男孩抬起头，母亲的眼睛已经合上。嬷嬷将她的双手交叉，摆在胸前；乌黑的头发上包着一条彩色的头巾；面孔比以往更加苍白，不过看上去十分安详，仿佛痛苦已久，现在终于要享受下这世间的安宁。布兰科大声地抽泣起来。

嬷嬷双膝跪地，一边祈祷，一边画着十字。然后，她走过来握住布兰科的手：“别哭了，妈妈到最后一刻都很坚强，你也要像她一样。”布兰科顺从地站起来，用手抹去脸上的泪水。嬷嬷说得对，妈妈是那么坚强，他也要像她一样。他抬头望着嬷嬷：“我们现在要做什么？”

“去找教堂的杂役老约瑟夫。”嬷嬷答道，“让他先去敲响丧钟，告诉其他人你母亲去世的消息，然后再跟他谈谈葬礼怎么办。”

古老的圣弗朗西斯科教堂距离这里不到两百米。当他们走进大门时，老约瑟夫正在圣坛前忙碌着。他们俩朝他径直走去。“约瑟夫，布兰科的母亲去世了。”年迈的约瑟夫已经被岁月压弯了腰。他用和善的目光望着布兰科，抚着白胡子："漂亮的安卡……唉！"他的声音有些嘶哑。"上帝总是先接走这些年轻人。其实该走的人是我们啊，斯托雅娜，是我们！"他苦笑一声，蹒跚着朝圣物室走去，"来吧，让我们把这个坏消息告诉牧师。"

牧师保罗·拉斯诺维克正在讲台前看书。听见脚步声，他抬起头，亲切地望向他们。这座城市里几乎所有人的出生洗礼、婚礼宣誓都是由他主持，他了解这里每个人的痛苦和幸福、烦恼和快乐。牧师拉着老约瑟夫走进一个狭小的房间，声音时高时低地讨论着。离开圣物室时，老约瑟夫问："嬷嬷，我们打算明天安葬安卡，可以吗？下午两点钟。"

"我没问题，这孩子也可以。反正也没什么人来。"

"米朗在何处？"

"不知道。"

"那就明天吧。我现在去敲丧钟。对了，棺材的事情你们商量过了吗？"

嬷嬷摇头，白色的头发翻飞起来："我也不知道该跟谁商量，他们家一分钱都没有了。你们认不认识免费做棺材的人？"

老约瑟夫抽了一口烟，冲她眨了眨泛红的小眼睛："我？我可不认识。在塞尼这个地方，谁会愿意给一个贫穷的女工白送一副棺材呢？"

嬷嬷牵起布兰科的手："那我们只能用床单把她包起来抬到墓地了。"

走出教堂，丧钟刚好响起。"咚——当——咚——当——"

## 第一章　母亲的葬礼

消息其实已经传开了，好多人都知道漂亮的安卡去世了。他们回到家时，门口已经站着几位上了年纪的女人，还有胖胖的房东普莱尼克，他拖着臃肿笨重的身体，焦急地来回踱步。高个子艾莲娜也在，她是安卡的朋友兼室友，她们同住在这间小屋。另外还有十多个工厂女工也来了。

布兰科立刻奔向艾莲娜。艾莲娜用粗糙的手抱住他的脑袋，轻抚着他的头发："可怜的孩子。"紧接着，她又问嬷嬷："你们去找过牧师了？"嬷嬷点点头。

"葬礼什么时候？"

"明天下午两点。"

嬷嬷又开口说道："可是我们不能就这样把她抬过去。安卡家里没有钱买棺材。"

女孩们惊讶地望着老人："还有多少钱？"

"还不到一第纳尔[①]。"

"那怎么办？"

老人环顾四周："这就要问普莱尼克了。"普莱尼克吓了一跳，惊恐地从肥大的外套口袋里抽出两只手，连连摇摆。"问我？干吗问我！"他大声说，"安卡的死跟我有关系吗？别忘了，她还欠了我两个月的房租！"嬷嬷盯着他："之前你不是一直说，为了安卡你什么都肯做？"

"没错，"普莱尼克只好承认，他尴尬地用手搓了搓脸，"只

① 第纳尔，塞尔维亚的法定货币。

要不涉及钱……”

高个子艾莲娜打断他：“原来是这样，只要涉及钱，你对她的情谊就断了。行了，没有你，我们照样能把这笔钱凑出来。”

“我出五第纳尔，”一个女工说，“让这个吝啬鬼守着他的金子见鬼去吧。”

“谁说我一个子也不出的？我出我那一份。”普莱尼克打开他的钱包。

他们总共凑了九十七第纳尔。

“够买棺材了吗？”艾莲娜可怜巴巴地问。

“去找木匠帕契克问问。”斯托雅娜嬷嬷说。

半小时后，斯卡莱科医生推门进来。医生走到床边，朝安卡望去：“没办法，烟草厂的粉尘太重，她的肺坏掉了，换了谁也受不了。”瘦骨嶙峋的帕契克踩着他那双沉重的木屐也走了进来：“我来给安卡量一下身子。”说着，从口袋里掏出一把折尺。“有什么好量的，”医生说，“我猜她还不到八十磅。”

过了一会儿，又一批女工像一群鸟儿似的陆续来到布兰科家，大部分人布兰科都认识。

她们带来了一些花儿——小小的几束，看起来有些寒酸，却正是安卡生前最喜欢的花朵：玫瑰、茉莉和虞美人。男孩独自蜷缩在屋角，眼前的一切仿佛在雾中一般朦胧。他还是无法相信妈妈已经死了。她就在那儿，离他不过几米远，瘦削的脸庞几乎被花朵完全遮挡。

夜幕降临，年轻的女工们离开了，只剩下几个老太太。艾莲娜也裹上了头巾，打算离开：“今天我不能睡在这儿。”走了没多久，她又回来了：“谁看见布兰科了？”

屋里的人这才发现他缩在角落里。“过来，孩子。”艾莲娜叫他，“你得找个地方睡觉。”他们来到普莱尼克的咖啡馆。

站在吧台后面的普莱尼克像一座小山似的。艾莲娜将布兰科推到吧台前：“不能让这个孩子今晚跟死人睡在一处。给他找一个房间睡觉。”

普莱尼克挠了挠头，撇着嘴抱怨：“又是我，你们就知道找我。”无奈之下，他只好带着布兰科来到平时侍者们睡觉的仓库，指着角落里一张床垫说：“你就睡那儿吧。”布兰科一躺上去，立刻睡着了。

当他再次被人摇醒时，已经是第二天很晚了。叫醒他的人是普莱尼克太太。她说：“要是你还想再见你妈妈一面，那就快去吧，她马上就要入棺了。”

布兰科哀号一声。是的，妈妈已经死去，马上就要下葬，而他竟然在睡梦中忘得一干二净。等他赶到时，妈妈已经被放进漆黑的棺材了。她的面容看起来不再像前些日子那般苍白，脸颊上多了一团红晕，仿佛还活着。这会儿，木匠帕契克正带人打算盖上棺材板。

“妈妈还活着！”布兰科大叫一声，将男人们撞开。

斯托雅娜嬷嬷紧紧地抓住他的双手：“腮红是女工们涂上去的。她们想让她漂漂亮亮地上天堂，就像生前一样。”

艾莲娜看了一眼布兰科，他的衬衫破破烂烂，裤子打满补丁。她摇了摇头:“你不能穿成这个样子去葬礼。”嬷嬷一摊手:“我都找过了，他没有其他的衣服。”大家没有办法，只好又去找普莱尼克帮忙。艾莲娜将男孩推到他面前:“总不能让他穿成这样去教堂吧。”

普莱尼克吸了一口烟，让布兰科转了两圈，噘着嘴说:“这样的确不行。”他打了好几个喷嚏，然后又说:“那就让他在家待着吧。”

“你真是个浑蛋！”艾莲娜咬牙切齿地说，“总有一天你会下地狱的。”

普莱尼克苦笑着说:“我现在就在地狱里，你们到底还想让我怎样？”

“起码给这个孩子找点像样的衣服穿。”

普莱尼克又抽了一口烟，随后翻出一件衬衫，这是之前的客人留下抵付账单的。外套和裤子则是普莱尼克自己的，这是他年少时受坚信礼[①]时的服装。

“参加完葬礼立刻把衣服给我还回来！”他指着布兰科，语气里满是威胁。

从咖啡馆出来，他们立刻奔向教堂。赶到时，抬着棺材的送葬队伍已经走出了教堂高高的大门。艾莲娜将布兰科和斯托雅娜嬷嬷安排在棺材和牧师之间，自己和女工们一起跟在最后面。嬷嬷想牵着布兰科的手，却被他挣脱了。不，他已经足够强大了。

① 坚信礼，一种基督教洗礼仪式，对象为青少年。

他不需要别人的搀扶，他完全可以一个人跟在妈妈的棺材后面。

“咚——当——”丧钟响起，声音回荡在塞尼城大片白色屋顶的上空。

“咚——当——”街道上空无一人。烈日如同燃烧的一团火焰高悬在城市上方，驱散了人群。集市上只有几头骡子、几条四处游荡的野狗。

“谁死了？”面包店老板库尔沁说着，将帽檐拨到脑后。杂货铺老板——小个子波佐维克也是一脸茫然，尖尖的下巴简直就像梭子鱼的鱼头。

这附近的小巷大多又高又窄，就像流经塞尼城的运河河道一般错综复杂。一阵脚步声过后，警察贝高维奇从山上的一条巷子里走出来。人们首先看见的是两条壮硕的长腿，随后是挂着手枪的阔腰带，紧接着是两只挥舞的手，右手拿着一根粗大的黑色警棍，活像一根被熏得过了头的香肠。油腻腻的上衣，一看上面的痕迹就知道它的主人曾经吃过什么。上衣最上面的几颗扣子没扣，露出一片棕色的胸膛和原始森林般浓密的胸毛。最后映入眼帘的才是他的圆脸，活像一颗红透的番茄。鼻子平扁，像是被人打过一样。黑色的大胡子一直蔓延到脸颊两侧，眼睛几乎完全被浓密的眉毛遮挡，两只耳朵艰难地钻出脑袋两侧茂盛毛发的包围圈，看起来好似一只猫头鹰。贝高维奇头上戴着一顶硬硬的棕色帽子，额头上的汗水混合着污渍，像灰色的小溪般流淌下来。他伸出肥厚的手掌，抹了一把脸。

面包店老板迎上前去：“贝高维奇，谁死了？”警察停下脚步，原来是面包师。好吧，那就回答一下吧。于是他放低橡皮警棍：“是漂亮的安卡，巴比奇的老婆，烟草厂的女工。”

“是米朗·巴比奇的老婆吗？”

贝高维奇点点头：“就是她。”“烟草厂的女工啊。”波佐维克闻言，回到他的店里。他可不愿意因为一个女工待在毒辣的日头下。

库尔沁认识布兰科。这个男孩平时衣衫褴褛，今天却打扮得有些奇怪，瞧得库尔沁差点没忍住笑意。他的脸庞棱角分明又有些孩子气，却穿着一件过于肥大、金色衣领的衬衫，外面罩着普莱尼克的黑色外套，下摆一直拖到膝头，袖子的长度甚至超过了指尖。外套的下面露出同样属于普莱尼克的肥大裤子——这还是普莱尼克太太用两根别针改动过的效果。

有两个中学生见到布兰科的样子，大声嘲笑起来。要是在平时，布兰科一定会报以愤怒的眼神，或者挥舞拳头向他们示威，可是此刻他根本听不见笑声，整个人像石化了一般。

送葬队伍拐出巷子，这可能是塞尼城有史以来最寒酸的阵仗了。打头的是一个身穿白色大褂、黑色裤子的小男孩，手里举着一面旗，上面绘有圣乔治屠龙的纹样。他的身后跟着四个抬棺的男人。窄小的棺材在这四人的肩头摇晃着，看起来仿佛只是一根漆黑而沉重的横梁，上面既没有花环，也没有其他的装饰物。

牧师拉斯诺维克沉重的绣花长袍像一口金色的大钟，将他的圆脸以下牢牢罩住。他的步伐缓慢而从容，用好听的嗓音吟诵着祝祷词，音量刚好能让所有人听见。

牧师的身后跟着布兰科、斯托雅娜嬷嬷和老约瑟夫。两位老人将男孩护在中间。

斯托雅娜嬷嬷穿了一条百褶长裙和一件深色衬衣，身上唯一的装饰可能只有那一头披肩白发了。约瑟夫还是穿着教堂的制服，他走得很慢，长长的胡子不停地颤抖，炎热的日头让他有些吃力。

布兰科身后是工厂的女工，是妈妈的朋友。她们穿着鲜艳的、印着花朵的连衣裙，为了聊表对死者的哀痛，在裙子外面披了一条黑纱。她们是一群漂亮的女孩，小麦色的肌肤，红润而丰满的脸颊——有几个在哭泣，其他的在彼此安抚，低声地说着话。

贝高维奇早已沿着小巷走到了地势比较高的地方，他站在集市的附近，摆出一副维持治安的架势，仿佛身后随时会有几百个人冲出来捣乱似的。

布兰科和贝高维奇彼此没有对视。其实他们俩平日里经常见面。只是以往，前者总是带着些许恶作剧得逞的胜利，而后者总是一脸不高兴地挥舞着警棍。此时的布兰科什么也看不见，什么也听不见。他睁大眼睛呆呆地望着前方黑色的棺木。他一边走，一边思索着这一切是如何发生的——自己为何跟在一口棺材的后面走，而妈妈却沉睡在里面。布兰科感到膝盖有些发软，他真想就这样倒在地上。泪水再一次涌出眼眶。嬷嬷牵起他的手，紧紧握住。

一行人经过海边，拐进另一条通往墓园的上坡路。炽烈的阳光将这里炙烤得如同一只火炉。空气中弥漫着厚重的粉尘，几乎用手就能摸到，它们落在人们的肩背上，压弯了他们的腰。

墓园的门开了。“往后走，”一个手里拿着铁锹的男人说，“她的墓在围墙边上。”

这是整个墓园最偏僻的一角，四处盛开着百里香，几只小蜥蜴出没在草丛中，两只美丽的蝴蝶在空中飞舞嬉戏，可惜，布兰科什么也看不见。抬棺的男人们小心翼翼地放下棺材，那个先前拿着铁锹的男人取来两段麻绳，分别绑在棺材的两端，然后，漂亮的安卡就被慢慢地放进了墓穴。棺材触底的一瞬间，布兰科几乎感受到了那一下震动。女工们围上来，将花朵连同泥土一块儿扔下去。牧师又进行了一番祝祷。

祝祷结束后，大家纷纷离开墓园。女孩们在门口除下黑纱、擦干泪痕，掏出了粉盒补妆。艾莲娜也走了。只有斯托雅娜嬷嬷还留在墓地，陪着布兰科。

下葬的时候，布兰科一直坚强地隐忍着泪水，什么也听不见，他也不想去听。直到一锹又一锹沉重的泥土落到棺盖上时，他才缓过神来——他的妈妈现在就躺在下面。悲恸一下子从心里涌到眼底，他终于大哭起来。

嬷嬷拉着他的手：“哭吧，现在这里只有我们俩。”

走出墓园后，嬷嬷打算回城里，布兰科却站住了。他还不想回去：“我想去海边。”嬷嬷用手遮住阳光，打量了他一番。“别忘了去普莱尼克那里，”她不放心地叮嘱道，“你得把衣服还给他。”

男孩点点头，消失在墓园围墙的后面。他横穿过马路，连跑带跳地前进，最后爬上了海边的一块礁石。

# 第一章　母亲的葬礼

这是一块高高的礁石，被一片高大的无花果树林围在中间，上面覆盖着金雀花和刺柏丛，一直延伸进海里。从这里望去，海水清澈明亮，一眼可以看到底。布兰科盘起腿坐在石头上，双手撑着脑袋，朝海面望去。

柯尔克岛位于他的右手边。从这个角度看过去，只能看见一片乱石滩，连棵草都没有。左边是拉布岛，看起来比柯尔克岛更加灰暗、渺小，毫不起眼。岛上吹来的阵阵微风让湛蓝的海面泛起涟漪，数百朵白色的浪花一下子绽放开来。海面上有一只白尾海鸥，先是朝大海俯冲，然后又振翅飞上高空，像一只巨大的蝴蝶一般舒展着翅膀翱翔在蔚蓝的天际。

布兰科望着鸟儿，它在天上是多么孤单啊！跟自己一模一样！想到这里，他的泪水又涌了上来。

是啊，现在连父亲都不在他的身边。

他记得高大健硕的父亲米朗有一头迷人的黑发和一对明亮的眼眸，每隔一到两年才会回来一次。他一般坐船来，也会从费尤墨一路沿着破败的道路徒步回到塞尼。每次即使回来，也不会待太久。

海风越来越大，男孩迎着风，止住抽泣，用手抹去脸上的泪水，回忆着往事。

他只见过父亲五次。第一次时，他两岁，第二次三岁，然后分别是六岁、九岁，最近一次就是上一次生日。每次回到塞尼，米朗·巴比奇总是先去普莱尼克的小咖啡馆演奏一曲，为自己换一杯红酒。

“米朗回来啦！米朗回来啦！他正在咖啡馆里拉琴呢！”消息像野火一般迅速传遍整个塞尼城。面包师放下手里的面团，转身就跑；杂货店老板立刻跟顾客说了失陪，拔腿狂奔；鞋匠将手里的靴子丢向角落，脚底生风。店主们把消息告诉顾客，摊贩们把消息告诉买菜的女仆，就这样，还没等教堂敲响午时的钟声，消息就传到了烟草厂，传到了漂亮的安卡耳朵里。

安卡立刻将面前堆成小山似的烟叶推到一旁，脱下工作服，然后从篱笆墙边摘下几朵玫瑰，去找米朗。不对——回忆到这里，布兰科泪痕未干的脸上露出了笑容——妈妈最先找的是他。

他清楚地记得自己当时正在角落里玩耍。妈妈把他拉过来，将他的脸、脖子和双手擦干净，给他穿上衬衫，然后母子俩一起去找米朗。

那时米朗早已离开了普莱尼克的咖啡馆，在塞尼走街串巷地演奏着。亚得里亚旅馆的马库林、娜哈奇咖啡厅的客人以及市长伊威科维奇、萨格勒布酒店的老板娘，甚至大教堂后面小酒馆里的农民和木工们都欣赏到了他的表演。他在每个人的面前都停留一会儿，演奏完了再跟他们喝一杯红酒或烧酒，所有人都把他当作久别重逢的儿子一样，欢迎他的归来。

“米朗！”妈妈终于找到了他。

“安卡！”爸爸伸出强壮有力的手臂，将娇小的妈妈紧紧拥入怀中。

见到布兰科时，他又惊又喜：“啊，这就是布兰科，他一定会长成一个出色的小伙子。看他的头发、他的手还有眼睛，跟我长得一模一样，简直一模一样！”他一把抱起布兰科，亲了亲他的嘴唇和脸蛋。

布兰科有点儿害怕这个身形魁梧、留着黑色胡须的男人，尤其是被他抱起来转圈圈的时候。他记得第一次见面时，自己还哭了。不过后来爸爸笑着用扎人的胡须摩挲他的小脸，挠他的痒痒。最后，他终于绷不住，笑了。

最后一次见面时，爸爸问他：“你能拿得动小提琴吗？”说着，爸爸将自己的琴小心翼翼地放到他的手上。他已经拿得动琴了，甚至还会拨动细细的琴弦，或者拿着琴弓在上面比划几下，不过他并不会拉琴。

“下次我再好好教你。”爸爸安慰他，“现在我们出发吧。”

一家三口走进咖啡馆，在那里，布兰科尝到了甘甜醇厚的葡萄酒、绵软的枫糖糕点、甜甜的冰激凌，还有父母亲左一下、右一下的亲吻。吃完东西，他们去了波佐维克的杂货铺，那个凶巴巴的小个子老板平时除了追着布兰科斥骂，从没正眼瞧过他，可是在米朗面前，他竟像个仆人似的点头哈腰。布兰科脱下身上的旧衬衣、破裤子，换上新的，父亲还给他买了一顶彩色的帽子、一把小刀和一条皮带。

在那短暂的时光里，布兰科体会到了有父亲在身边是多么美好的一件事，更何况，他的父亲是一个令所有人钦佩、跟每个人都能喝上一杯酒的人。

可是他的快乐并没有持续多久。后来，爸爸不见了，连妈妈也不见了。她不在烟草厂，也不在她的朋友那儿。无论布兰科怎样到处打听，妈妈仿佛被风吹走了一样。原来，她追随父亲离开了塞尼，共享他无忧无虑的自由生活。这一去就是好几个星期，爸爸一边在咖啡馆或者舞厅拉琴，一边带着母亲继续流浪。他们睡在灌木丛里，靠着果子或别人馈赠的食物为生，偶尔还下海游泳。

布兰科找了一阵子就放弃了。他又开始去找朋友玩，向他们炫耀父亲给他买的新玩意儿。妈妈走后，艾莲娜每天给他一片面包、一条鱼干或者一碗汤；要是吃不饱，他也能找到点儿东西果腹，比如黄瓜、苹果，当然，只要不被贝高维奇抓住就好。

过了些日子，妈妈还是回来了，她看起来疲惫而苍白，还不停地咳嗽。医生一脸严肃地说，她绝对不能再去烟草厂上班了，必须卧床休息。即便这样，她的病也不见好转。她咳得越来越厉害，后来竟咳出了血。

最后，她离去了，睡在黑色的棺材里，葬在小小的墓园。她的朋友们亲手用泥土埋葬了她，而她的丈夫，还毫不知情。

他会在哪里呢?

也许他还在世界上某个地方拉着琴，开心地笑着，根本想不到自己的妻子已经死了，自己的儿子则孤零零地坐在海边的礁石上……

想到这里，布兰科捂住双眼，扑倒在石头上大哭起来。

不知何时，他的眼前依稀出现了父亲的身影，他清楚地听见了他的琴声，甚至是每一个音符。他身后的那个人好像是妈妈？没错，正是妈妈。她的脚步越来越快，不一会儿便追上了爸爸，她的手臂环绕着他的脖子，两人一起穿过宽阔的山谷，杏花开了，到处是百里香和薰衣草的香气。布兰科望着他们的背影。妈妈举起两只手——这是她特别开心时才会做的动作——爸爸拉着布兰科最喜欢听的进行曲。

他不再难过。痛苦和悲伤渐渐离他远去，他看见妈妈不再苍白羸弱——她生病时的样子让他见了就想哭，她又变回了他和其他人都爱着的漂亮安卡。

布兰科站起身，望向大海，打了个寒战。起风了，这是亚得里亚沿岸特有的间歇性冷风，猛烈而干燥，吹得人不得安宁。它常常突袭陆地，摧残花草树木不说，还吹干空气中所有的水分。无论是农民、木工还是渔夫，大家都很害怕它。他连忙跳起来，这才想起答应过嬷嬷，还要去普莱尼克那里一趟。

好吧，是时候告别礁石与大海，告别爸爸妈妈的音容笑貌了。

他原路返回，路过小小的墓园，没有再进去，因为里面已经没有什么值得他留恋了。在他的心里，妈妈并没有被禁锢在黑色的棺木之中，她一定是忍受不了狭小的空间，去追随她的米朗，同他浪迹天涯。

布兰科走进普莱尼克的咖啡馆，他正在喝酒。“可算来了，还以为你跑了呢。没把我的外套弄坏吧？”说着，他掀起布兰科的外套一把脱下，对着灯光仔细检查，“本来没打算告诉你的——这件衣服我珍藏了五十年，它就像我的眼珠一样珍贵。”

“这孩子以后住哪儿？”老约瑟夫问。

普莱尼克抬起头，感觉到这个问题是冲他来的：“我怎么知道？”

“喂，”约瑟夫抚了一下胡须，“他母亲租的房子今天还没到期。”

普莱尼克像一只炸了毛的公猫：“没到期？安卡母子还欠我两个月的租金！”

“给他留一张空床总可以吧？”老约瑟夫不依不饶地追问。

“今天下午就租出去了，”普莱尼克不高兴地说，“艾莲娜的一个朋友已经搬进去了。”

艾莲娜证实了他的话：“是我带她去的。我一个人住害怕。”

“总得给这孩子找个地方住吧？”老约瑟夫抿了一口酒。

小咖啡馆里一下子安静了。大家都看向布兰科，布兰科也看着他们。之前他根本没想过今晚要住哪里。没错，妈妈走后，他已经没有家了。他只好盯着胖胖的普莱尼克。他的目光让普莱尼克坐不住了。“别这么看着我，”他大声地抱怨道，“我已经没什么能给你了。”他又冲着其他人说：“米朗这个无赖，这小子是他的儿子，该由他养才对。”

“你们听听，”坐在角落里的斯托雅娜嬷嬷哑着嗓子说，“昨天还说米朗是你最好的朋友，今天就变成无赖了。”

“昨天，”普莱尼克哼了一声说，“昨天也没人说让我替他养儿子呀。”

“他上次在你这儿睡的房间还空着吗？”艾莲娜问。

普莱尼克摇摇头：“今早一个木工搬进去了。”

“他不是还有个奶奶吗？”普莱尼克太太突然从吧台探出

头说。

普莱尼克一拍大腿："我怎么忘了老卡塔，老卡塔！"看得出，妻子的提醒让他非常开心。

约瑟夫却不同意："对孩子来说，那里未必是个好去处。"

"有个容身之处，总好过无家可归。"普莱尼克低头问布兰科，"知道你奶奶住在哪里吗？"

布兰科摇摇头。

普莱尼克告诉他："穿过广场，沿着林荫道往山上走，第二个路口左转再走三四百米就到她住的小屋了。趁着天还没黑透，快点走吧。"说着，他从吧台后面走出来，拉起布兰科的手，没等他反应过来，也没留给他跟大家告别的时间，就把他拽出门外，轻轻一推："走吧，否则太晚了，老太太不让你进门。"

# 第二章　巫婆的小屋

“砰”的一声，门关上了。天已经黑了，左边的路灯、头顶的星光，陪伴着缓缓前行的布兰科。普莱尼克说，让他去找老卡塔，可是，他要不要去呢？

他曾见过她一次，高高的个子，像个幽灵似的，那次他和妈妈一起去集市的时候，她也在山下的港口。妈妈当时停下了脚步，问：“看到那个高个子老太太了吗？”布兰科点点头。“她是你的奶奶。”

他睁大了眼睛：“她怎么穿着一身黑衣服，看起来像个坏人。”

安卡将他抱在怀里：“她的确是个坏人。人们都说她是个巫婆。”

他抬头望着妈妈：“什么是巫婆？”

“就是‘总是希望别人过得不好的女人’。”

“她也希望我们过得不好吗？”

安卡笑了：“我们除外。”

现在布兰科要去找那个“巫婆”了。他慢吞吞地往河边走去，周围越来越亮，河边一片灯火通明，仿佛整个塞尼城的人都挤在这儿了。木工们聚在一起聊天，水手们在小酒馆门口溜达，村里的农民们、岛上的渔夫在人群里挤来挤去，中学生们四处游荡，烟草厂女工们手挽手经过，居民们纷纷走出房屋……

远处传来汽笛声，那是从费尤墨驶来的邮轮。舷梯落下后，游客和工人走了下来，走在最前面的是个头戴方格帽子的英国人，紧随其后的一听便知是意大利人，跟在他们后面的大概是德国人。工人们全都衣衫褴褛，破了洞的衬衫外面套着夹克。旅馆的门童们朝游客们迎过去，挥舞着帽子高嚷：“亚得里亚旅馆！”“萨格勒布酒店！”“娜哈奇旅店！”

布兰科停下脚步。他认识那个穿着白色水手裤和蓝色上衣的男人，他叫林格纳茨，是萨格勒布酒店的门童，维也纳人，看起来活像个胡桃夹子。意大利人去了亚得里亚，德国人去了娜哈奇。林格纳茨接过英国人的箱子，将他迎进萨格勒布。

布兰科朝左边走去，亚得里亚旅馆的吉卜赛乐队已经开始了演奏，乐声喧嚣，小提琴手摇头晃脑，仿佛那琴声不是来自琴弓，而是来自他的满头卷发。这里的人群比岸边还要拥挤。布兰科认出两个女工，中午那会儿还哭得梨花带雨，现在却满面红光，像是被涂上了一层蜡。四名水手在她们身后大声讲笑话，逗得女孩们纵声大笑——就像妈妈曾经那样。

贝高维奇站在乐队的侧面，穿着僵硬的制服，脸红得像只番茄，眯着眼睛四下张望着搜寻猎物。突然，他挥舞着警棍箭步冲向了渔夫里斯塔，并朝渔夫背上打了一棍。“要么坐下，要么滚蛋。”他蛮横地命令道。

“我站在这里也不犯法呀。”高大的里斯塔说。

“你是想来蹭免费的音乐听吧！”贝高维奇鄙夷地说，说话间一股浓烈酒气喷出来，“音乐一响，整条街都属于酒店老板。”

“怕不是酒店老板赏了你一杯酒，你才这么说的吧？”里斯塔大笑起来。

“一杯？”身后的驼背鞋匠高声叫道，“自打我坐在这儿，马库林至少请他喝了半打了。”

布兰科停下脚步，贝高维奇瞧见了他。他放过渔夫，转而向布兰科发难。

“你在这儿做什么？”布兰科的背上吃了一记警棍。

“我去找我奶奶。”布兰科说着便要离开。

贝高维奇抓住他的肩膀。“我今天是不是在哪儿见过你？”他呼呼喘气，双眼好似喷出火来。他想了想：“哦，今天刚把你妈妈埋了。”他眼睛里的怒火平息了不少。“算了，滚吧，看在你妈妈的分上，今天不揍你。”说完，他将布兰科狠狠地推到另一条街上。

这是今天中午送葬队伍经过的地方。乐声停止的一瞬间，女孩们唱起歌来，几个小伙子也加进来。是的，所有人都很开心，只有布兰科像一条无家可归的流浪狗，与他们擦肩而过。

斯卡莱科医生将一个文件夹贴在胸口，遮住了那件标志性的白色马甲。布兰科的几个小伙伴悄悄地跟在他身后，也不管牧师在不在，开口唱道：

我们的医生最好，
穿着白色马甲，
戴着圆圆帽子。
医术精明，妙手回春，
能让瘫痪的人跳跃，
能让哑巴开口歌唱，
然而健健康康的人，
却被他送进了坟墓。

布兰科被逗乐了。就在四天前，他也是他们中的一员。这首歌是驼背鞋匠教他们唱的。因为医生没能救回他老婆的性命，这让他心生怨恨。

布兰科也想加入小伙伴的行列中，却发现他们远远地看着自己，目光中充满犹豫与畏惧。对啊，布兰科心想，他们知道我妈妈死了，肯定很害怕。算了，我还是去找奶奶吧。于是他在路口右转。

萨格勒布酒店把钢琴搬到了外面街上，一个年轻的男人拉着小提琴，旁边的女孩在伴奏。周围摆了几张小桌子，坐在这里的客人可不是亚得里亚旅馆的那些小人物，他们是塞尼城的上流人士。

高个子、金丝眼镜、留着山羊胡子的是伊威科维奇博士——塞尼城的市长。市长的对面是光头胖子库库利克，别看他形象不佳——像一只气鼓鼓的青蛙，却是塞尼渔业公司的董事长。旁边的那一桌坐着富有的农场主卡拉曼、磨坊主穆勒和生性霸道的林场主斯莫扬。

所有的桌子上都摆满了食物，空气中弥漫着煎羊排的香味。香味一直钻进布兰科的鼻子里，他觉得好饿，可是在这里，别奢望有人会给他什么东西吃。

几个中学生大叫着戏弄人群中的年轻女孩，酒店女老板高声喝止。贝高维奇闻声迈着蹒跚的脚步出现在人墙后面。然而其中一个中学生是市长的儿子，因此他也只能举起手中的警棍，吓唬吓唬他们而已。

布兰科继续赶路，来到宽阔的林荫大道上，前方的道路漫长而阴森，他却并不害怕。他在黑暗中仔细辨认——记得普莱尼克说过，要在第二个路口左转。果然，花园洋房之间露出了一条狭窄的小路，他先爬了一段陡坡，之后道路蜿蜒而下，将他带进一个山谷。布兰科又走了几步，转了一个弯，这才发现在路的尽头，一丝灯光从阴森狰狞的灌木丛下透了出来。

布兰科慢吞吞地走过去，心跳得稍微有点儿快。管他呢，就算人们都说奶奶是个巫婆，就算妈妈也对她心怀恐惧，但那又怎么样，大不了被她赶出来呗。

奶奶的小屋紧挨山体，外面是一圈用大石块堆砌起来的围墙，屋顶是用几块巨大的石板架在结实的木梁上，小屋的侧面还有一个小厢房。刚才从远处看见的灯光从一道狭小的窗缝里透出来，可是他并没有看到门，也不知道该从哪儿进去，只好先绕着房屋走一圈。这才发现房门在紧挨山体的那一侧，门上镶着一个沉重的铁制门环。布兰科叩了叩门。

“你好！你好！”他听见屋里有人在大声说话，声音清脆嘹亮。

与此同时，另一个尖细的嗓音凶巴巴地问：“谁？”

“哈哈！”清脆的声音笑着叫道，“也许是善良的雅科夫大叔。”

“见你的鬼去吧！”尖细声音高声喝道。不过这并不妨碍清脆声音继续欢笑。

门外的布兰科全听见了，他心里有些不安。

这时，屋里有人向外走来。门闩被抽掉，房门一打开，那个尖细的声音说：“是个男孩，进来吧。”“不，就是善良的雅科夫大叔。”清脆的声音反驳道，紧接着又是一阵欢笑。

“愣着做什么？要想进来便进来，把门关上。”尖细的声音催促道。

布兰科照做了。他走进一个宽敞的房间，原来那一丝微弱的光来自壁炉的炉火。

布兰科终于见到了跟他说话的人——老卡塔，他的奶奶。她真的很像一个巫婆，脸瘦得就像一条竖线，脸颊一直垂到下巴那里。尖尖的鼻子像箭头一般插在两只铜铃般闪着红光的眼睛之间——这是布兰科这辈子见过的最可怕的鼻子。她的头上披着一块黑色的破布，破布下露出黄白相间的长辫，枯柴般的身体倚着一根粗大结实的拐杖，两条瘦骨嶙峋的胳膊从破黑袍子里伸出来，同样瘦骨嶙峋的手指如同动物的利爪紧紧抓着拐杖。

布兰科吓了一跳。没等他从惊吓中回过神来，清脆的声音又说话了："他一定是善良的雅科夫大叔，就是他。"笑声又来了。

在空荡的屋里，这声音比在门口那听起来更加清脆响亮，仿佛一直钻进他的骨头里。他吓得差点拔腿就跑。

"该死的玩意儿，给我闭嘴！"老人尖叫着，抓起手里的拐杖朝上面挥去。

布兰科向上望去，原来是一只巨大的鹦鹉！它站在棍子上，扑扇着翅膀避开了老人打过来的拐杖，笑得愈发大声。布兰科还在惊讶地瞪着鹦鹉，拐杖却不客气地落到了他的肩上："你还不打算告诉我你来干什么吗？"

男孩鼓起全部勇气，结结巴巴地说："我叫……布兰科。"

"可可，你听说过这种事吗？"老卡塔转身对鹦鹉说，"莫名其妙地走进来，告诉我他叫布兰科。塞尼城起码有几百个叫布兰科的人呢。"

布兰科往前走了一步："我叫布兰科，安卡是我妈妈。"

"安卡，安卡，"老人把玩着拐杖，"我认识十几个叫安卡的人呢。"

"米朗是我爸爸，"布兰科勇敢地继续说下去，"您是我奶奶。"

原本坐在壁炉旁椅子上的老人突然站起身来："米朗的儿子。"她抬头看了看鹦鹉："还真被你这只小畜生说对了，他的身上流着那个老家伙的血，呵呵。"

鹦鹉似乎听懂了老人的话，尖叫着："是的，是的，他就是善良的雅科夫大叔。"

老卡塔却说："他不是雅科夫，他是雅科夫的孙子。"说完，又转向布兰科："你来干什么？"

"我妈妈去世了。"

"我早就警告过米朗，早就跟他说过，找老婆要找一棵松树，不要找一棵蒲草。你妈妈看起来就是一副弱不禁风的样子。"

"她是得了肺痨。"布兰科打断她。

"得什么都一样，她的身子骨什么病都受不住。"

说完，老卡塔坐下来，拿着拐杖在地面上画着什么。布兰科趁机打量四周。那只漂亮的大鹦鹉可可慢慢地挪回火炉旁，可可的身后有个东西在动。开始，布兰科还以为是鹦鹉的影子，后来才发现那是另一只鸟儿，它一直跟在可可的背后，看起来黑乎乎一团，一副既聪明又淘气的样子——这是一只乌鸦。

奶奶又开口了："你为什么来找我？"

布兰科壮着胆子，又向前走一步："我没地方睡觉，他们都说要我来找您。"

"吓！"老人突然激动起来，发出刺耳的笑声。鹦鹉也加入了，乌鸦扇动着翅膀，配合着她俩。好一会儿，老人才停下来。

"他们叫你来找我，他们，吓，他们不是说我是个女巫吗？只要我一出现，就把自家孩子藏起来，今天倒是让这小子来自投罗网。吓，他们肯定没兴趣抚养一个孤儿，是不是？"说完，她伸出只剩下骨节的手，将布兰科推到一边。

"我不知道。"布兰科别过头去。

老人的情绪仍旧很激动。"他们，他们，"她一再重复着，"既然他们都说我坏，那你还上山来找我？”

布兰科勇敢地与她对视：“我不怕你。”

“我猜到了——雅科夫的孙子，米朗的儿子，怎么会怕我？”

“他跟善良的雅科夫大叔一样。”可可又插嘴说。

“安静点，小畜生。”老卡塔走到壁炉旁，从摇摇欲坠的窄柜里拿出一只碗，然后将碗塞进布兰科手里。“锅里剩了一点汤，你去喝了吧，今晚你可以睡在我这儿，不过，他们……”说着，她伸出枯瘦的拳头，朝塞尼城的方向威胁似的晃了晃，“要是以为我能收留他们的孤儿，那可就大错特错了。我老卡塔连自己都照顾不了。明天一早，你给我离开这里，下山找他们去。”说着，她拿起一个大勺子，从火炉上吊着的锅里盛出一碗汤，倒进布兰科的碗里。

布兰科没有接茬，因为他已经完全被汤的香气征服了。他现在才感觉到自己有多饿。毕竟他这两天都没好好吃东西，今天更是饿了一整天。汤翻滚着，还没等端稳，他便迫不及待地送到嘴边吹，一小口一小口地喝起来……

老人又回到壁炉边坐下，目光呆滞地摇着头，口里喃喃念叨：“人心啊人心，呵呵。”鹦鹉可可也安静下来，乌鸦躲在可可的背后，一动不动。

突然，可可尖叫起来：“小心，我的雅科夫大叔！”

就在布兰科抬头的一瞬间，一只猫“喵呜”一声撞向他手里的碗。这是一只漆黑而强壮的猫，它用爪子将翻倒的碗拨正，一下接一下地舔着碗里残留的汤汁。布兰科被吓傻了，他张着嘴，低头看着猫。“走开，莫罗，你这只黑魔鬼！”老卡塔抓起一只沉重的木鞋掷向黑猫，猫尖叫着躲开了。

老卡塔又往碗里添了一勺汤：“这回小心点。”

布兰科谢过奶奶，喝起汤来。这一次，他时不时瞄几眼黑猫，猫趴在壁炉旁，眼睛里映着炉火，就像两支小蜡烛。鹦鹉冲着地上骂道：“无赖！无赖！”然而猫并不在意，它再次朝布兰科走去。这次它打着呼噜，朝男孩眨了眨眼，开始讨好他。布兰科忍不住弯下腰，爱抚着它。猫的毛发因为静电发出轻微的噼啪声，呼噜声也越来越响。尽管自己还没吃饱，布兰科还是将碗放在猫前。然而还没等它碰到碗，又来了两只黑色的母鸡，布兰科丝毫没有察觉它们是打哪里冒出来的。显然，它们也想分一杯羹。

猫咪咆哮着，可母鸡并没有退却。“喂！”老卡塔生气地嚷着，“你们这群畜生，赶紧滚回自己的窝里，否则看我怎么收拾你们。”说着，左一脚右一脚地将两只母鸡赶跑了。母鸡们扑腾着翅膀，跳上木墩上方的横杆，不满地咯咯叫了一会儿，然后将脑袋塞进翅膀下面睡着了。布兰科抬头看着老人，问：“奶奶，您还养了什么动物？”

老卡塔不耐烦地瞥了他一眼：“没了，就它们几个。你别再叫我奶奶，我不喜欢你这样叫我。”

“可您就是我的奶奶呀。”

“我是老卡塔，一辈子都是，要是你非得有个奶奶的话，回塞尼城给自己找一个吧。”

“喂！喂！”鹦鹉又开始尖叫，“善良的雅科夫大叔会怎么说？”

“你给我闭嘴，小浑蛋。”老人被激怒了，她威胁地朝鹦鹉伸出拳头。

“您的丈夫呢？”布兰科好奇地问。

老人突然大笑起来：“是啊，我的丈夫，他跟你父亲一样，是个臭拉琴的。他永远不在家，除了这只鹦鹉，还有米朗，没有给我留下任何东西。”

“我爸爸才不是臭拉琴的，”布兰科骄傲地说，“他是塞尼最好的小提琴手。”

老人朝他走过来：“除了拉琴，他还会什么？哈哈哈！塞尼城每一个老老实实的工人都知道给孩子穿上像样的裤子，戴上像样的帽子，给他们填饱肚子。你呢？你什么都没有，就连饿着肚子，在塞尼城你都找不到一个肯给你喝碗热汤的人。他们让你来找老卡塔，还不是想让我来养你。哈哈哈！这个没用的小家伙居然还说他爹、他爷爷不是臭拉琴的。你爹还不如你爷爷呢，起码雅科夫不会像米朗对待你一样，任由儿子到处流浪。”

布兰科被逼得退后几步：“我的爷爷……他还活着吗？”

“他跟米朗一样，我不知道他们是死是活。行了，闭嘴吧，我们已经啰唆半天了。走吧，”她拿起一支松木火把，在火炉里点上，“你得去睡觉了。”

火把让屋里亮堂了不少，除了两只母鸡、鹦鹉、乌鸦和几件破家具，也着实没什么东西了。老人穿过房间，推开门，进入一个简陋的小屋。“你就睡这儿吧，我再跟你说一遍：明天天亮，你就离开这里，回塞尼城去。”她拉开窗户的插销，“从这里出去，走的时候记得把窗户关上，别想着偷我东西，否则我派魔鬼来抓你！”

“我从不偷别人东西。”布兰科答道。小屋的地上铺着稻草，布兰科蹲下身子。

“总有一天你也会的。”老人大声说道，“饿着肚子的人，到哪里都想着偷。”

说完，她离开了。一阵脚步声过后，布兰科听见钥匙在转动，然后便是老卡塔再次坐回椅子里的声音。

折腾了一天，布兰科确实累坏了。他蜷缩在稻草堆上，有一个瞬间，他又想起妈妈和她的葬礼，但很快就被鹦鹉可可和黑猫莫罗取代。大概凌晨时分，有什么东西在舔他的脸，他从梦中醒来。原来是莫罗。莫罗轻轻地打着呼噜，弓起身体打哈欠。

“你也在这里睡觉吗？”布兰科问。

它的呼噜声更响了，用身体轻轻地蹭着他的腿。

“你一定饿了吧？我也是。”

他刚想起床去奶奶那屋瞧一瞧，却又想起她昨天说的话——醒来后立刻滚回塞尼城。

布兰科为难地挠挠头。他真的很想再看一眼可可，看看它是不是比亚得里亚旅馆的那一只个头更大、更漂亮。他也想知道那只乌鸦会不会说话，当然，最想的还是再见奶奶一面。

这时，他听见了奶奶的脚步声。布兰科把心一横，走到门口，敲了几下，喊道：“奶奶！”

脚步声越来越近了。“小浑蛋，你怎么还没走？”老人叫道，“别等我拿棍子赶你走！”

布兰科央求道：“让我再看一眼鹦鹉吧。”

老人生气地说：“看什么看，这里没你想看的东西，赶快走，听懂了吗？否则……”她转了一下门锁。

布兰科吓得往后踉跄一步：“我马上……就走。”

“快点！现在就走！”

布兰科爬上窗台，刚把一条腿跨出去，就听见钥匙旋转的声音，门开了。

“我已经出去了！”布兰科大叫一声，跳下窗台。

“算你走运！”身后传来老人嘶哑的吼声。

布兰科站直身子。“可怜的雅科夫大叔，可怜的雅科夫大叔。”他在鹦鹉可可的念叨声中逃也似的离开了奶奶家。

# 第三章 监狱

布兰科连跑带跳，在山路上几乎飞一般地前行。这倒并非出于恐惧，而是发自内心地开心。他喜欢这样昂着头向前冲的感觉，甚至大声地笑出了声。他的耳边仍然回荡着奶奶的吼叫和鹦鹉的唠叨：“唉，可怜的雅科夫大叔。”

走进林荫大道，这里似乎比夜里还要黑。不管是月光还是日光，都被梧桐密实的枝叶挡在了外面。昨夜的清凉一点儿也没有透进来，树荫的笼罩下，布兰科只觉得闷热无比、又湿又黏。

此时的街道上已经相当热闹了。一个乡下少年赶了四头驴子，驴背上驮着各种篮子、箱子和口袋。两个女人骑着骡子一路小跑奔向城里，农家的大牛车也一辆接一辆拐进林荫大道，女人们手里拎着沉重的篮子，两个骑自行车的人按着铃铛跟在奶牛的身后。与此同时，也有一些人刚从城里出来：木工们要去城外上工，年轻的采石工人一边走一边吹着小曲儿，几位绅士要去城外的洋房，牛奶车也开出城外去各处送奶。

布兰科走进城门，来到集市。太阳渐渐升起，四方形的广场仿佛一面袒露在日光下的镜子，零星的行人就像是镜子上一个个灰色的污点。他径直来到古井边，将脸浸到井水里，用手搓洗了一番。然后晃了晃脑袋，像一条小狗似的，把水珠甩得到处都是。他每天早晨都在古井这里擦洗一番，塞尼城的其他穷孩子也一样，当他们不想好好洗澡或者不愿跑去海边，就在这里应付了事。

布兰科慢悠悠地从码头旁的摊位前经过，朝海边走去。他四处搜索着老格里安的身影——他是爸爸的好朋友，平时这个时候总在码头的。可是今天，他只看见瘦小的拉迪克和拉布岛的渔夫在卸货。

布兰科在岸边和集市来回转悠了好几趟。鱼贩拉迪克拎来一桶鲭鱼，将它们一层层码好，乳白色的鱼腹，橄榄色的背部，在清早的阳光下闪闪发光，十分漂亮。拉布岛的渔夫们卖的是海鲈鱼，它们个头更大，差不多有半米长，躺在鱼摊位浅色的木板桌上——仿佛只是在休息，随时都有可能跳起来，因此布兰科每次路过，都躲得远远的。

鱼摊不远处，是"大胡子玛丽亚"的地盘，她卖的都是一些糖果、巧克力以及各色小糕点。玛丽亚拖着笨重的身体，将手推车上的东西一趟趟地搬到摊位上，嘴里骂骂咧咧，却又不肯让旁人帮忙，因为在她看来，所有人——特别是小孩子，都是小偷和骗子，觊觎着她的货物。

最早的一拨客人到了：穿着浅色衬衫的是库尔沁太太，提着大口袋的是牧师家的女仆，还有普莱尼克。他挺着大肚子，从一个摊位逛到另一个摊位，看见布兰科的时候，立刻把头转向了另一边。

布兰科来回转悠，肚子饿了。可是吃什么呢？平日里，要是他赶在妈妈前面出门，等不及早饭做好，饥肠辘辘的他总是上这儿来，随便捡个西红柿吃，或者找库尔沁要一片面包。偶尔也趁人不注意，从摊贩那里拿点什么，就算被人发现了——多数情况下就是玛丽亚，她也不过挥挥拳头吓唬他，高声说“回头告诉你妈”或者“记到你妈账上”。

可是现在他再也不能这么做了。妈妈死了，他没那个胆子了。玛丽亚已经警惕地盯了他一个早上，只要发现布兰科在盯着她的糖罐，便朝他大喊：“喂，想偷东西？给我小心点，别让我叫贝高维奇来抓你。”

布兰科越逛越饿，他在海边坐下。唉，偏偏今天老格里安没来！要是他在，他一定会递一片面包过来。布兰科被饥饿折磨得实在坐不住，只好站起来，继续流连于各个摊位之间。

地上有根胡萝卜，他捡起来，咬了一口，却觉得肚子更饿了。要是那些桃儿杏儿没那么诱人就好了，还有鱼贩面前堆成小山似的鱼儿……这时，偏偏卖面包的也出摊了，隔着老远就能闻到刚出炉的面包散发出的香气，真想咬上一口啊！他刚想伸手去拿，想起昨天对奶奶说的话：“我从不偷别人东西。”她当时说什么来着？“总有一天你也会的。饿着肚子的人，到哪里都想着偷。”

不，今天，他无论如何都不能偷东西。他咬紧牙关，两只手攥成拳头，离开这些摊贩朝坡上走去，找了公园里的 张长椅坐下。天气热了起来，苍蝇在他的身边飞来飞去，一群蜜蜂在树丛间嗡嗡叫着，头顶传来几只海鸥的低鸣。

布兰科没待多久，还是忍不住走回了港口。他想，不一定非要偷东西，也许还能捡到一根胡萝卜，或者一条鱼，哪怕别人丢掉的杏子也好，反正已经脏了，卖不出去了。集市上的人更多了。女人们挨个摊位比较着，渔夫们又从船里搬来了一些鱼。赶驴叫卖的少年早已卖完东西，正跟身边的一个女孩说着话。那女孩身材高挑，却瘦得骨节分明。

其实她已经留意布兰科很久了。女孩的脸上带着沉稳而又桀骜的神情，一对明亮的眼眸充满了灵气，鼻翼及两侧长着点点雀斑，一头红发像一团燃烧的火焰。她跟布兰科一样赤着脚，流连在各个摊位之间。她大概认识那个赶驴的高个子男孩，两人不停地说着话。男孩递给她几个西红柿，她把它们塞进衣服里——一件浅绿色线衫和一条棕色的旧裙子，这大概就是她全部的身家了。

布兰科又溜回拉迪克的摊位，拉迪克正忙着向市长的女仆推销一大篓鲭鱼。

“这鱼新鲜吗？”女仆问。

“跟您本人一样新鲜。”拉迪克一边打趣，一边将鱼倒进她的购物袋，其中一条掉了出来。女仆被逗得前仰后合，根本没注意到掉落的鱼，只有布兰科看见了，它就躺在女仆脚边的排水沟里。

他看了看四周。还有谁注意到了那条鱼吗？不，只有那位红发少女。她正盯着他，朝他眨了眨眼，仿佛在说：“你要是不捡，它就是我的了。”

## 第三章 监狱

布兰科刚弯下腰把鱼塞进衬衫里，便感觉后颈结结实实挨了一拳。

“你个小毛贼！”一个声音愤怒地喊道。

原来是农场主卡拉曼，他那铁钳般的巨掌牢牢地抓住布兰科，令他动弹不得。

“发生什么事了？”拉迪克来到摊位前询问。

女仆也瞪大了眼睛，看了看布兰科，又看了看卡拉曼。

“这小子在偷东西！”卡拉曼脸色通红，一对小眼睛像是两个黑色纽扣镶在肥胖的脸上，“他偷了你们的鱼！”他指指布兰科衣襟处露出的鱼尾，嚷嚷着把鱼扯了出来。

“它……掉在……地上，”布兰科结结巴巴地解释，“我从地上……捡的。”

拉迪克并不是个狠心肠的人，他想说：“把鱼给他吧，这孩子一定是饿了。反正鱼也脏了，卖不出去的。”可是卡拉曼高声喊来了贝高维奇，围观的人也越来越多，拉迪克只能先退到摊位后面。

贝高维奇急匆匆地跑来，手里拿着警棍，帽子推到脑袋后面，上衣敞开着，他刚刚正在集市对面的酒吧喝酒。他伸出黄瓜般粗壮的手指拨开人群：“有小偷？在哪儿？”

“在这里！”卡拉曼将男孩推到贝高维奇面前，依然牢牢地扣住布兰科的脖子，手指几乎戳进他的肉里。“还有这个！”卡拉曼将鱼高高举起，“这就是赃物。”

原本激动的贝高维奇一下子愣住了。一个小男孩，一条破鱼，该死的，等集市散去，不知道有多少条这样的鱼被丢弃在地上。这点小事也值得让卡拉曼这样的有钱人嚷嚷个不停？

周围的人也七嘴八舌地议论起来。

“你们没看见这个孩子只是因为肚子饿才捡的吗？”一个老太太愤愤不平地说。

收废品的苏斯奇摘下帽子说：“一条鱼而已，嚷嚷什么，海里多的是。”

水手也不满地说：“你们瞧，他卡住人家脖子的那副样子，恨不得给那孩子套上铁镣才甘心。”

“放他走吧，贝高维奇！”伐木工人们也叫了起来。

贝高维奇巴不得那么做呢，可是卡拉曼却对他说：“不可能！我都看见了，他蓄意偷窃，必须被严惩。你们知道我是谁么？”他转身来到贝高维奇跟前：“我是卡拉曼，这里的农场主兼市议员，你要是不马上逮捕这个小毛贼，我就去告诉市长。”

围观者们忍不住大喊：“呸，有钱人！”“吝啬鬼！”“只知道欺负穷苦人！”“该被抓起来的是他！”

卡拉曼再次催促贝高维奇：“是你来逮捕他，还是我亲自把他送到警局去？”

“这么说，您看见这小子偷东西了，是吗，卡拉曼先生？”

“我亲眼所见，而且赃物也在这儿！”说着，卡拉曼又一次举起那条鱼。

“还有谁看见了？”贝高维奇转过身询问众人。

“我！”

# 第三章 监狱

红发女孩走到贝高维奇身边，用愤怒的眼神盯着这两人。“我看见了，那条鱼掉在沟里好久都没有人理会。有条野狗过去闻了闻，还有一位小姐在上面踩了一脚，然后这个男孩——”她指指布兰科，“才捡起了它。”

“原来是这样，”贝高维奇看了看卡拉曼，他想知道农场主在听了这番证词后是否要放弃原先的指控。没想到卡拉曼盯着女孩：“我是不是在哪儿见过你？”

“我？”女孩摇摇头，一头红发像旗帜一般飞扬起来，“肯定没有。”

“当然见过。”卡拉曼提高了音量，声音像高音喇叭一样响彻整个集市，“你的红发让人过目难忘。前天在我的杏林里，一周前在我的草莓地里，还有……”

没等他说完，女孩突然钻进人群逃掉了。

“快抓住她，你这个没用的酒鬼！”卡拉曼愤怒地推了一把贝高维奇，“抓住她！快去追呀！”

贝高维奇却站在那里纹丝不动。“没用的酒鬼”彻底惹恼了他。“我只能抓一个犯人！”他不满地说，“管不了整个塞尼城，而且您先前说的是，让我逮捕这小子。”他晃了晃布兰科。

卡拉曼只好自己挤进人群四处张望，妄图追寻红发女孩的踪迹，可惜她早已溜之大吉。

贝高维奇依然留在原地：“还有谁看见他偷鱼了吗？”人们纷纷摇头。

贝高维奇来到拉迪克面前：“这是你丢的鱼吗？”拉迪克尴

尬地笑了笑：“我不知道。这样的鱼我这儿有几百条，都是论斤卖的。”

“那条鱼呢？”市长家的女仆看了看四周。

水手仰头大笑着：“一定是被卡拉曼拿走了。”人群传出一阵哄笑。“我刚才说什么来着，”一个伐木工人说，“该被抓起来的是他。”

“你要不要报案？”贝高维奇从口袋里掏出一本簿子，问拉迪克。

拉迪克不知该说要还是不要。他当然不应该报案，可是那个有权有势的卡拉曼，家里养着十几个仆人，盛夏的时候来买鱼，一买就是十几斤，要是他回来知道了这一切，该怎么办？

“你好好想想清楚吧，”贝高维奇嘀咕道，“我先把这小子带走，要是晚上你不来报案，我就放了他。”拉迪克点点头。

“让开！”贝高维奇又恢复了平时的蛮横，用警棍将人群驱散，拽着布兰科跟他一起往前走。他这时才看清楚小偷的样子。“噢！原来是你！”他轻轻推了布兰科一把，“昨天真是没白揍你。”

他们从玛丽亚的摊位边走过。“哈，哈！”她探出头来说，“偷东西的是他？我早就料到了。”

“我没有偷，”布兰科终于爆发了，“我只是太饿了，捡了一条鱼。”

玛丽亚的笑声更加刺耳了：“这就是偷啊，傻小子。”

等到贝高维奇拖着布兰科离开的时候，有几个小子跑到他俩面前，大声喊道：“布兰科偷东西啦！布兰科偷东西啦！”布兰科愤怒极了，恨不得立即冲过去揍他们。同时他又很伤心，因为其中两个是他的朋友。前天，他们还在一起玩耍；昨天，他们把他当作异类躲开；今天，竟然把他叫作小偷！

波佐维克从店里走出来，看到贝高维奇和布兰科，他摇了摇头："不会吧，这孩子也成了流浪汉，跟他父亲一样。"波佐维克的儿子站在他身边，跟他父亲一样身材瘦小、尖嘴猴腮，头上戴着学校的帽子。他大叫着："小偷！小偷！"

布兰科更加愤怒了，他一使劲，挣脱开贝高维奇的钳制，朝波佐维克父子冲过去："我爸爸不是小偷！"可布兰科的拳头还没来得及挥出去，他便被贝高维奇从身后揪住了衣领，身上挨了好几棍。"别给我惹事儿！"贝高维奇摇摇晃晃地抓住仍在挣扎的布兰科，迫使他往前走，警局就在下一个路口。

另一名警察多尔德威克就站在警局门口："你可算把他带回来了。"

"你也知道了？"贝高维奇惊讶地问。

"一清二楚。"多尔德威克刮得光溜溜的脸上挤出一丝笑容。他见贝高维奇仍然傻傻地望着自己，连忙解释道："市长刚刚打电话来，说卡拉曼向你移交了一名小偷，还问你们到了没有，到了的话马上电话通知他。"

贝高维奇脸上的表情愈发迷惑。"上帝啊，"他抱怨道，"为了一条臭鱼，连市长都惊动了。"多尔德威克安抚地拍拍他的肩膀："还是先把那个偷鱼的小贼带进来吧，反正也没让我们立刻绞死他。"布兰科却一改路上的顺从。这里的窗户上都焊上了铁栏杆，大牌子上面威风凛凛地写着几个大字——“塞尼警局总署”，这一切都让布兰科心生恐惧，他死死抵住门槛，站在警局门外死活不愿意进去。

“喂！”贝高维奇推了他一把，“还想再挨几棍子吗？”他拦腰举起布兰科，抱着他跨过了门槛。惊惶的布兰科不甘心地扭头朝外面看去，那一瞬间，他突然看见了那个红发女孩，对，就是她，刚刚在集市上勇敢地为他辩护。她依然穿着那件浅绿色线衫。他这才想起，一路上仿佛见过这件线衫好几次。

她在向他摆手。布兰科的情绪一下子平静下来，他不再抵抗了。

贝高维奇将他扛进一个房间，这里只有一张办公桌、一个长椅和几个高高的文件柜。

“小家伙，告诉我你的名字。”多尔德威克问道。

“布兰科。”少年含糊不清地嘟哝道。

“全名，告诉我全名。”

“布兰科·巴比奇。”

“住哪儿？”

“没地方住。”布兰科没好气地说。

“你妈妈呢？”

贝高维奇连忙冲他使了个眼色：“他妈妈前天刚去世。”

“噢，母亲已故。”多尔德威克说着，在纸上比画了一个十字，“那父亲呢？”布兰科没说话。

“他父亲是米朗。”贝高维奇再一次替他答道。

多尔德威克放下钢笔："原来是米朗。他是我这辈子见过的最好的小提琴家。"

布兰科脱口而出："可是波佐维克骂他是流浪汉！"

多尔德威克大笑起来："哈哈，下次波佐维克要是再这么说你父亲，你就让他小心点儿，别再被我们抓住他在秤上做手脚。"他又问贝高维奇："怎么安置他？"贝高维奇原本已经坐在椅子上闭目养神，听到这里，一下子站了起来，想了一会儿说："最好把他关进最里面的那间屋子。"

多尔德威克点点头："我也这么想。那间最大、最亮堂，关在里面起码不会害怕。"

"我才不害怕。"布兰科大声说。

多尔德威克看看他："话别说得太早。一个人待上一整天，不害怕才怪呢。"

贝高维奇从墙上取下一串钥匙，带着布兰科穿过警局大楼，走进庭院。警局的旁边还有一个附楼，窗户很小，全部安装了铁栅栏，只有最里面的一间窗户稍微大一点儿，外面只镶了一个铁十字。他们走进附楼，进入一条昏暗的长廊，每隔三四米就有一扇沉重的大门，被门闩和铁锁关得死死的。

贝高维奇走到最后一扇门前停下，打开门，把布兰科推了进去。

"行了，"他说，"老实在这儿待着，等我放你出去。中午十一点我会拿点吃的给你。"

布兰科没有说话。等贝高维奇关上门后，他打量了四周。

这是一个长四米、宽四米的正方形房间，白色的墙，白色的天花板，地板上铺了一层闪着白光的沙砾。房间里除了一个盖着盖子的便桶之外，什么都没有。最里面的墙上有一扇窗户，也就是布兰科刚刚在庭院里看到的，差不多有半平方米那么大，离地面两米左右。一个铁制十字架牢牢地嵌在墙体里，将整扇窗户分成了四个部分。布兰科听见贝高维奇将门闩上，把钥匙插进锁眼里转了两圈，然后擤了一把鼻涕，慢吞吞地走开了。

恐惧果然来了。是的，他突然感到一阵无以言表的恐惧。他扑向铁门，想要用力撞开它，可是铁门纹丝不动；他又跳起来去够窗台，可是哪怕站在便桶上，也爬不上去。他开始叫喊，开始还很微弱，后来越来越大声，但是并没有人回应，于是他放弃了，绝望地蹲坐在角落，泪水涌出眼眶。他哭了，因为自己独坐在这牢房中，因为自己被扣上了莫须有的罪名，也因为自己和爸爸受到了侮辱。想到这些，他哭得愈发伤心，好在压在心头的那份委屈随着哭声慢慢地减轻了。

他也不知道自己哭了多久。这时，他听见窗外传来一阵嚓嚓声。有人来了吗？他抬头望着窗户，什么也没有，但那声响越来越明显。他刚想站起来说话，就看见一只手紧紧地抓住窗户上的十字架，一眨眼的工夫，窗边出现了一片浅绿色，还来不及按捺住惊讶，女孩的一头红发也出现了——真的是她，红发女孩！

# 第四章　红发左拉

教堂的钟声响了十二下，贝高维奇走进了布兰科的囚室，却发现屋里除了一根木桩，什么也没有。方才他去灌了几杯老酒，逢人便说偷鱼的男孩被他抓了。眼下，他醉得双腿直打颤。

“该死的，”他哀叫道，“那臭小子竟然跑了，市长马上就要来了。”他望向窗台，一个女孩坐在那里。女孩朝他伸出舌头，做了个鬼脸：“再见了，贝高维奇！”

警察惊得手一抖，钥匙连同食物一同掉落在地。他目瞪口呆地望着女孩：“我一定是醉了，明明关进去的是个男孩儿，怎么逃跑的却是个女孩儿？”

女孩甩了甩头发。“男孩女孩——都是我。”她大笑着，“顺便告诉你，我就是红发左拉。”说着，她松开紧抓栅栏的手，消失在窗外。

“你就是红发左拉？”布兰科的声音里满是钦佩。他以前听说过许多红发左拉的事迹，她手下有一个帮派，在塞尼城里威名远播。布兰科仔细打量着女孩的样貌：薄薄的嘴唇，小小的耳朵，一对淡金色的眼睛像琥珀一般闪耀着光芒，脸上的雀斑一直蔓延到高挺的鼻尖上。

“跟我来，快点！”女孩挥了挥手，“警察随时有可能追上来。”话音未落，女孩已经翻身跃上围栏。布兰科连忙跟上去。左拉似乎对这里很熟悉，看样子无论是营救还是逃跑，她都已经精心筹备好了。不远处的那道围墙下面摆着两只箱子。左拉踩着箱子爬上去，对布兰科说：“上来之后用脚把箱子踢倒。”——布兰科照做了。他们跑到一堵高高的围墙下面。墙边立着一根左拉早已准备好的木桩。两人爬上去后，一起合力将木桩拉了上来。

他们听见贝高维奇的声音：“多尔德威克！那小子跑了！”

“你疯了吧！”多尔德威克吼道，“市长会把你绞死的！他在哪儿？”

“在那！在那！”贝高维奇发现了正在翻越第三道围墙的两人，“追！”

两个孩子又是爬楼梯，又是翻围墙，又是跳谷仓。“跟我来！”左拉拉开一个门闩，一扇小门直接开在老城墙上，城墙环绕着塞尼城位于山上的城区，直通环城公路，沿着公路一直走可以抵达海边。左拉警惕地望了望四周：“我们必须穿过马路，进入对面的花园。然后我们就得救了。”

他们朝对面冲过去。耳边响起了多尔德威克的声音：“贝高维奇！他们在这儿！”多尔德威克从房屋的另一边绕过来，企图截住他俩。可惜他迟了一分钟。

“快上来。下去之后跟在我后面，别掉队。”他俩跳进白菜地，爬过覆盆子丛，跳过粪堆，加快了步伐。左拉熟练地拨开灌木丛，避开每一处铁丝网和过高的篱笆墙，她甚至知道哪一处花园的门是开着的；即便遇到紧闭的门，她也知道哪里有小洞可以钻进去，或者索性从墙头翻过去。

两人穿过了七八个花园，布兰科累得实在不行了。“我们这样逃跑有意义吗？”他哀叹道，“我觉得肯定会被他们抓住的。”

左拉又好气又好笑地看着他：“只要腿还能动，就得逃跑。只要还没被他们揪住衣领，我们就有希望逃脱。”于是他们又翻过一堵墙。布兰科从墙上跳下来，发现自己竟然回到了早晨走过的林荫大道。

“快！上那堵墙，他们随时会追上来。”

布兰科吃力地爬上围墙，刚跳落到草地上，就听见警察们气喘吁吁的声音。这次贝高维奇绕过花园来围堵他们，而多尔德威克则一直在后面追。

“我看见那个死丫头了，”贝高维奇跑得差点断气，“那小子估计也在附近。”可是等他追上来时，左拉已经翻过了墙。

她带着布兰科，箭一般冲向一幢小洋房，嘴里模仿着云雀发出“啾啾”的声音，几乎在同时，洋房的窗户开了，一个男孩站在窗边朝外面望去，屋里还有两个。三人连忙跳出窗户，朝他们奔过来。

第一个男孩又高又壮，手脚有些笨拙，胖胖的身体配着胖胖的脑袋，头发像刺猬一样竖着，招风耳、大鼻子，若不是眼神中带着点儿忧郁，很容易被人误以为是个小流氓。他僵硬地伸着两只跟身体一样胖胖的手，大踏步跑过来。第二个男孩同第一个恰好相反，又瘦又小，但身手既敏捷又灵活。他迅速赶超了大个子，第一个到达他们身边。

第三个男孩跟布兰科差不多高，身材和长相都有点儿相似。不过他长了一对细长的眼睛，嘴巴大大的，一条浅浅的疤痕从鼻子下面一直延伸到下巴，让整张脸显得有些阴险狡诈。

“谁在追你们？”小个子男孩扬着瘦小脑袋，望着左拉焦急地问。

“两个警察。”左拉悄声说，“尼古拉，他们马上就要追过来了。”

大个子男孩举起拳头，咬牙切齿地说：“让我去对付他们。”

“帕夫勒，你疯了吗？”左拉生气地说，“眼下这种情况就只能逃跑。”

“没有其他可能了吗？”第三个男孩问。

“是的，杜罗。”左拉回答道，“快！我们进屋躲着，你们等到他们看见你们，就赶紧往不同的方向跑。一个小时之后，我们在黑莓丛会合。小心点，你可是我们之中最聪明的。”

杜罗点点头，尼古拉摩拳擦掌：“那好吧。”帕夫勒说：“我还是想揍他们一顿。”

这时，墙边传来贝高维奇的声音：“多尔德威克，快来帮我一把，我一个人上不去。”多尔德威克好像也赶到了，一会儿工夫，贝高维奇的两只胖手便攀上了围墙。

“进去！”杜罗朝左拉和布兰科轻声喝道，他们按照计划进行。

此时的贝高维奇费了九牛二虎之力，气喘吁吁地爬上围墙稍作休息。他看起来很狼狈，帽子没了，脑袋上仅剩的几绺头发全都支棱着，上衣敞开，腰带不知所踪，警棍也没带，满脸都是汗水，像被人用水泼过一样。

“呼——呼——”他一边喘气，一边用两只手抹去额头的汗水，然后打量四周。

三个男孩蹲坐在墙下，每个人手里都攥着一把扑克牌，已经各就各位。看见贝高维奇，他们装出一副惊恐的样子，仿佛他是个鬼魂一般。贝高维奇也瞪大眼睛望着他们。“多尔德威克！”他惊呆了，“他们在这儿，不是两个人，变成三个人啦。”

“我真的觉得你喝多了。”

跟贝高维奇打了个照面之后，杜罗第一个出场，将手里的牌撒出去：“一下子遇到两个警察，真受不了。”说完便开跑。

紧接着尼古拉也把牌扔出去。“是呀，要是多尔德威克也来了，那可就危险了。”说完，他朝另一个方向跑去。

只剩下帕夫勒依然坐在地上，一贯温和的胖脸上满是纠结的表情。比起逃跑，他更想把这两个警察揍一顿，尤其是他俩现在看起来一副疲惫不堪的样子。不过最终，他还是攥紧手里的牌，慢慢站起身嘀咕道：“算了，我还是走吧。”

这时，贝高维奇已经把多尔德威克完全拉上了墙头。“你看！”他指着各自逃窜的男孩们说，“真的变成了三个！”

“笨蛋！”多尔德威克对他吼道，“不管两个还是三个，我们不都得去抓？我去追那个大个子，他好像跑得最慢。”说完，他跳下墙头，朝帕夫勒的方向追去。

贝高维奇又摸了摸脑袋：“真倒霉，怎么每次都把最难的任务留给我。”他叹了口气，往尼古拉的方向跑去。

左拉和布兰科一直紧紧贴在窗边，透过窗缝盯着外面。左拉搓着手，开心得手舞足蹈。布兰科还在大口喘气，他也很高兴。

“我们现在怎么办？”他见女孩没有说话，又继续说，“我想待在这里。”

“太危险了！”左拉朝着警察离去的方向张望着，“如果他们一个都没抓到，很有可能会回来把这里搜个遍。我们必须去黑莓丛。”

左拉用力推开窗户，再次查看四周，然后跳出来。布兰科紧跟在她身后。走到旁边的围栏时，左拉突然转过身问他：“窗户关了没有？”布兰科说没有。

“快去把窗户关上，否则警察马上就会知道，刚才屋里躲着人。”于是布兰科又返回去关窗户。

接着，他们翻越了六七堵围墙，匍匐穿过灌木丛，在各式各样的花园里悄悄穿行：有的建了喷泉，有的种着美丽的杏树，还有一个园子里满是盛开的鲜花。布兰科认得里面的向日葵、百合、虞美人、翠雀花和玫瑰，他惊讶于隔绝在围墙里面的美好世界——一个他从没见过的世界，因为平时他总是跟小伙伴们在院子和地窖里玩耍，要不就去海边。左拉和布兰科一路上几乎没遇见几个人，他们顺利地穿过最后一道篱笆墙，来到一片杂乱地生长着黑刺李、黑莓、覆盆子和金雀花的丛林。

是的，最后一道篱笆墙的后面是全然不同的风景，没有了美丽精致、与世隔绝的花园。这里是野蛮生长的丛林，前面一段十分茂密，后面逐渐稀疏。他俩沿着珀多克河床走了几米，然后开始往山上爬。太阳烤得人实在受不了，原本成片的丛林也萎缩成了小小的一团一团，周围的岩石越来越多，再也看不见一丝花草的踪迹。

他们翻过山丘，来到背阴处，这里便是左拉之前说的“黑莓丛”了，它从山顶开始，顺着山势向下一直蔓延至海边。“进去！”左拉催促道。布兰科结结巴巴地问：“进去？”这道屏障到处都是荆棘的利刺，就算一条皮糙肉厚的野狗也别想钻进去。

“本来除了我们帮派的人之外，其他人一律不许进来，不过你算例外。说到底，他们都听我的，跟我来吧。”

左拉弯下腰，将几簇原本只是插进泥土里的藤蔓拔出来。一条通道出现在他们眼前。

布兰科简直惊呆了：“这是你们做的？你们太能干了。”

“别啰唆，看看我怎么把洞口掩上的，学着点儿。”左拉小心翼翼地转过身，仔细将所有的藤蔓全部插回泥土里。

“好了，现在连狐狸和野兔也休想进来，”她骄傲地说，“继续前进吧。”

这条通道高度有限，布兰科不得不匍匐前行，只要稍稍抬起身体，脖子或后背就会被利刺扎到。“如果不是事先知道，绝对没有人能进得来这里。”布兰科再次赞叹道。

“就算进来了，也休想出去。”左拉说，“出去更难。”通道越来越宽，他们来到一块十平方米左右的圆形空地，现在终于可以站起来了。“到了，”左拉说，“就在这里等其他人吧。”

空地上架着一个旧炉灶。周围的黑莓丛长得特别高，甚至完全挡住了他们的视线。左拉躺下来，头枕在胳膊上，打算睡一会儿。布兰科则坐在对面望着她。

这一切发生得太快了，根本来不及思考。直到现在，他才终于能舒一口气，有时间细细回想全部经过。左拉早已闭上眼睛，他索性目不转睛地盯着她的脸看。虽然从头到尾她的神情都很严肃，像个男孩子，有时候甚至看着有些凶巴巴，但他还是在她的脸上发现了少女独有的秀气。红发披散开来，覆盖住两只手，脸上的雀斑在树丛的阴影下几乎看不见了。现在的她看上去不但像个女孩儿了，而且还很漂亮。可是，她为什么要去监狱营救他，还带着他翻越了塞尼城几乎所有的围墙和篱笆——只是为了救他？

眼前又浮现出城里那帮昔日好友的脸——他们把他骂作“小偷”！布兰科心里一阵难过，就因为捡起了一条鱼，所有人都背叛了他，抛弃了他。只有眼前这个陌生的少女，大家口中的“红发左拉”救了他。

左拉好像觉察到了布兰科的目光。她并没有完全睁开眼睛，冷不丁地问：“你干吗这么看着我？”

布兰科说出了他心里的疑问：“为什么救我？”

“我也不知道。”

“你以前就认识我吗？”

“我只是看见你在挨饿，我了解那种感觉。所以当你被卡拉曼抓起来时，我就想帮你。后来你又被贝高维奇抓进了监狱，我只好帮你帮到底喽。”

“我还是不明白，你为什么要为我做这一切。”

“算了，”她的语气带着几分嘲讽，“想这么多干吗！我认定的事，就一定会去做。”

“我跟你不一样，我会想清楚再去做。”

左拉若有所思地盯住他看，看得布兰科脸都红了。然后她笑了：“好吧，那你继续想吧，不过别出声。我很累，想睡一会儿。”

与此同时，多尔德威克和贝高维奇还在追捕帕夫勒和尼古拉。多尔德威克原本以为自己能追上帕夫勒，可惜他错了。

这个大个子男孩其实并不像外表看起来那般笨拙。他的身上有一种不屈不挠的精神，多尔德威克眼睁睁地看着他如同一只巨熊一路狂奔，等他追到一片灌木丛时，帕夫勒已经从他的视线里消失了。

不行，他累得不行了，哪怕是市长，甚至主教命令他，把那个臭小子缉拿归案，他也得先在地上躺一会儿，至少不喘了再说。

另一边，尼古拉很快便发觉贝高维奇并没有追上来。他按捺不住好奇心，又蹑手蹑脚地回到花园洋房，想再瞧一眼那个陌生男孩，结果正好被没跑多远的贝高维奇抓了个正着！尼古拉大叫一声，像一条鱼似的扭动身体，可是贝高维奇抓得太紧了，根本逃不掉……

这时，跟丢了的多尔德威克听见了贝高维奇的哨声，赶紧回去。帕夫勒和杜罗也听见了哨声。杜罗咬紧牙关——这是他生气时惯有的表现——以为肯定是帕夫勒那个傻瓜被抓了。帕夫勒也以为杜罗被抓了，因为迄今为止还没人能够抓住尼古拉。

尼古拉还在挣扎，拼命地抓挠贝高维奇，还对他吐口水。贝高维奇觉得这臭小子眼看就要挣脱自己的掌控了，于是他又吹响了哨子。“来了来了。”多尔德威克边跑边喊，又加快了脚步。

“我快抓不住他了。”贝高维奇哀号道。

“那就拿警棍给他一下子。”多尔德威克朝他喊。

“你说得对。”贝高维奇伸手去摸警棍，却什么都没摸到，警棍、手枪，连同腰带全都不见了。“啊！上帝！”他一声尖叫，倒是把自己吓了一跳。

尼古拉瞅准时机，一把推开贝高维奇，转身就想跑，却被抓得更牢了——多尔德威克卡住了他的脖子，揪住了他的衣领。

“你号什么呢？”

“我的警棍和手枪不见了。”

多尔德威克哈哈大笑。“它们被你扔在了对面街上。别叫了，让我们看看这小子。”他把尼古拉的脸扭过来，“他根本不是布兰科·巴比奇！”贝高维奇也抬头看一眼尼古拉：“管他呢，谁叫他跑的，想跑的都得抓起来。”

“我逃跑，是被吓的，”尼古拉恢复了镇定，“因为你们两个突然出现在墙上。”

“原来是这样。”多尔德威克说，“你没见到一个女孩和另一个男孩吗？”

“见到了，”尼古拉连忙点头，“但是他们朝山下去了。”说着，他指了指城里的方向。

“你现在才说！”贝高维奇咬牙切齿地说。

“你们也没问过我们啊！”尼古拉解释道，“你们坐在墙头，什么也不说就要朝我们扑过来，把我们吓死了。但凡你们问一句，我们也不会逃了，对吧？也许还能帮你们抓住那两个人呢。”

“你们在这里干吗呢？”贝高维奇厉声问。

“你不是看见了吗？我们当时在打牌呀。”

“他说得没错。”不远处同时传来杜罗和帕夫勒的声音。他们也悄悄地溜了回来，一直藏在十步开外的地方。

贝高维奇和多尔德威克吃惊地瞪着他们：“同伙都来了。”

“唯独没有那个女孩和布兰科。”多尔德威克哪壶不开提哪壶。

“我自己看得见！”贝高维奇恼火地看了一眼同伴，然后朝另外两人喊道，“你们两个，过来。”

“我才没那么蠢。”杜罗笑着说，“有什么话，就请在这里说吧。”

“你们只是在这儿打牌吗？”多尔德威克问。

“除了打牌没干别的。”帕夫勒从口袋里掏出东西，“我的牌还在这儿呢。”

“这里可是斯卡莱科医生的房子。”多尔德威克的目光突然敏锐起来。

“我是他的侄子。”杜罗狡黠地答道。

多尔德威克哈哈一笑：“你是不是还想告诉我，我捉到的这小子是法国皇帝的儿子，那个大个子是摩洛哥苏丹的儿子？得了吧，小子，就算医生真的有个侄子，也绝不会穿得像一只肮脏的猪猡。”

杜罗的表情有点儿不自然：“今天我们玩强盗游戏，所以都穿成这样。昨天我们演鬼怪，还把全身涂黑了呢。”

多尔德威克思索片刻，看了贝高维奇一眼。“放他们走吧，”贝高维奇说，“管他是不是医生的侄子呢。红发左拉和布兰科·巴比奇才是我们的抓捕对象。”

多尔德威克摩挲着他光滑的下巴：“嗯！斯卡莱科医生跟市长是亲戚，万一这小子真是医生的侄子，那我们岂不是又捅了一个娄子！本来没抓到那两个就已经够我们受的了。”于是他一把将尼古拉推倒在草地上。

尼古拉连忙爬起来，朝帕夫勒和杜罗奔过去。“走着瞧，我会告诉我叔叔的。”杜罗大声骂道。“我们会告诉他的。”帕夫勒和尼古拉附和道，然后丢下贝高维奇和多尔德威克，头也不回地跑掉了。

等他们抵达黑莓丛，已经是下午四点了。

听见有人说“他们睡着了”，布兰科突然惊醒，左拉也醒了。她用胳膊支起上半身，笑着问：“你们摆脱他们了吧？”“那还用说？”尼古拉把经过说了一遍。左拉被逗乐了好几次。布兰科也笑了，他完全想象不出找不到警棍的贝高维奇是什么样子。

等到大家都不再说话，尼古拉打量起了布兰科，布兰科也同样打量着他。帕夫勒也好奇地偷瞄布兰科。只有杜罗完全当他不存在。

左拉瞧了瞧，突然站起身来："现在我给你们介绍一下。"

"他叫布兰科！"尼古拉说。"巴比奇。"帕夫勒也接口道。杜罗总结道："市长要抓他。刚刚的一切都拜他所赐。"

"你们怎么知道的？"左拉惊讶地问。"警察说的。"男孩们答道。

"那你们应该也知道，他刚刚被关进了监狱。他只不过从地上捡了一条鱼，卡拉曼就要把他抓起来。是我把他救出来的。"帕夫勒的眼睛瞪得像铜铃一般，尼古拉噘着嘴，杜罗烦躁地拔了一根草叼在嘴里。布兰科证实了左拉的话："我妈妈前天去世了。我肚子很饿，看到地上有一条小鱼，就捡起来了。然后贝高维奇把我抓进了监狱，多亏左拉拿了根木桩来救我，我们才逃出来。"帕夫勒仍然瞪着铜铃般的眼睛，说了一声："噢。"尼古拉看了看男孩们，又看了看左拉。杜罗好似平静了一些，他盯着布兰科，但目光一点儿都不友善："现在拿他怎么办？"

"我想让他加入我们。"左拉答道。尼古拉欢呼起来："太好啦！我们有五个人啦！"帕夫勒抬起头说："我同意。能被市长追捕的人，正是我们需要的人。"杜罗没说话，抿着嘴盯着布兰科。布兰科与他对视，他之前就觉得这张脸上写满了狡诈与阴险，现在更加不喜欢他了。

"你呢？"左拉推了一下杜罗。"你知道的，我一向不欢迎新成员。”杜罗说。左拉眯起眼睛，脸色阴沉下来：“可是我们都同意了。”

“那起码让他试一把‘刺刀游戏’[1]，要是他玩得转，我也没意见。”“好。”左拉的脸色缓和了不少，尼古拉和帕夫勒也同意了。

“你知道怎么玩吗？”左拉问布兰科。

“我见过，码头上的木工和水手有时候会玩一把。”

女孩转身问帕夫勒：“你带刀了吗？”帕夫勒点点头。“你给他示范下。他从来没有玩过，让他试两次，第三次才算数。”

帕夫勒从口袋里掏出一把刀，上面套着皮制的刀鞘。他拔出刀，检查了一下是否锋利，然后双膝跪地，布兰科连忙在他对面蹲下。只见帕夫勒单手紧握刀柄，刀尖对准地面，嗖的一下，整个刀身插入泥土中。“这是第一轮。”说着，他拔出刀递给布兰科。布兰科轻轻松松过了关。“别高兴得太早。”杜罗阴险地笑了，“这才第一轮，小孩子都会。”

第二轮、第三轮、第四轮，布兰科都有惊无险地完成了。左拉一直紧张地望着他，杜罗也盯着他手上的每一个动作，小个子尼古拉张大嘴巴，激动得连口水都滴了下来。

“现在到了最难的一关。”帕夫勒说。

“不对，”尼古拉说，“最难的是最后一轮。”

“一点也不难，”杜罗轻蔑地说，“我当时一下子就学会了。”

帕夫勒用牙齿叼住刀，先低了一下头，然后快速抬头，一

① 该游戏充满危险，请勿模仿！

松口，刀被抛起来，刀身在空中翻转，嗖的一声，又稳稳扎进土里。左拉拍手叫好：“这一招是他最拿手的。”帕夫勒胖胖的脸上露出扬扬得意的笑容。到目前为止，布兰科一直饶有兴趣，可用这一招，让他觉得有点儿害怕。杜罗看出了他的迟疑，捅了捅尼古拉：“他要放弃了。”声音里充满了讥讽。帕夫勒说：“我刚才不是说了吗，这一轮最难了。”杜罗大笑起来：“他就是胆小。”

布兰科听不下去了。他看到左拉鼓励的目光，仰头将刀抛向空中。尝试了三次，他的成绩已经跟帕夫勒不相上下了。“太棒啦！”左拉大声喝彩。尼古拉也朝布兰科赞许地点点头。帕夫勒捡起刀子，大加称赞：“插得跟我一样深呢。”

最后一轮看起来容易一些。帕夫勒用拇指和食指夹住刀子，手腕向下，然后发力让刀身在空中翻转，最后刀尖落地。第一次尝试，布兰科在刀子脱手的瞬间被刀刃轻轻划了一下，刀子平躺落地。第二次尝试，就在他抛出刀子的一瞬间，有人推了他一下，刀子没有扎进土里，而是扎中了他撑在地上的那只手！“哎哟！”他惨叫一声，抖落刀子，脸色顿时变得苍白。“刚才有人推我！”布兰科愤怒地说。

他转过身，发现杜罗蹲在他后面：“是你干的！是你！”

杜罗说：“我只是想过来看看你的动作对不对，可能不小心碰了你一下。”

“你是故意的！”布兰科吼道，他恨不得用自己血淋淋的手朝他假惺惺的脸上扇一巴掌。

左拉急忙扑过来：“让我看看。”伤口血还在不停地流。左拉从衣服上撕下一块布条，帮布兰科包扎好。“好了，现在把手举高点，血很快就会止住。”

大家沉默地站在那儿。良久，杜罗突然说：“他现在不能算我们的人吧？”

“为什么不算？”左拉立刻反问道，帕夫勒和尼古拉也诧异地看着杜罗。

“他并没有完成最后一轮。”

“那是因为你推了我！”

“我都说了我不是故意的。再说，就算我是故意的，这也改变不了结果——刀子最后没扎进土里，而是扎中了你的手。”

“那只是第二次，”帕夫勒平静地说，“布兰科还有一次尝试的机会。”

“他敢吗？”杜罗嘲讽地说。

布兰科被激怒了：“当然敢。把刀子给我，我再试一次。”

帕夫勒从兜里掏出刀子，递给布兰科，尽管布兰科的手颤颤发抖。刀在空中翻转了之后，扎进了土里。他成功了！

“现在你成了我们中的一员。”左拉望着他的眼神充满了骄傲。尼古拉朝他眨眨眼，帕夫勒则伸出他的手。“你是个勇敢的家伙。”他用厚实的手掌用力握住布兰科的手，可怜的布兰科手更疼了。左拉推了一把杜罗：“你不去跟他握个手吗？”

“不去。”杜罗摇摇头。

“布兰科加入我们，你不觉得高兴吗？”

杜罗又摇摇头。

好吧，布兰科心想，至少杜罗是个诚实的人。就在今天，他收获了三个新的朋友，也多了一个敌人，就刀子这件事情来看，甚至还是个非常危险的敌人。左拉又看了一眼杜罗："以后再说，现在我们该走了。"

一行人朝山下走去。最后，左拉扒开了一个用金雀花遮掩的山洞。

"我们要去哪儿？"布兰科问。

左拉把手围成喇叭状，轻声说："进去你就知道了。"

# 第五章　乌兹柯克人的城堡

洞穴里一片漆黑，到处堆着大大小小的石块。因为高度不够，布兰科只好匍匐前进，他的膝盖被磨得生疼。不知爬了多久，洞穴愈发狭窄，每当面前出现墙体的时候，他都以为到头了。可左拉总是在他身后喝道:“继续！”果然，只是转了一个弯而已，离终点还远得很呢。

爬行了差不多五分钟，四周渐渐变亮。洞穴里的空间越来越大，很快便可以站起来行走了。杜罗和帕夫勒合力推着墙边的一块大石头。石头被挪开后，一个洞穴露了出来，洞穴的尽头连着一个螺旋形的石梯，石梯的每一级台阶都很陡峭，除非手脚并用，否则根本爬不上去。“喂！”走在前面的尼古拉提醒布兰科跟上，他们最终进入一个狭长的空间，好像是一个大厅，大概宽两米、长十米，顶很高，墙上有一些类似枪眼一样的小洞，下午的日光从中透了进来。

墙体全是用巨大的石块堆积起来的，只是简单地刷了一层石灰，靠近枪眼的石块有半米的厚度。地上到处都是木柴，角落里有一个小石块砌成的灶台，远处还有好几处木屑和干草铺成的床铺，上面还有被子。大厅的另一头，沿着石梯再往上爬两级，有一个小平台，上面也铺了一些稻草。“这些都是我的宝贝。”尼古拉指着一个干草垛的上方，骄傲地说。布兰科走近一步，发现全都是一些电影和话剧明星的照片，想必是尼古拉从一些报纸和杂志上剪下来的。

“我最喜欢的是她。”说着，尼古拉用尖细的手指点了点其中一个胖胖的女歌手。

布兰科好奇地打量尼古拉，他个子小小的、下巴尖尖的，嘴巴倒是挺大，留着一头灰白的长发。尼古拉没有多说，带着布兰科往下一个床铺走去。

“谁睡在这儿？”布兰科问。帕夫勒走过来说：“我！”跟尼古拉不一样，帕夫勒喜欢的是拳击、游泳运动员。“我也想成为他这样的人。”他指着其中一幅照片，上面是一个孔武有力的亚洲人，一个人将三个人高高举起。“你有那么大力气吗？”布兰科问。

“现在还没有，”帕夫勒看了一眼布兰科，“不过，总有一天我也能行的。我还想成为他！”说完，他又指着一位跳水运动员。这时，杜罗走到他们身后，挖苦道：“只可惜他怕水，到现在连游泳都不会。”尼古拉抿着嘴偷笑。

“我会学会的，要不我们打赌，就拿这张照片做赌注。”说着，帕夫勒朝杜罗伸出手。杜罗却转身走开了：“谁稀罕你这张破照片。”

布兰科不想插手他们的争论，便来到另一张床铺跟前，它看起来比其他两张像样得多，旁边竖着一面用三块木板拼接起来的墙，第一块木板上挂着几幅马儿的图片，第二块木板上挂着几个捕兽夹和一个弹弓，第三块木板上均匀有序地钉着几只蝴蝶标本。

尼古拉也跟了过来。“这是杜罗的地盘。他以后想做农民或者养马人。”

这时，左拉径直走过每个人身边，去了楼上的小房间。布兰科的目光追随着她。尼古拉碰了布兰科一下。“那上面是她睡觉的地方，不过她不准任何人上去，还在楼梯那里画了一条界线。她说那是她一个人的专属空间。有一次杜罗想溜上去，”为了不让杜罗听见，他还特地压低了声音，“刚走上台阶就被她扑通一声踢了下来。左拉很厉害的，比我们所有人都强。”

布兰科走到一道裂缝跟前，往外望去，他看见外面高高的山脉、巨大的树木，还有十几座房屋，不过他想了很久也没弄清楚自己身在何处。

等他转过身来，男孩们已经忙活起来了。杜罗不断地往灶台添加木屑。尼古拉端来一锅水。帕夫勒扛了一捆柴火过来，他的力气真的很大，那么粗的枝条在他的手里就像火柴一样。布兰科刚想上前帮忙，就看见左拉从她的房间里出来，她刚刚梳过头发，用一根带子将头发绑在脑后，身上的线衫也脱掉了，换上一件原本应该是黄色的衬衫，裙子倒是没有变。

“这究竟是什么地方？”布兰科问。

“跟我来，我带你四处看看。”

他们回到螺旋形石梯，这次是往上爬。楼梯一层连着一层，也像下面那样，入口处被巨大的石块堵着，他们小心地将石头挪开。

“为什么要用石头挡上？”布兰科问。

“因为一旦被人发现藏身之处，我们就完蛋了，所以必须这么做！”

他们爬了大约三十级台阶，来到一个阴暗的大厅，大厅里矗立着好些粗大的柱子，刚一走动，一大团黑色的东西就尖叫着从天花板上飞下来，在他们的耳边扑腾着。布兰科吓得倒退一步。

左拉笑了：“别怕，几只蝙蝠而已。”

“我从来没见过这么多蝙蝠。”

“你往上面看，那里还有好多呢。”

果然，第二根柱子后面密密麻麻地悬着数千只大小、肥瘦不一的蝙蝠，它们有着老鼠一样的脑袋，尖尖的耳朵上长着稀疏的毛发，乍一看像是被人串成一串倒吊在那里一样。他俩的到来惊动了所有的蝙蝠，它们先是动了动耳朵，随即张开翅膀如同一团黑云一样扑过来，根本没有给他们反应的时间。布兰科不敢上前。左拉抓住他的肩膀鼓励道：“用手护住眼睛，往前走，走两步就能摆脱它们了。”

原来，柱子后面还有一个楼梯，台阶没那么陡，也更宽敞，起码不必再手脚并用地爬了。

他们拾级而上，走进一个房间，屋里弥漫着一股可怕的气味，随处可见骨头、羽毛、破旧的衣物和被子，最多的是鸟粪。这时，角落里突然传出一声凄厉的号叫。

“什么东西？”布兰科停下脚步。

发出声音的是一只大鸟，大大的脑袋、尖尖的鸟嘴，还有奇形怪状的尾翼。“猫头鹰。”左拉在他耳边轻声说，“快跑，它的脾气可差了。”他们一口气穿过两道门，房间一个连着一个，空荡荡的。有几处地面已经损坏，露出下面的黑洞，墙壁上也有几道裂缝。

“你小心点，我们现在距离地面差不多有三十米高。”

尽头又有一个楼梯，不过这回他们没走几级台阶，便进入了一间小棚屋。布兰科听见有东西在咕咕叫。“是鸽子，”左拉笑着说，“我们的鸽子。它们在这里筑巢，多的时候足有二十只，少的时候就只有三四只，大部分都被老鹰和红隼①吃了。”

“你们也吃鸽子吗？”布兰科问。

左拉点点头：“除非我们实在没有别的东西可吃了。这些其实是尼古拉养的，他喂养它们，有他在，谁敢吃呀。”

他们把头伸进棚屋。左拉告诉他，这里原本只有一道残留的外墙，后来尼古拉和帕夫勒一起弄来木板，简单搭建了一下，这样既可以防老鹰，又能遮风挡雨。“你看后面那两只，”左拉

① 红隼，隼科的小型猛禽。体重173~335克，体长305~360毫米。翅狭长而尖，尾亦较长。雄鸟头蓝灰色，背和翅上覆羽砖红色，具三角形黑斑；雌鸟上体从头至尾棕红色，具黑褐色纵纹和横斑。栖息于山地和旷野中，多单个或成对活动，飞得较高。以边翱翔边猎食的习性而著称。

指了指两只躲在角落里的白鸽，“它们正在孵蛋。不过只有尼古拉能把它们抱起来看下面的鸽子蛋。他说过几天这里就会多四只小鸽子啦。”

棚屋里摆放着一个通往上面的梯子。它看起来不太结实，两个人爬上去的时候必须格外小心。上面的建筑损毁得更加严重，墙上全是裂缝，有些甚至大得足以让一个人穿过去。

“动作轻点，”女孩悄声说，“否则你就看不到它了。”话还没说完，一只大鸟在他们的眼前腾空飞起。“这是一只红隼。”左拉指着一道裂缝说，“你看，那里是它的窝。我记得它下了两枚蛋。”她走近一看，突然惊呼一声：“小红隼已经破壳啦，它们看起来真好玩。”

布兰科也看到了红隼的鸟巢，里面夹杂着各种树枝、树叶、羽毛，还有鸟粪和碎石灰块。小小的红隼可爱极了，张大嘴巴，发出吱吱的叫声。

“别告诉杜罗它们已经破壳了。”左拉一边继续往上爬，一边恳求，“小红隼多可爱啊，我不想它们被他弄死。”

“我绝对不会说一个字。”布兰科说着，又小心翼翼地往上爬了一级。

这已经是第三个梯子了。左拉指着第四层的梯子，说：“还剩最后一个。”

布兰科笑了：“我还以为要一直爬到天上去呢。”几秒钟后，眼前的一幕让他震惊得一句话也说不出来，他感觉自己仿佛爬出深渊，一下子置身于光明之中。他们的确来到了“天上”，头顶是一片碧蓝的苍穹，一路上经历的黑暗、污秽、惊吓和憋屈一下子全都消散了。

“啊！”布兰科只能吐出一个字。

“啊！”左拉大叫着举起双手，仿佛这样就能够触碰到天空一样。

“太美了。”布兰科虔诚地说。

“这是我见过最美的风景，”左拉说，“每天都看不够。”

布兰科回过神来，看了看四周，现在他终于知道自己在哪里了——这是一座古堡，在塞尼东面的一座小山丘上。古堡的围墙大约五十米高、一两米厚，呈四方形，围墙的四个角上分别坐落着四座塔楼，此刻，他们就在其中一座塔楼的顶上，旁边的一座已经倒塌了。

从塔楼俯瞰塞尼城，街道变成了一道道线条，房屋犹如积木，圣弗朗西斯科大教堂的钟楼像是积木中凸起的长矛枪头。还有主教宫殿，它的高大雄伟平时总是让布兰科心怀敬畏，但从这里望下去，不过是一块狭长的白色石头罢了。

“从这里看去，一切都变小了。”布兰科说。

“从更高的山上看我们，”左拉答道，“我们也很小。”

男孩抬眼望去。古堡所在的山峰大约比塞尼城高出九十到一百米，这个高度已经足够将整个城市尽收眼底。高山环绕整座城市，几处峡谷仿佛是用斧子劈出来的缺口，可惜力道不够大，峡谷的后面又有新的山脉拔地而起。

布兰科凝望着远方。左拉转过身，拍拍他的肩头：“你看那边的大海。”男孩的脸上露出更加迷醉的神情：“这里的海景，比我的礁石那边强多了。”

“你的礁石？”

“对，就在海边。不过那里只能看见海，而且只是柯尔克岛和拉布岛之间的海面。在这里，甚至连两座岛屿的后面都看得清清楚楚。”

左拉点点头：“这里能一直看到海的尽头。”

站在塔楼上望着大海，真是美不胜收。天色渐渐暗下来，岛屿与岛屿之间的海面笼罩在阴影下，宛如黑色的丝带。红褐色的礁石在夕阳的映衬下就像烧红的木炭，为一望无垠的海面镶上了花边。近处的海水是蓝色的，再远一点儿就变成了淡青色，离海岸越远的地方，颜色就越浅，在海天交界的尽头索性化为了一簇白色的光。近处的灰蓝色天空也随着距离的增加越来越浅，最终跟海面融为一体，那里就是一切的尽头吧——大海、天空、陆地，乃至整个世界的尽头。

“这就是我们生活的地方，”左拉总结道，“我们已经在这里生活了八个月了。”

“钻进洞里的时候，”布兰科不好意思地承认道，“还有刚刚看到那么多动物的时候，我还挺害怕的。”

“开始的时候大家都很害怕，不过现在我们都已经习惯了这些动物的存在，也习惯了在黑暗中爬进爬出。”

“我做梦也没想到你们会住在这里。塞尼城的人们总是说古堡是禁地，这里很危险，而且还闹鬼。”

“这里的确不适合居住，可是我们还能去哪儿呢？我们一开始也以为这里闹鬼，后面才弄明白，那不过是风或猫头鹰弄出的声响，还有一群群的蝙蝠。”说到这里，她得意地笑了，“现在我们把自己变成了‘鬼’，尤其是有外人进入的时候。”

“这里经常有外人来吗？”

“有时会有好奇心旺盛的人进来探险。所以我们总是把所有的入口都藏好，防止他们突然闯入我们的地盘。”

“你们怎么会想到来这里住？”

左拉靠在宽大的护墙上回忆着：“帮派刚刚成立的时候，我们住在黑莓丛，后来因为天太冷了，就搬进了那一片的花园洋房。有时候睡在外面的亭子里，有时候住在没人的房屋里，可是很快就被主人发现了。有一次，他们故意埋伏在那里，差点把我们全抓了。还有一次放狗咬伤了尼古拉，幸亏帕夫勒及时出现，打死了恶狗。再后来，他们甚至朝我们开枪。正好我偶然间发现了这里的塔楼，就跟他们说，一起搬过来住。”

布兰科不知该说什么好，只好问道：“你发现的？”

“是的，我爬山时碰巧发现的，当时就想，这里对我们来说应该是一个很好的藏身之地，然后就告诉他们了。”

布兰科坐在一块木头上，继续听她说：“我们先是住在下面靠近古井的地方——明天我带你去看看。不过一有人来，我们就得赶紧藏起来，再后来，我们发现了楼上的大厅，也就是现在住的地方。这还得感谢尼古拉天天在塔楼里转悠，地洞、楼梯，还有我们刚刚爬过的梯子，全都是他发现的。别看这家伙个头矮小，力气也不大，他其实可能干了。”

“他跑得比黄鼠狼还快，”布兰科说，“而且很自信。”左拉笑了：“还特别能说会道。跟其他男孩子打架，或者有人想欺负我们的时候，他那骂人的功力，你真应该好好见识一下。”

布兰科看了看下面的城市，太阳慢慢地落了下去，一层薄雾飘浮在房屋上空，码头上的灯光渐次亮了起来。不像他们这里，天色还亮堂得很。于是他俩决定再去别处看看。

窗台的外面有一条宽阔的走廊，连接着几座塔楼的顶端，只是其中一座塔楼已经倒塌，左拉说那是闪电造成的。有人在断裂的地方铺上了几块木板，经过这里时需要格外小心一些。走廊的外墙上有着一排深深的枪眼，让墙体看起来就像巨大的锯齿状梳子一样。透过枪眼，人们能够清楚地看见下面，而下面的人却根本不可能看到走廊里面的情况。墙脚还有几处沟渠，现在已经用泥土填满了，里面种了花和醋栗，此外还有野生的樱桃树、接骨木、荨麻。

布兰科笑着说：“你们居然在上面种了一片树林。”

左拉点点头：“杜罗说，以前打仗的时候，被困在这里的人还种过蔬菜，沟渠的外面连接着很多小型排水沟，能把雨水引进来。”

布兰科看了看墙的内侧。左拉来到他的身边，倚着墙说：“这是一个巨大的天井，天井的正中央有一口古井，有人说这口井很深，还有人说井底直达海边。”布兰科伸出头向下面望去，厚重的灰色围墙一直延伸到最底下，给人沉甸甸的压迫感，他甚至觉得有一股力量在将自己往下拽，于是他连忙缩回身体。

“这个古堡叫什么名字？”他问。

“塞尼人就管它叫‘古堡’，但其实它叫‘内哈吉拉德’，我们叫它乌兹柯克人的城堡。”

布兰科仍旧打量着四周：“乌兹柯克人的城堡？”

左拉站直了身体：“对！因为我们把自己称作‘乌兹柯克人’。”

布兰科凝视着左拉：“你们？”

左拉昂起下巴，挺直腰板，一头红发左右翻飞。“对，我们。”她的语气愈发坚定，“我们要像曾经的乌兹柯克人那样，成为勇敢的英雄。”

“我记起来了，爸爸好像跟我说过一次，他教我唱过一首关于乌兹柯克人的歌，等等，也许我还记得。”他开口唱道：

噢，美丽的大海，
噢，红色的大海，
乌兹柯克人，时刻准备着。

左拉接着唱道：

当大风吹起，
当潮汐来临，
当老鹰在我们头顶长啸。

他们一起合唱：

# 第五章　乌兹柯克人的城堡

上船，上船，
挂起帆，
带着欢乐驶向大海，
管他土耳其，
还是威尼斯，
手握宝剑，冲向前。

左拉的歌声饱含激情。歌声停止后，她说："乌兹柯克人是整个亚得里亚地区最有名的骑士、船长和水手。你去过圣弗朗西斯科大教堂吗？乌兹柯克人就被埋葬在那儿座高高的石碑下面。石碑上记载着他们的英雄事迹和战斗经历。他们是克罗地亚几百年来最伟大的英雄。他们修建了塞尼的城墙、码头、古堡，还有，你看见那边的山顶了吗？"她指着塞尼城后面的一座山峰问。

布兰科点点头。

"那儿叫'鹰巢'，也是他们建造的城堡。如果进攻的敌人太多，他们就会退守到'鹰巢'里。不过这种情况只发生过三四次，多数时候他们都能够把敌人打跑。"

"再给我讲讲关于他们的事。"布兰科说。

"乌兹柯克人打过威尼斯人和土耳其人，也打过匈牙利和德意志帝国。他们当中还有一位年轻的姑娘，跟男人们一起冲锋陷阵，她像男人一样勇敢，也有人说，她比男人们更勇敢。"说这话的时候，左拉抬头望着远处的"鹰巢"。布兰科刚想继续提问，却看见杜罗走了过来。他大概早就来了，一直躲着偷听他们谈话。杜罗一脸不高兴，生气地抱怨道:“我足足找了你们半个钟头。”

“我带布兰科来见识一下古堡。”左拉解释道，“正跟他说乌兹柯克人的事迹呢。”

杜罗不满地看了一眼布兰科:“他能不能做一点儿有用的事？连饭都是我们烧的。”

“迟早也是要来看看古堡的。”左拉的语气不容反驳，“好了，走吧。”她朝布兰科挥挥手。“正好我们也看得差不多了。”她又对杜罗说，“我肚子也饿了，正想吃饭呢。”三人一起沿原路返回。

“你们去了这么久，”尼古拉不高兴地说，“杜罗也半天不回来，所以我们先吃了。”

“要不是我拦着，”帕夫勒气恼地说，“鸡蛋就被尼古拉全吃光了。”

“哪有，”尼古拉打断他，“剩下的几个明明是我从你嘴边抢下来的。”

“撒谎！”帕夫勒气极了，“为了拦住他，我差点把他手指头掰断了。”

左拉拍了拍帕夫勒的肩膀:“我知道谁在撒谎。”尼古拉眨了眨眼睛:“我也知道。”“看看锅里还有几个吧。”杜罗不耐烦地说。帕夫勒掀开锅盖，里面还有五个蛋。“你总共做了几个？”左拉问。

“十个。”帕夫勒答道。

“哦，”尼古拉终于说了实话，“可能是我多吃了一个。我以为他做了十五个，每个人三个。”左拉威胁地朝他晃了晃拳头：“既然这样，那明天早上你少吃一个。”“我同意，”尼古拉点点头，苦笑一声，“反正鸡蛋都已经吃完了。”

三人围着锅坐下，尼古拉分给他们一人一片厚厚的面包。左拉将鸡蛋分成三份，招呼杜罗和布兰科来吃。布兰科刚准备拿起鸡蛋，就听见杜罗说：“刚才你是最后一个进来的吧。”杜罗朝来时的方向抬了抬下巴：“洞口还敞开着，按照规矩，最后一个人堵洞口。”布兰科想起左拉说过，通往古堡的每一个入口都必须掩藏好，否则会很危险。于是他把面包塞进口袋，站起身来。帕夫勒也站了起来：“布兰科，你还没吃完，我去吧。”

杜罗生气地瞪着他：“一个自由的乌兹柯克人从什么时候开始听别人使唤了？你又不是最后进来的人。”说着，他一把拽住帕夫勒，让他重新坐下。尽管手上还缠着绷带，布兰科仍然吃力地堵住了洞口。等他回来的时候，杜罗已经吃完躺下睡了。左拉手里还拿着面包，似乎还在等着他。“来，坐这儿。”帕夫勒给他搬来一块石头。布兰科坐下来，从口袋里掏出自己的那片面包。可是掀开锅盖才发现，锅里已经空了。他的满心期待顿时化作一脸的失望。

“这次可不是我哦！”尼古拉叫起来。

“也不是我。”帕夫勒保证道。

“那大概就是我咯。”杜罗仰面躺着说，“我想起来了，就是我干的。我刚才忘了我们今天多了一个人，还以为锅里那份全是我的呢。”

布兰科愤怒地盯着杜罗，帕夫勒也很生气。左拉阴沉着脸，将自己的那份鸡蛋拿出来，放在布兰科的面包上：“你吃我的吧，反正我今天也不怎么饿。”杜罗觉察出所有人都站在布兰科那边，没人向着他，于是他站起来说：“我们的食物根本不够吃，就算加上他那份我还是吃不饱。走吧，我们出去弄点吃的。”

# 第六章　偷鸡贼

左拉一行人再次来到外面，布兰科还是走在最后，不过左拉一直等着他，并协助他把洞口藏好。尽管必须赤着脚踩过石块、泥泞，甚至是玻璃碎片和尖锐的蓟草，女孩的动作依然轻快敏捷。翻篱笆、钻洞、爬墙——布兰科差点跟不上她。

整个帮派像狼群一样前行，上山、下山，丝毫没有放慢脚步。布兰科吃力地跟着，他还从未跑过这么长时间，几次差点跟不上。沿着海岸，他们从一块岩石跳到另一块岩石上，海浪拍打着礁石，溅起的浪花在月光的照耀下闪耀着五颜六色的光。他们迅速跑过布满石子的贫瘠农田，经过一座废弃的采石场，来到山上的一个小果园。杜罗终于停下了脚步。“你们看见下面海边的那座房子了吗？”他指着下面一片深入腹地的海湾问。

“我昨天看到院子里有很多母鸡。尼古拉，你到街边接应。那个新来的，”他不愿意叫布兰科的名字，“留在这儿放哨。要是有人来了，你俩就学猫头鹰叫，叫三声，但是声音别太大。帕夫勒、左拉和我去下面的院子里，想办法弄一只母鸡出来。”他用命令的语气简单地分配好任务，也不管有没有人提出异议，掉头便朝山下走去。

左拉和帕夫勒连忙跟了过去。布兰科躺在一片薰衣草丛里，瘫倒在地，心像是马上要蹦出来似的——一路狂奔把他给累坏了。尼古拉看了他一眼，朝山下滑去，到街边停住。另外三人又跑了一段路，直到距离房屋大约一百米处，杜罗才放缓了脚步……

再往下，布兰科就看不到了。他平复了下气息，走到果园边上，下面就是街道，不过尼古拉却不在那儿。他注意到路边的刺柏树，像一排高大的士兵，没准尼古拉就在后面躺着呢。下坡道很陡，一直通往海边。此刻的海面相当平静，泛着银色的微光，像是一面看不到尽头的镜子。

这里究竟是什么地方？他看见海面上有船，还有火光，那应该是渔民们夜里出海时亮起的灯。他盯着海湾迂回深入内陆的独特曲线，为了看得更清楚，他又往前走了几步。

现在他认出来了，小小的房屋，还有那棵无花果树，那是他经常去的地方——老格里安的家！老格里安是爸爸的好朋友，布兰科记得妈妈葬礼那天，老格里安也来帮忙了。他本来打算葬礼结束后去跟老格里安聊聊，但后来，他去了海边的礁石，并把一切都抛到了脑后。

这时，布兰科突然反应过来，一下子跳了起来。我的天！他们要去老格里安家里偷鸡？他马上追过去，却发现他们三人已经翻过围墙来到了大街上，尼古拉也出现了，他们一起朝山上飞奔过来。

布兰科迎上去："你们去了下面的那户人家？"

杜罗恼火地推开他。"不然呢？别问了，有人在追我们。"说完，他继续往前跑去。左拉、尼古拉和帕夫勒也跟在后面狂奔，布兰科别无选择，只能跟了上去。一群人越过农田、草地和篱笆墙，一直跑到采石场边上，杜罗才停下脚步。"这里安全了。"杜罗说着，又转向布兰科，"你到上面去盯着。"布兰科却走近一步："我问你，你们是不是去了山下那户渔民家？"

"刚才已经回答过你了，"杜罗说，"你也听见了。"

帕夫勒举起手里的袋子："我们偷来了一只母鸡。"

"你们知道偷了谁的鸡吗？他只是一个贫穷的渔民！而且还是我的朋友！"

帕夫勒吃了一惊："可……那也不是他唯一的母鸡，他有六只呢。"杜罗接过帕夫勒的袋子，哈哈一笑："饿了就偷，管它是谁的。总不能还去问问他有钱没钱吧？"

"六只，"布兰科更生气了，"卡拉曼至少有三百只鸡。如果你们非要偷的话，为什么不去那里偷？"尼古拉吹了一声口哨，说："卡拉曼家有狗。"杜罗笑得更欢了："是呀，有本事明天自己去偷只鸡回来。"他的讽刺让布兰科更加愤怒了。"我以为你们自称乌兹柯克人，是想成为勇敢的英雄。我还没听说过乌兹柯克人会偷穷人的东西，而且会害怕一条狗，"他的目光转向左拉，"无论男人还是女人。"

"你到底想干什么？"左拉走近他。

“我们一起把鸡还给老格里安，要是你们不敢，那我就一个人去。然后我们再去卡拉曼那里偷一只鸡出来。”

左拉沉默地看着他，帕夫勒嘟哝着：“这个，这个……”尼古拉不说话。“你们愿不愿意？”布兰科期待地盯着他们。

“这只鸡归你了，”杜罗嘲讽地说，“拿走拿走。”说完，他猛地把口袋摔到布兰科脚边。布兰科弯腰捡起鸡，却摸到一摊血。“你把它摔死了！”他怒吼一声，扑了过去。

杜罗冷笑着躲开：“傻瓜，鸡要杀了才能吃呀。帕夫勒，去把毛拔了。尼古拉和我去找柴火，左拉去生火，至于你，我刚才已经说过了，到上面去盯着。乌兹柯克人只听头领的话。”

“我认为左拉才是你们的头领。”布兰科气得声音都在发抖。

“她的确是。”杜罗答道，“不过如果我们当中有人提出建议，而且大家都接受，那么就由他负责实施，所有人都要听他的。”布兰科的目光再次转向左拉：“是这样么？”左拉点点头。

布兰科呆呆地望着那只母鸡。帕夫勒已经开始拔毛了，尼古拉也抱了一大堆柴火过来。他们马上就要开始烤鸡，然后大吃一顿，现在做什么都无济于事。老格里安的鸡终究还是走了所有鸡的必经之路。布兰科只好按照杜罗的要求，转身往高处走去。离开之前，左拉以为布兰科已经屈服了，因此大声对他说：“等鸡烤好了我们再叫你下来，或者我给你送一份上去也行。”

布兰科猛地扭头：“我不吃！那是老格里安的鸡，我绝对不吃。”

他爬到山崖上，背靠着一棵老槐树，独自生气，但并不是针对杜罗，因为他知道那是他的敌人，这一点不会改变。他在生帕夫勒和尼古拉的气，甚至还有左拉，以及他自己。他把牙齿咬得咯咯作响，他也说不上为何自己的反应这么大。毕竟他们几个去偷鸡的时候并不知道老格里安也是一个穷人，更不知道他是自己的朋友。而且他们也不知道，布兰科对偷窃这件事原本就耿耿于怀——现在，他的反感愈发强烈了。他曾经被人污蔑为小偷，多亏了左拉把他从监狱里解救出来。这下好了，他真成了小偷！

但同时，他也很清楚，伙伴们还饿着肚子，要是不去偷，塞尼城根本不会有人愿意给他们点吃的。思来想去，不管从哪个角度考虑，布兰科都觉得这整件事就是不对劲。最后，他决定——既然错误已经发生，那就想办法去弥补。是的，他必须这么做。明天夜里他要去卡拉曼家，哪怕他家养了几十条恶犬，他也要偷一只母鸡回来。不，偷两只，然后将它们放回老格里安的鸡圈里。打定主意后，他的心情平静了许多。

山崖下，左拉他们已经准备好了，火苗一下子蹿了上来。

“小心点，”杜罗呵斥尼古拉，“火太大了很容易被人发现。”帕夫勒和左拉站起来，挡在火堆前面。没过多久，烤鸡的香味散发出来，一直飘到山崖上。布兰科猛地吸了一口，太香了，他已经好久没闻到过、也没吃过这么香的食物了，这香气让他的胃紧紧缩成一团。

不，这只鸡他一口也不碰！

帕夫勒上来了，给他带来一只鸡腿：“这是给你的。”布兰科不耐烦地说：“我说过了，我不会碰这只鸡的。你自己吃吧。”帕夫勒摇了摇头："左拉特地嘱咐我，要把鸡腿给你。""那就再告诉她一次，我不要。"布兰科更生气了，鸡腿的香味几乎让他崩溃。帕夫勒总算下去了。

没过几分钟，左拉自己上来了。"你真是个傻瓜，鸡腿被杜罗吃了。""随便，"布兰科闷声说，"反正那是他偷的。"女孩不满地瞥了他一眼："你记住，那是我们所有人一起偷的。来吧，我们得离开了。"帕夫勒熄灭了篝火，大家开始往回走。半小时后，他们回到了古堡。

这时，杜罗突然转过身，对尼古拉说："别忘了去面包店。"尼古拉点点头，又对布兰科说："要不要一起去弄点面包回来？"

"还去偷？"

尼古拉笑了："不，有人替我们偷。"

"谁？"

尼古拉笑得更欢了："面包师。"

布兰科一把推开他："别骗我了！"

"没骗你，来嘛，我告诉你这是怎么回事。"

于是，他们朝山下走去，穿过珀多克河干枯的河床。河床很低，河岸却很陡峭，两人不得不彼此搀扶着前行，趁着这会儿工夫，尼古拉说起了他的故事。

"面包师库尔沁是我的朋友，一个非常特别的朋友。"

"原来是他，"布兰科打断道，"这个人我认识。"

尼古拉继续说："大概三月前吧，那时候我们经常在他那儿偷面包。有一天，我守在那儿，等着偷他新鲜出炉的面包，谁知动作不够快，被他抓了个正着。我以为他会揪着我的衣领把我痛扁一顿，然后叫贝高维奇过来，再把我痛扁一顿，关进监狱。可是库尔沁只是说：‘噢，原来面包是你偷的。’又把我带到一间已经废弃的烘焙房，说等他干完活，和我聊一聊。

“尽管他的语气十分友善，可我怎么可能把他的话当真！被抓住的小偷谁会有心情等在原地？可是房门上了锁，窗台很高，窗户还装上了铁丝网。当时我好绝望啊，每一分钟都无比难熬。后来他忙了好久终于来找我了，我原本还想着趁他开门的时候从他两腿之间钻出去，谁知他动作太快了，从里面锁好了门。然后他招呼我过去，语气挺友好的，问我为什么总偷他的面包，我害怕地告诉他，因为肚子饿。他又问我有没有家人，我告诉他我们四个都是孤儿。得知我们一共有四个人，他吃了一惊，想了一会，他说我看起来不是坏人，又说他那里每天卖剩的面包都会被他太太拿去给波佐维克喂猪，用来换酒。他不知道酒最后去哪儿了，但他认为我们比波佐维克的猪更需要面包。

“从那天起，他每天下午五点后把卖剩的面包放在一个筐里，我们想拿多少都可以，但是必须在上午七点前拿走，七点钟，他太太就要把面包拿去喂猪了。他甚至还跟我握了握手。从那时起，我们每天早晨都去库尔沁那儿拿面包，要是赶上有刚烤好的面包出炉，库尔沁也会搁一些在筐里。”

说话间，两人翻过围墙，又爬过屋顶，下来便是库尔沁家的内院。

“脚步放轻点，我们要从屋里穿过去。”尼古拉提醒完布兰科，又打开一扇门，领着他走进一条长长的走廊，这里弥漫着刚烤好的面包独有的香气。

“就是这儿。”尼古拉推开第二扇门，将布兰科拉了进去。四方形的面包筐里装满了各种面包和蛋糕的边角料。尼古拉深深闻了一口。“看到了吧？”他拿起一块面包，“这个应该是刚出炉的。来，把面包塞进你衣服口袋里。”

两个男孩刚把几个长条面包塞进衣服里，房门突然被打开了，紧接着，门又被“砰”的一声关上了，他们听见钥匙转动的声音，然后外面不断传来尖叫声：“抓小偷！抓小偷啊！”尼古拉惊恐地张大了嘴巴：“是他老婆，天哪，这下完蛋了。”

“她很凶吗？”布兰科并没有尼古拉那样惊慌。

“库尔沁说过，她比魔鬼还凶，他叫我们小心，千万别被她逮住。”

那个女人尖叫着去了烤房。“库尔沁！”她喊道，“你聋了吗？”库尔沁答道：“我在烤面包，怎么了？”

“有小偷，就在库房里，我把喉咙都叫破了，也不见你过来。”

“放面粉的库房里？”库尔沁其实已经猜到谁在里面了，“库房有什么好偷的？”

“你这个蠢货，没听见我说什么吗？刚才我看得一清二楚，他们翻墙进来的，有两个家伙，我把库房门锁上了！”库尔沁说：“有两个人？我过去看看。”他一边慢吞吞地站起身，一边寻思着该怎么做才能支开太太。他搓了搓手，装出着急的样子。“有两个人？”

“两个！有两个！又高又大！”

库尔沁有办法了：“伙计送面包去了！你快去把波佐维克叫过来帮我。毕竟两个人高马大的家伙什么事都干得出来。”“好好，我这就去。”太太抓起围裙就朝街上跑。

趁这会儿工夫，库尔沁赶紧跑到库房。只见两个男孩正踩着和面桶，想往窗台上爬。尼古拉捡起了掉在地上的面包，可怜巴巴地看着库尔沁。布兰科则站在他身后，神色相当平静。

“情况不妙，”库尔沁说，“不能从院子里走！我太太马上就会吵醒半条街的邻居。”

突然，他想到了一个主意，嘿嘿一笑，朝那座旧烤炉跑去：“你们从这里出去，肯定能行，烤炉的那头连着废弃的烟囱，别害怕，快逃！”说着，他将烤炉的门拉开。两个男孩望着黑洞洞的炉灶，面面相觑。“等到波佐维克来了就难办了，”库尔沁催促道，“把面包也带上，快进去。”

“这……”尼古拉有点儿害怕。

“先进去再说。里面的空气应该是流通的，往前爬三米左右，就能进入烟囱，烟囱很宽敞。然后踩着墙上的铁把手往上爬，再沿着屋顶的斜坡滑下去，底下有软垫，下去之后你们就安全了。”

“谢谢您，库尔沁师傅。”布兰科率先钻进炉子。库尔沁却一把抓住他的腿：“等一下，你是布兰科？”布兰科做了个鬼脸：“没错，就是我。”

“你怎么跟那群孤儿在一起了？约瑟夫明明告诉我，他们把你送到你奶奶那儿去了。”

“她不想要我，”布兰科说，“第二天就把我撵出来了。”

“这个老巫婆！”库尔沁生气地骂道。等尼古拉也钻进烤炉，库尔沁关上了炉门。

“等一下。”没过多久，炉子里的两人又听见库尔沁的声音。他再次打开炉门，朝里面喊道：“我太太一定会把库房的门锁上，这样好了，以后早晨就从烟囱里进来吧，我把面包放这个烤炉里，你们就不用进到库房里来了。”

此时，库尔沁的太太已经跑到波佐维克的店门口，“咚咚咚”地砸着门。过了好一会儿，一张生气的面孔从里面探出来。“怎么回事！”他吼道，“失火了吗？我睡得正香呢。”

“我们店里进小偷了，波佐维克，小偷啊！有两个呢，你来帮帮我丈夫吧。”

他这才认出门外是谁：“原来是库尔沁太太。你说有小偷？还两个？那你找我这个老头子做什么，你们难道不知道要叫警察吗？塞尼城有多少警察，哪一个不是靠我们的钱养着的？快去警局吧，我叫我的伙计去你店里看看。”说完，他又把脑袋缩了回去。

这时，驼背鞋匠出来了，几名渔夫刚刚收网归来，还有其他人，纷纷围了上来。“走吧，”鞋匠对库尔沁太太说，“我跟你去。”“还有我们。”渔夫们说。再加上隔壁两个女人，他们一行八人，手里拿着木棒和拐杖，全副武装地冲进了面包店。

“天哪！”库尔沁太太尖叫一声，“库房门开着，我丈夫一定一个人进去了，怎么一点声音都没有？但愿他没事。”这时，库尔沁出现在库房门口。“我还活着。”他笑着说，“你所谓的小偷早跑了，我连个影子都没见到。”

“我敢发誓，”库尔沁太太举起右手，“我真的看见了，而且把房门反锁了。当时他们就站在这儿，一个稍矮些，另一个更高更壮，我甚至亲眼看到他们手里拿着面包。”

来帮忙的人们跟在库尔沁太太身后，也挤进库房，四处察看着。聪明的鞋匠发现了什么，他一下子打开了炉门。“你们瞧！这是什么！”他指着炉口的一堆煤灰，上面赫然印着手印和脚印。所有人闻声都围了上来。

“我就说有小偷嘛！”库尔沁太太见状，如释重负。

库尔沁摸了摸下巴，他拨开人群，自己钻进炉子听了一会儿，并没有听见什么动静，孩子们想必已经安全了。库尔沁太太在外面哀号道：“哎呀，我还以为能抓住他们呢。这些家伙每天都来偷卖剩的面包。”

这时，贝高维奇也闻讯赶到了，他帽子歪戴着，外套没有扣好，连警棍都系错了。他分开人群，瓮声瓮气地说：“是你们店里进贼了吗，库尔沁？”

“是的，不过没什么大不了的，只是一些卖不掉的面包而已。”可他的太太却举起手，捂着额头大喊：“竟然说‘没什么大不了的’！”

“请允许我失陪一下，”库尔沁说，“我得去看看面包，否则今天城里起码有一半的人要饿肚子，为了这么一桩小事，不值得。”

“你快去吧，我来招呼警察先生。”

库尔沁猜得没错，两个男孩早就逃出去了……没过多久，他们就回到了古堡。“你们怎么搞成了这副模样？”左拉一见他们，便大笑起来。“什么？”布兰科抹了一把脸。左拉笑得更大声了，帕夫勒和杜罗也忍不住笑了。布兰科和尼古拉这才发现他们不光是手上和腿上沾满煤灰，脖子和脸上也没能幸免，他们俩变成了名副其实的“黑人”。

# 第七章　捉贼

乌兹柯克人在古堡里消磨了整整一个白天。杜罗读着一本不知从哪里弄来的书，谁也不理。帕夫勒在用一块坚硬的木头做勺子，尼古拉和他的鸽子们待在一起，左拉则在楼上的小厢房里缝东西。布兰科在帕夫勒身边坐了一会儿，听他讲解木雕的技巧，别看这个男孩儿平时笨手笨脚的，但在雕刻方面懂的真不少。然后布兰科又独自去了地窖和天台，直到傍晚时分才回来。每个人都窝在自己的小天地里——昨夜争吵留下的压抑气氛并没有完全消散。

晚上九点左右，左拉下了楼，来到布兰科身边问："你还要去卡拉曼那里吗？"

布兰科点点头："我要去偷两只母鸡出来还给老格里安。"

"我陪你去。"左拉说。

"为什么？"布兰科抬头望着她。

"我陪你去，别啰嗦。"

这一回他俩从另一条路出去——只要把螺旋形楼梯上的几

块石头挪开，便可以直接到达直通天台和庭院的大楼梯。“这是发生危险或紧急情况时才使用的通道。”左拉解释道。

他们绕到古堡后面，朝山谷走去。卡拉曼的庄园就在山谷的尽头。一条涓涓细流从山上流下来，从这里汇入大海。

左拉小跑了几步，却被布兰科拉住了：“我们有的是时间，卡拉曼肯定不会在晚上十一点前上床睡觉的，我们就算走得再慢，也要不了一个钟头。”

他们并排走着，左拉依然领先半步，脸上的倔强神情让布兰科觉得有些陌生。“她肯定还在跟我赌气，”布兰科心想，“不过，既然她愿意来，就说明她是个正直的人。”

现在时间还早，两人闻着香味，找到了一棵杏子树，边吃边盯着几百米开外的灯光——卡拉曼还没睡。他们又往坡上走了一段，庄园的全貌完全展现在他们眼前。它由好几处房屋组成，庄园的后头围着高高的院墙。朦胧的月光下，整个庄园看起来好似一座轮廓模糊的堡垒。一棵棵李树、梨树和苹果树就像鬼魅一般矗立在庄园内外。

突然，左拉抓住了布兰科的手：“你看，那儿是不是有条狗？”

布兰科其实也发现了，有条狗趴在一棵高大的梨树下，正向他们这儿看过来。几秒钟后，它站起身，朝他们走来。从出发到现在，布兰科压根没想过会遇上这么一条狗。即便昨夜杜罗曾经提到过，他也丝毫没放在心上，以为跟他以前见过的野狗差不多，随便扔块石头就能吓跑。可卡拉曼的狗不是一般的狗，它是一条巨大威猛的成年狼犬，身上长着褐色斑纹，脚步时慢时快。

眼见它一步步靠近，两人都被吓傻了。

布兰科除了用来装母鸡的口袋，什么都没带，更糟糕的是，周围连个石块都没有。他猛地站起身，左拉比他动作更快。“我……觉得，我们还是……逃跑吧。”布兰科结结巴巴地说。左拉摇摇头：“我们跑不了多远，就会被它追上。”

此时，狼狗距离他们不到三米了，这下子他们看得更加真切了，这是一头高大漂亮的狼犬，尖尖的脑袋，身形健硕，四肢发达，一看便知血统十分纯正。

“它的腿是瘸的！”布兰科松了一口气。

“它在摇尾巴呢。”左拉也没那么怕了。

布兰科曾经听说卡拉曼给他的狗起名“雷奥”。于是他一边朝狗走去，一边唤道：“雷奥，雷奥。”它的腿果然有问题。布兰科伸手摸了摸它，左拉也迎了上来。

布兰科笑着说：“你居然怕狗！”

“别装得你好像多勇敢似的，”左拉反击道，“刚才你比我抖得还厉害。”

雷奥乖乖地任由左拉抚摸，突然四脚朝天躺了下来。

“它怎么了？”布兰科问。

“好像是爪子上有什么东西。你看，它把腿抬起来了。”

雷奥小心翼翼地把腿伸直，左拉握住它的腿，一点点朝爪子上摸过去，雷奥“汪汪”地叫了几声，尾巴依然摇个不停。在火光下，他们发现雷奥的爪子上扎着一块玻璃碎片。它自己可能在地上来回蹭过，想把碎片蹭掉，所以流了不少血。布兰科刚要过去抓住雷奥的爪子，它却主动将自己受伤的爪子伸给了左拉。

“再划一根火柴。”

布兰科只剩下三根火柴了，他只好捡了块碎木头点燃。

左拉试着用手帕包住碎片往外拔。可是碎片扎得很深，雷奥疼得动来动去，不过它不再“汪汪”叫了，只是睁大乌溜溜的眼睛，看着左拉为自己疗伤。

左拉猛地一抬手。“拔出来了。”她松了一口气。雷奥伸长了脖子，闻了闻碎片，然后小心地抬起爪子。可能是感觉到疼痛在慢慢减弱，过了一会儿，它又放下了爪子。“我带它去清洗一下伤口。”左拉说。

布兰科点点头：“那我去抓鸡。”他的声音很小，仿佛怕被雷奥听见一样。

“走吧，雷奥！”左拉站起来，雷奥乖乖地跟她去了。

布兰科朝庄园走去。他发现灯光已经熄灭了，太好了，卡拉曼应该已经上床睡觉了。朦胧的夜色给一切都罩上了一层乳白色的光晕。幸好布兰科事先从山坡上侦察过地形，他很快找到了鸡舍。摸索了一会儿，布兰科点燃了倒数第二根火柴。他随手抓住两只鸡，塞进袋子里迅速离开。

左拉带着雷奥坐在小溪边。“我回来了！”布兰科将口袋放在一棵树的后面，然后滑下山坡。左拉用碎布把雷奥的爪子包扎好，又从衣服口袋里翻出一块剩面包，喂给它吃。“你摸摸看，它好瘦啊。”

布兰科早就发现了，这条看似高大威猛的狼犬其实十分虚弱。“我这儿还有一块。”他连忙把自己兜里的面包也掏出来。雷奥用鼻子嗅了嗅，却没有立刻去吃。它用脑袋蹭了蹭布兰科的掌心，这才叼起面包，三下两下就吃光了。

“要不是它爪子受了伤，指不定把我们咬成什么样呢。”左拉后怕地说。

雷奥站起身来，绕着他们跑来跑去，虽然还有点瘸，但明显好多了。现在，两个孩子不知道该拿雷奥怎么办。要是离开，这条高大的狼犬一定会跟着一起走的。左拉想到了一个好主意，她又掏出一块面包，轻喊一声：“去吧，雷奥！”然后使出全身力气，将面包远远地扔了出去。

雷奥跳进溪水中，很快便消失在夜色中。与此同时，两人沿着小溪拼命地朝下游奔跑。他们在海边的礁石间跳跃，过了好一会儿才在一块岩石后面停下脚步。“行了，我们听听动静。”

远方传来雷奥的叫声，叫声中听不出愤怒，却充满了悲伤。

“我想，它应该不会跟来了。”布兰科说。两人继续跑，一直跑到昨天商量分工的地方，布兰科停住了：“你留在这儿，我想一个人去。”左拉摇摇头：“我跟你一起。毕竟昨晚我去过，知道位置。”“哈哈，我熟悉这儿的每个角落。”布兰科得意地说。“那我也要去。”左拉坚定地说。

院子里既没有灯，也没有声音。“他们今天没出海，”左拉指着海滩说，“你瞧，船都在。”“老格里安一定是睡了，”布兰科给她吃定心丸，“他年纪大了，不捕鱼的时候总是很早就上床睡觉。”他们推开院门，一路摸进最后面的小屋。

“小心点，”左拉提醒他，“我记得好像还有一只山羊。”布兰科对她嘘了一声。

就在这时，只听“咔嗒”一声，门被锁上了，与此同时，一簇火光亮了起来。一个低沉的声音在他们身后响起：“你看，安德亚，我说了他们今天还会来的。小偷不会只来一次。”左拉吓坏了，赶紧按住胸口。布兰科吓得连大气都不敢出，不过他认出那是老格里安的声音。左拉很快回过神来，一个箭步扑向窗户，没想到窗户被关死了。

这一切都被老格里安看在眼里。他大笑起来：“你看到了吗？安德亚，我说过，抓小偷之前要把窗户也关严实喽。”左拉搜索着房间的每一个角落，并没有发现说话的人，这人又在跟谁说话？难道他老婆也在？沥青火把发出的火光勉强照亮了小屋，这是捕鱼人在海上常用的照明工具。这时，山羊转过身来，与此同时，它的身后出现了一张苍老、长满胡子的面孔。

“看见了吧？安德亚，瞧瞧这两个小偷。一个男孩，一个女孩，咳咳。”他咳了两下，“没错吧，就是昨晚的那两个吧？还好你叫得及时。”他抚摸着山羊的后背，又笑起来，“可惜昨晚我的船跑得太远了，回来时已经被他们偷走了一只鸡。不过呢，”他的笑声愈发洪亮，“老格里安神机妙算，小偷果然又来了，这次正好一并拿下。现在让我们看看这两个家伙长什么样。”

老格里安慢慢地站起来，明亮而肃穆的双眼带着怒火，射向两个孩子。原本魁梧的身材在火光的映照下显得更加壮硕，手里拿着一根木棒，像个可怕的巨人。

## 第七章　捉贼

左拉急得原地打转。突然，她一个箭步冲到火把跟前猛吹，想重获黑暗的保护。老人又笑了："吹呀，姑娘，吹吧，我倒要看你怎么把沥青火把吹灭。"左拉已经发现了——她越是使劲儿吹，火苗烧得越旺，屋里越是亮堂。

"安德亚，要不我们先抓那个小子吧？对吧，应该先抓男孩子。"布兰科整个人就像瘫了一样，张大嘴巴一动不动地站在那里，傻傻地听着老人跟山羊说话——安德亚是老人养的山羊，这一点他知道。老人迅速抓住男孩，把他牢牢别在两腿之间，下一秒钟，棍子便狠狠地打在了布兰科的屁股上。

"哎哟！"布兰科大叫，"哎哟，哎哟！"他使劲地想要挣脱老格里安双腿的钳制。老人却不为所动，继续揍他。"哎哟，哎哟！"布兰科的叫声越来越凄惨。"好了，"老人终于松开了双腿，"我看这个已经够了，安德亚，马上该轮到那位小姐了。"

一听见老人说要揍左拉，倒在地上的布兰科立刻清醒过来："不要，不要！请您别打她！"

"你听见了吗，安德亚，"揍人毕竟是一件辛苦活儿，老格里安坐在木桶上歇口气，"这小子还想英雄救美呢，一般的小流氓可干不出这事儿。来，让我仔细瞧瞧他的样子。"说着，他一把将布兰科拽了起来。布兰科满脸都是泪水，一只手胡乱地在脸上抹了抹，另一只手护住火烧般疼痛的屁股。"别，别……"他结结巴巴地说，"别打那个女孩。"

"布兰科？怎么是你，怎么会是你？"老格里安拿起火把，认出了布兰科的脸。"安德亚，"他的声音突然变得柔和起来，"我昨天还跟你说，要去找米朗的儿子，让他住进来。安德亚，你看，现在这个小偷自己送上门来了。”

布兰科忍不住跺着脚怒吼：“我不是小偷！我不是，这个女孩也不是！”老人笑得更大声了：“那么昨夜是谁偷了我的鸡呢？”此时的布兰科已经重新找回了勇气：“但我们今天不是来偷鸡的。我们给你拿了两只母鸡来！”

这下轮到老人张大了嘴巴。他站起身：“你们给我拿了两只母鸡来？”他把火把举高，没错，左边的角落里蹲着两只鸡，它们紧紧依偎在一起，只在火把靠近时才“咯咯”叫了几声。他抬起头，横梁上的五只鸡正好端端地歇着。山羊安德亚“咩咩”地叫了起来，仿佛它也发现了这一切。

老人跌坐在木桶上。“你这个傻小子，”这次他并没有对山羊说话，“刚才挨揍的时候怎么不说？”

布兰科难为情地说：“因为……因为……我们昨天确实偷走了一只鸡。”

“噢！”老格里安叫了起来，“原来你今天是良心发现，才给我这个老头子多送了一只鸡回来，是想补偿一下偷窃的罪过吗？”

布兰科摇头：“当时我在外面放风，根本不知道他们偷的是你的鸡。后来我发现了，我当时就说，要把鸡给你送回来，可是他们不听我的，烤着吃了，一块都没剩下。不过我一口都没吃，我对他们说，我一口都不会碰的。我发誓，要还给你两只母鸡。”

老格里安笑了：“那这位姑娘是来帮你的？”

“她是红发左拉，”布兰科骄傲地说，“她是我们的头儿。”

老格里安提高了音量，把左拉拉到自己身边：“原来你就是红发左拉。我听说过你的大名，还有你的帮派，以及你们整天去农田里干的那些偷鸡摸狗的事。”

左拉平静地与老人对视：“我们只拿自己需要的那一份。”

老格里安转过身对山羊说：“安德亚，她跟你一模一样。你也是吃多少拿多少，对吗？”说着，他拍了拍山羊的后背。

“咩——”安德亚叫了一声，抬头看看他。老格里安对女孩说：“可你们不是山羊，你们还很年轻，应该找个地方好好生活。”

“没人愿意要我们。”

老人推了布兰科一下：“那你呢？”

布兰科摇摇头：“他们叫我去找我奶奶。”

老格里安轻声笑了：“她怎么说？”

“她说我迟早会去当小偷。”

“所以你就乖乖照做了？”

布兰科脸红了。他把发生的事情一五一十告诉了老格里安——掉进沟里的鱼，卡拉曼的诬陷，以及左拉如何帮他逃出监狱。布兰科总结道：“从那时起，我就加入了左拉的帮派。”老格里安安静地倾听着，过了好久才开口：“原来如此。你们到底有多少人？”

“五个。”布兰科答道。

老人挠了挠耳朵：“五个，对我来说太多了。我最多只能收留两个人。”“我们未必愿意来呢，”左拉抢在布兰科前头答道，“我们可是个真正的帮派，我们乌兹柯克人宁愿待在……”说到这里，她连忙捂住嘴巴。“我能猜到你们住在哪里。草棚？猪圈？”老格里安又挠了挠耳朵，“不行啊，安德亚，五个人真的太多了。”

两只新来的鸡从角落里走出来，用爪子扒拉沙子。老人弯下腰，抓住其中一只，举得高高的——这是一只小公鸡。

“哈哈！安德亚，他们用小公鸡换走了我们的老母鸡。”

“这儿还有一只呢。”布兰科抓起另一只，可惜还是一只公鸡，而且跟前一只一样瘦小。

“算了，反正不是一笔好买卖。你们从哪里弄来的鸡？”

“从卡拉曼那里。”布兰科犹豫了一下才说。

“哦？是他给你们的？”老格里安眯起眼睛，看了一眼布兰科，又看了一眼左拉。

布兰科说：“我们从他那里拿的。”

老格里安用手指戳了戳布兰科的胸口，然后摸了摸自己的胡子：“安德亚，你听见没，他说他们拿的，刚才不知谁说的‘我不是小偷’。”

“可是他家有好多鸡，我猜少说也有好几百。”

老人皱起眉头：“布兰科，这话本来应该由你的父亲或者你的爷爷来说给你听——偷了就是偷了，这跟被偷的人有一千只鸡还是只有六只鸡毫无关系。”

“不！”布兰科喊道。左拉也帮腔道：“集市上的人都说卡拉曼本来就是个坏人。”

老人摇了摇头：“就算他是，你们也没有权利偷他的东西。否则，要是别人也说你们是坏人，是不是也能偷你们的东西了？”

“我是为自己报仇。”布兰科握紧了拳头。“我也是。”左拉咬牙切齿地说。

老格里安说：“那你们等着吧，卡拉曼也会报仇的。不过不是自己动手。如果明天早晨，他发现少了两只鸡——那是一定的，因为那个吝啬鬼每天都起码要清点三遍自己的财产。等他发现后，就会去找警察。然后，塞尼城所有的警察都会出动，搜遍全城所有的鸡圈和厨房，他们一定也会来我这儿，问我：‘老格里安，这两只小公鸡是你的吗？’我只能回答‘是’或者‘不是’。如果我说‘是’，他们就会告诉卡拉曼，只在我这里见过这两只小公鸡；如果我说‘不是’，他们就会把我和鸡一起抓走，扔进监狱关两三个月。”老人一口气说完后，两个孩子沉默不语，露出担心的神情。

“好了，”老格里安推了推两人，“你们现在打算怎么办？”

“也许我们可以马上把它们杀掉。”布兰科建议道。左拉拍手赞同：“就像昨晚那样，串起来烤着吃，这是我的拿手菜。”说着，她立刻抓起一只鸡，打算拧断它的脖子。

“住手，”老人生气地说，“快住手。烤了也没用，我老格里安一辈子没吃过偷来的东西，今天也不会破例。”然后，老人将袋子口扎好：“行了，现在你们拿着袋子，把这两只‘母鸡’送回卡拉曼家。”

说完，他站起来取下火把：“就这样吧，你们走吧，我要出海了。昨天被你们耽误了两个小时，今天又在这儿折腾到半夜。这次要是不多捕十斤鱼回来，接下来的几个月我和安德亚就要饿肚子喽。”他把袋子交给布兰科，将两个孩子推出门外。

“我们能跟你一起出海吗？”左拉问，“我见过别人捕鱼。”

“你们会划船吗？”

两人连忙点头。

“嗯，”老人想了想，“这倒是个好主意。正好平时来帮忙的奥洛维克风湿病犯了，下不了床。要是你们跟我一起出海，我们可以用大网捕鱼。”

“那太好啦。”两人开心极了。

“那就先把口袋放这儿吧，反正还有好几个小时。去，到那边把小船推下水。”

两人欢呼一声，奔了过去。不一会儿，小船摇摇摆摆地驶出了海岸。

# 第八章　海上之夜

微风把原本笼罩在陆地上的白雾吹到了海上，像是一堵白色的墙，慢慢地朝小岛的方向推移。今晚的月光依旧皎洁，夜空下甚至连塞尼城的古堡和后面的群山都看得清清楚楚。布兰科和左拉并排坐在小船中央的划手座上。没过多久，两人便统一了划船的节奏，小船匀速向前方驶去。

老格里安划着另一条船，跟在他们后面："你们看前方的灯光，那是拉布岛的灯塔，你们往那儿划。"两人更加卖力地划桨。

海面像是一锅又滑又润的油，笼罩在乳白色的薄雾中。两人也越来越熟练，船桨每一次入水，便有无数银白色的圆圈扩散开去；提起船桨的瞬间，数千颗晶莹剔透的水珠被溅得老高。此时的海面，多么寂静啊！除了两条船发出均匀的桨声，没有一丝声音。

"他还在我们后面吗？"布兰科笑着问。

"我都快看不到他了。"左拉顿了一下，问道，"身上还疼吗？"

"是有点疼，不过只要坐好就没事儿了。其实，他平时是个很好的人。”

“我还以为鸡舍里有两个人。”

“因为他跟山羊说话？哈哈，我都习惯了，他总是这样。我爸爸说，自从他太太去世后，他就有点儿怪怪的，不过他算是这个世界上最善良的人了。”

“你有爸爸？”左拉惊讶地问。

布兰科点点头：“他叫米朗，是塞尼城最出色的小提琴手。”

左拉思索片刻：“我好像听说过他，年初的时候，他在萨格勒布酒店表演过。”

“就是他。”布兰科激动起来。

“那你妈妈呢？”左拉又问。

布兰科突然松开了手里的船桨，小船立刻朝左边偏斜。“我没有妈妈了，她已经……”他低下了头，“下葬了，就在三天前。”左拉没吭声，划了一段后才开口：“我妈妈四年前就去世了。”

“我并不觉得妈妈已经死了。”布兰科固执地说，“她只是太过想念爸爸，所以离开了这里。”

左拉望着海面：“我的妈妈是因为太过想念阿尔巴尼亚[①]才死的。”

“你们来自阿尔巴尼亚？”布兰科睁大了眼睛。

“是的，在来到塞尼、成为乌兹柯克人之前，我曾经是个阿尔巴尼亚人。我们当时乘坐一条小帆船，足足航行了十四天，

① 阿尔巴尼亚共和国，位于欧洲东南部。

才抵达塞尼。”

“既然你妈妈那么想念故乡，当初为何要离开呢？”

这次轮到左拉松开了船桨：“说来话长，这件事我从没跟旁人提过。”布兰科看着女孩说：“你可以说给我听。”左拉点点头：“我也觉得可以说给你听，不知为什么，自从在集市上第一次见到你，我就有一种熟悉的感觉。今晚你又表现得那么勇敢，简直像我的哥哥——如果我有哥哥的话。”

布兰科有些难为情，他连忙把视线移开。这时，他们已经驶出海湾，进入了公海，一股强劲的洋流从右侧击打过来，布兰科连忙抓住船桨。稳住小船后，左拉开始回忆：“在我们国家，讲究‘父债子偿’。我不知道你是否听得懂：我爸爸的爷爷曾经杀死过戴兰家族的一个人，因此戴兰家族的所有人都必须起誓，除非杀掉我们家族的人，否则他们将永无宁日。我很小的时候，爸爸被打死了，接着，爸爸的兄弟又杀了几个戴兰家族的人为他报仇，所以对方又盯上了我的弟弟，当时他才三个月大。妈妈偷偷带着我们去了海边，把她的项链送给了一个正要返航的克罗地亚渔民，他把我们带到了塞尼。”

布兰科一时不知该说什么好，只好说：“然后你们就留在塞尼了？”

左拉点点头：“我妈妈在烟草厂找了一份工作，平时还给水手和其他人洗衣服，做些缝补的活计。可是她依然很想念阿尔巴尼亚。有一天早晨，她躺在床上，就这样去世了。”

“你和你弟弟呢？”

“几天后，弟弟也死了，我被送到修女那里。你知道的吧？她们住在约瑟夫大道。”

布兰科知道那条街，还有那帮穿着灰色袍子的修女们，他曾在街上见过她们。

“在妈妈身边，我想做什么都可以。在修女那里，我从早到晚都必须听话，念书、唱歌、祈祷。我在那里读过一些书，最爱读里面关于乌兹柯克人的事迹。可是每每合上书本，我就会觉得修道院的日子实在无聊透顶，所以我逃跑了。我被她们抓回去两次，还被关过很长时间的禁闭。第三次被抓回去后，她们说，要是再跑，就把我关进山顶上的修道院，那里四面都是高高的围墙，进去了就别想再出来。所以我逃出来后一直东躲西藏，生怕被她们找到。后来，我发现了黑莓丛，就在那里落了脚。你不知道我刚开始的时候多害怕一个人睡在茂密的树丛里，特别是夜里，还好后来帕夫勒来了。”

“帕夫勒？”布兰科惊讶地说。左拉刚想继续说，就听见老格里安的声音从后面传来：“你们累了吧？”“我们还能继续。”布兰科说着，使劲划起来，左拉连忙跟上，没过多久，两人又将老格里安甩在了身后。

“再划半小时就到了，”老格里安在后面叮嘱他们，“看着灯塔，别走偏了。”洋流平息了不少，海面上却起了一些小小的风浪，浪头拍打着船身，就像鞭子抽一样，发出“啪啪”的声音。

“你遇见的第一个人是帕夫勒？”布兰科又回到刚才的话题。

“我曾经在港口见过他，那时候他的个子就已经这么高了。

当时他号啕大哭，都哭出了鼻涕泡儿。我踢了他一脚，问他哭什么。他瞪着我，抽泣着说他被他爸爸揍了一顿后赶出了家门，他爸爸说他要是胆敢回去，就把他打死。因为他给他的鞋匠爸爸打下手，却搞砸了——把鞋面儿做反了！”左拉将头发拢到耳后，继续说，“有个人说话，我就没那么害怕了。所以我告诉他，留这儿，你就安全了。他开始只是傻傻地问我有没有吃的，他饿了整整一天了。我告诉他跟着我永远不会饿肚子。结果帕夫勒跟我走了一段路，突然说：‘你要当心我哦。’我问他为什么。他说：‘因为我会把一切都搞砸的。’”左拉模仿帕夫勒的语气，布兰科被逗得哈哈大笑。左拉继续说：“现在他已经好多啦，人也变聪明了，甚至还会做木勺子。而且他是我见过的最强壮的人，你听他说过的吧，他还想变得更壮呢。”

布兰科又笑了：“对，他要做最优秀的跳水运动员。”

“别嘲笑他，”左拉正色道，“他已经敢下水了。”海浪越来越大，浪花溅到船里。他们不得不更加小心地行驶。布兰科又追问道：“下一个是杜罗？”

“不，是尼古拉。他是被帕夫勒带来的。帕夫勒说这小子没爹没妈，就把他带来了。我问帕夫勒这人什么来历，他说这小子想偷苹果，结果被他抓住了。我问他：‘偷你的苹果？’帕夫勒是这么回答我的——‘不，是偷我想偷的苹果，所以我把他揍了一顿，看他哭得可怜，又给了他几个苹果。他一高兴，讲了好些笑话给我听，所以我就把他带回来了。’”

“我很喜欢尼古拉。”布兰科笑得鼻涕泡儿都出来了。他回忆起和尼古拉从面包师家逃生的经历。当时尼古拉滑下烟囱后说了一句什么来着？想起来了，他说："我们去过地狱，现在该去天堂啦。"左拉听说后也笑了："他很好玩儿，每次当我们想哭的时候，他总能把我们逗乐。"

"现在向右转，"后面传来老格里安的声音，"再划两百下左右，然后停在那儿，等我过去。"

左拉将船桨插入海里，布兰科则架起了他的那一支。小船像个陀螺似的转动起来，船身晃得有点儿厉害，左拉情急之中搂住了布兰科的肩膀。"抓紧，坐稳。"布兰科将他的船桨打横伸进水里，船身渐渐停止了晃动。他们停在原地，等老人赶上来。布兰科趁着等待的工夫，再次追问："那杜罗呢？"

"我们都不认识他，以前从没见过。而他却'研究'了我们好一阵子，甚至还发现了我们藏身的地方。有一天早晨，他主动找到我们说：'让我加入你们，否则我就告诉贝高维奇，你们躲在这儿。'话没说完，他就被帕夫勒掐住了脖子，帕夫勒问要不要把他扔进井里……"

"啊！"布兰科插嘴道，"真那样做了该多好！"

左拉却摇摇头："不，你一点儿都不了解他。杜罗是个能干的男孩，有好几次，要是没有他，我们就完蛋了。"

"我只知道他很阴险。"

"也许只针对你。"左拉承认，"但是从那天起，他从没跟我们作对过。"

这时，老格里安划过来了，称赞道："你俩的划船技术不错，为了追上你们，我出了一身汗。”“我们现在要做什么？”左拉问。“什么也别做，等着就好。让我先歇口气。”老格里安平复呼吸，然后将他的船慢慢地靠拢，“你们有火柴吗？”

布兰科身上还剩最后一根。老格里安指着船头说：“去把那块木板掀起来。里面有两支火把，一支给我，另一支插进你们面前的架子，然后点燃。”左拉用两只手挡着风，布兰科划火柴，几秒钟后，他们的火把亮了起来。

“现在听好了，我要在这里下拖网，需要我们两条船一起配合。我把拖网的一端挂在我的船尾，它比较重，入水会自动沉下去。你们拿着这个，”老人把一根绳索递过去，“这是拖网的另一头，把它系在你们的船尾，不过打结的时候要注意，别影响渔网沉底，你们会吗？”布兰科按照他说的，打了个结。

“好，现在把船往右划，让拖网慢慢入水，看到最上面的网绳绷紧了，就立刻停下。我们要趁着涨潮的机会重新驶回海湾。不过划船的时候别说话，一定要保持安静。”两个孩子连连点头。老格里安“哗啦”一下将渔网撒向海面，他俩则慢慢地调整船头的方向。

“停下！”老格里安轻声说，“现在可以了，我们就保持这样的距离，你们最好把右边的桨收起来，小心别碰到渔网。”孩子们乖乖照做。他们调整了位置，布兰科现在坐在船尾，左拉则待在火把旁边。洁白的月光正好洒在布兰科的脸上。

“你的脸白得像一面镜子，我都能看见海水和船的倒影。”左拉轻声说。

“从我这里看过去，你的脸好像马上就要烧起来一样。”布兰科说。

火把的高度正好跟左拉的脑袋平齐，火苗在她的脸庞周围跳来跳去，看起来可不就像在燃烧一样？连接两条船的绳索上拴了许多只软木塞，他们要时刻检查木塞是否还漂浮在水里，而不是悬在水面上，这样就可以判断两条船之间的距离是否合适以及渔网有没有被绷得太紧。两人感觉到潮水在往海湾的方向涌去，速度越来越快，海浪拍打着船身，水花甚至溅到了他们的脸上。“是不是已经网到鱼了？”左拉轻声问。布兰科嘘了一声。

突然，一条大鱼跃出了水面。

“慢慢靠过来，”老人轻喊，“开始收网，记住，动作一定要慢。”

布兰科把船身斜过来，然后跟左拉一起，拉住绳索，将渔网往上拉。渔网很重，他们只得用脚抵住船壁，整个身体向后仰去。两条船之间的距离大概只剩下八米，两人还在使劲地收网。

“我看见鱼了！”布兰科激动地叫了起来。

“捕到鱼了吗？”老格里安弯腰看了一眼，“捞上来，扔进你们身后的桶里。”渔网收得差不多了，两条船也靠得越来越近。老人的运气似乎比他俩要好，已经捕了五条鱼，正在对付第六条。

“我们只捕到两条。”左拉难为情地说。

“别灰心。”老人安慰她，“渔网很重，说明好戏还在后头。”他说得没错，水面突然“啪”的一声，先是鱼鳍，然后银白色的鱼身露出了水面，网里还有好几尾大鱼。它们的个头太大了，根本无法穿过网眼，只得在网里来回扑腾。“把渔网松开些，我把网全部收上来。”说着，老人将整张网拉上了船。

“收成不错呀。”他掏出渔网里的鱼，一条、两条、三条……最后一条个头最大的鱼，突然一个打挺，没等老人反应过来，便掉进海里消失了。“该死的。”老格里安一边咒骂一边寻找鱼的踪影。两个孩子见状笑了起来。“好啦好啦，别小瞧这些家伙，它们可狡猾呢。”老格里安自己也忍不住笑起来，“刚才那条起码能卖十第纳尔。你们累吗？觉得冷吗？”

布兰科摇摇头：“一点儿也不。”他说的是真心话。老人点起烟斗，海风将辛辣的烟叶味道吹到孩子们的跟前。老人吸完烟，敲了敲烟斗，然后抓起船桨。“那我们就再去碰碰运气。”

他们先沿着海湾又撒了两次网，孩子们的动作越来越娴熟，他们学会了怎样固定渔网，怎样用两只手抓鱼——因为鱼的个头太大，一只手根本抓不住。他们没有再继续聊天，而是专心地看着浮在水面的木塞，搜索着鱼群的踪影。

第四次出海时，布兰科突然站了起来，指向海面：“快看！”此时已经接近黎明，天色渐亮，太阳马上就要升起。海面出现一条光带，光带的顶部露出一个尖尖的角，像金字塔的尖。

“那是太阳。”左拉说着用手将额前的头发拢到脑后。布兰科依然呆立在船上，望着海上的光。随着光带越来越亮，太阳一下子跃出了海面，像一团燃烧的火球跳出了炉灶，阳光驱散了薄雾，周围的一切仿佛都在它的炽热中沸腾了。

“这比上次日落还要美。”布兰科说。

“别着急，”左拉望着太阳说，“更美的还在后头。”

宽阔的海面在阳光的照射下，到处流淌着耀眼的银光。布兰科从未见过如此壮美的景象。没过几分钟，随着太阳越升越高，银光又变成了灿烂的金光。“哇，”布兰科赞叹道，“大海就像是一块巨大的金子，要是能分给我一块多好。”

“给你呀，”左拉揶揄道，随即掬起一捧海水朝他泼去。布兰科刚要回击，就听见老格里安的声音：“走啦，咱们收工了。”

这一次的收获最大。布兰科捕到十一条鱼，左拉更多，十三条，鱼儿在桶里扑腾着。老人收起整张渔网，将它堆放在自己的船上，面带微笑地说：“你们两个真是我的福星，我已经好久没捕过这么多鱼了。”

“我们的桶都快装满了。”左拉骄傲地告诉他。

“好了，”老人拿起船桨，“我们返航。”

风平浪静的大海像是一块巨大的黄金，三人摇着桨，在金色的水面上航行。这次捕鱼的地方离海岸很远，他俩花了半个多小时才靠岸，又用了十分钟，将小船拖回沙滩。左拉打了个哈欠：“好累啊。”布兰科伸了个懒腰：“我也是，尤其是手。”

老格里安这次倒是没被落下很多，回来之后将桶里的鱼倒进水池，鱼儿惊恐地四下逃窜，都想躲进角落里藏起来。它们纠缠在一起，在阳光的照耀下，呈现出缤纷的色彩。原来每一条鱼都那么独特。有的是银色的，有的是灰色的，有的泛着绿光，有的长着黑色的鳞片，头、尾和鱼鳍也各有千秋。

# 第八章 海上之夜

老格里安走近鱼池，捞起其中个头最大的一条，告诉他们：“这是鳟鱼。”它的身上长有斑点，腹部白色，背部呈墨绿色，两侧则泛着银色的光，一条黑线贯穿鱼身。老人掂了掂分量：“起码三磅[①]重。”说完，敲头、剖鱼腹、扔内脏，一气呵成。

接着，老人又捞了几条鲭鱼上来。它们是鱼儿中最活泼的，好几次都从他手里逃脱了。

接下来，老人将其他的鱼也一一捞起。细长的海鲈鱼张着嘴巴，露出尖利的牙齿，很是凶猛。老格里安说：“这是最值钱的，一般都卖给萨格勒布酒店。”池子里还有鳀鱼、凤尾鱼等。老格里安将两条泛着银光的鳀鱼扔回海里：“这两条太小。”凤尾鱼的身体闪着银色的光，头却是金色的，很是漂亮。

“噢，瞧我们抓到了什么！”老人大叫着捞起一条鱼，对着太阳仔细瞧。这鱼身体很宽，几乎呈菱形，一对眼睛全部位于身体左侧。“这是一条比目鱼，平时很少网得到。”老人将比目鱼跟长着红宝石般鳃盖的鲅鱼一起放进另一个桶中。“先把它们养起来，”老人说，“等到星期五再拿到集市上去卖。塞尼人愿意在周五买贵一点的鱼回去吃。”

“你看到了吗？”左拉推了推布兰科，“鲅鱼居然长着胡子。”她指着鲅鱼鳃上的两条须状物说。老格里安点点头：“这是它们用来挖掘淤泥的工具，还能吓跑躲在洞里的小动物。”

老人面前的鱼越堆越多，暴晒在阳光下的鱼儿们很快就变

① 一磅约合 0.454 千克。

成了人们在鱼贩摊位上常见的待售品，原本蛋白石一样的光彩外表逐渐变得黯淡且单一。

“好可惜。”布兰科感叹道。

老人看了他一眼：“可惜什么？”

“它们刚才看起来多漂亮啊！”

老人点点头：“是的，特别是刚从海里捞上来的时候。不过，大鱼吃小鱼，小鱼吃虾米。生存，就是吃与被吃的过程，所以你们也不必过于同情它们。”

“可它们活着的时候多美啊！”

“小伙子，我们也是一样。行了，你们过来。”老格里安看着他，又将桌上一半的鱼推到他们面前，“你们有东西装吗？”

“给我们的？”左拉和布兰科惊讶地问。

“是的，我们一起出海捕鱼，按照规矩，有你们一份。”

“可我们只是给你打了下手而已。”

老人哈哈一笑：“今天多亏了你们帮忙，而且你们第一次就做得那么好。拿着吧，这些鱼都是你们的。还愣着做什么，难道你们觉得老格里安好意思让你们白忙活一场吗？我又不是坏人。”他见孩子们还是没有动手的意思，便自己拿起一个袋子，将鱼装了进去。“快拿着，”他再次催促道，“否则我要发火了。”

“老爹你真好。”左拉被打动了，她怕老人真的生气，于是拿起了那一袋鱼，连连道谢。格里安老爹笑了：“别客气，要不是有你们在，我就只能带着钓具出海，要是那样的话，我跟你们保证，收成还不及今天的四分之一。所以，说谢谢的应该是我。”

他朝孩子们摆摆手。

“老爹，我们下次还能再来帮你打下手吗？”左拉问。

老人朝她眨眨眼：“非常欢迎。告诉我你们住在哪儿，我好提前通知你们。”

左拉也冲他眨眨眼：“你认识库尔沁吗？通知他就行了。”

“原来是这样。”老人捻着胡子说，“多一点儿都不肯让老爹我知道？”

左拉点点头：“这是乌兹柯克人的秘密。”

“好吧，我也不问了。不过现在你们该走了，我还可以睡一会。”说着，老格里安又冲他们挥挥手。

刚走出花园的门，他们又听见老人的喊声：“等一下，你们的鸡！”

“唉，”左拉叹了一口气，“我还以为您忘了呢。”

“才没有，”老人说，“快回来拿走。”布兰科只好听话地取回了鸡。

“老老实实把鸡送回去，”老人威胁地说，“要是你们不照做，下次就别再让老爹我见到你们。”

# 第九章　中学生

趁着天还没热起来，左拉和布兰科一路小跑回到了古堡。只有帕夫勒在，左拉和布兰科进来时，他欣喜地跳了起来："你们总算回来了，总算回来了！"

"你这么紧张做什么？"左拉惊讶地问。

"我们以为你们被卡拉曼的狗咬了，要么被抓住了。"帕夫勒又尴尬地补充道，"杜罗看到你们下去了。"左拉看了看四周："他在哪儿？"

"他去找你们了。"

布兰科和左拉将肩上的袋子放了下来，满脸笑容："帕夫勒，去拿油，我们煎鱼！"这时候，尼古拉也拿完面包回来了，他瞪大了眼睛，还以为他们去偷鱼了。得知了真相，尼古拉高兴坏了，吃得满嘴是鱼，腮帮子都鼓了起来。留好杜罗的那一份，四个孩子又决定将吃不完剩下的鱼烟熏风干。这时，杜罗悄无声息地走进大厅："老格里安的鱼？"左拉骄傲地点点头。

"他把鱼送给你们的时候，我看见了。"

左拉抬起头说：“这不是他送的，这是我们自己捕的。”杜罗仿佛根本没听见她的话。“我去卡拉曼那里找你们了，没找到，所以又去了老格里安家。”说着，他又将两颗杏子扔进左拉怀里，“我给你带了点杏子回来。”

左拉咬了一口，却又吐了出来：“这些没熟。我们昨夜吃的比这软多了。”杜罗沉默了半晌才开口：“我是白天摘的，还被卡拉曼发现了。”大家并没有留意他的话。帕夫勒备好了熏炉，尼古拉和布兰科将鱼穿在铁丝上，挂进炉子里，左拉负责点火，开始熏鱼了。

三天后，这群乌兹柯克人依然躲在古堡里，吃着剩下的熏鱼。第四天早晨，当帕夫勒又去拿鱼的时候，一连几天都情绪不佳的杜罗终于忍不住抱怨：“我已经吃够了这该死的鱼了，我想吃点别的。”

“你可以去弄点别的回来。”布兰科眯起眼睛望着他。

“去就去。”杜罗站起身来。“我去弄点什么吃呢？”他走到楼梯又站住了。帕夫勒用手指敲了敲额头：“今天是星期三吗？斯蒂潘星期三会来，也许他会给我们带点儿吃的。”“我也去。”左拉追了上去。

“你们要小心点儿，”尼古拉在他们身后大声说，“库尔沁告诉我自打你从监狱救出了布兰科，贝高维奇就一直在打听你的下落。”左拉哈哈一笑：“红发左拉可没那么容易被抓住。”说完，她和杜罗一起离开了。

布兰科配合尼古拉将洞口掩藏好，随后问道：“斯蒂潘是谁？”

帕夫勒不慌不忙地雕出一个勺子把儿，答道："一个男孩，帮村里的农夫们卖东西的。"

尼古拉笑着说："你还是问我好了，像他这种答法，恐怕跟你说上一整晚你还是不知道斯蒂潘是谁。斯蒂潘住在布林涅附近，离这里走路大概四五个钟头的样子。他每周三带着黄油、水果和蔬菜进城，其中大部分都送去给固定的买主，剩下的才拿到集市上售卖。"

布兰科又问："他个子是不是很高？"

"大概比你高半个头。"

"黑头发？"

"是，黑发、塌鼻梁。"

"带着四头驴？"

尼古拉连连点头："有时候五头，或者六头。那得看他运多少东西进城。"

"我见过他跟左拉说话，就在我进监狱的那一天。"

"那你一定也认识那帮中学生喽？经常在林荫大道上玩的那些人。"

"你说的是波佐维克、斯卡莱科医生、马库林他们几个的儿子？"

"不止，"尼古拉补充道，"还有卡拉曼、磨坊主、林场主和市长家的儿子。他们经常埋伏在路边，等斯蒂潘经过就跳出来驱赶他的驴。有一次被我们撞见了。"

"你好意思说'我们'？"帕夫勒举起勺子，眯起眼睛看着尼古拉。尼古拉笑了。帕夫勒拍拍自己胸口："明明是我和左拉。"他的脸上浮出笑意："我俩把他们……"

"痛扁一顿！"尼古拉接口道，"从那时起斯蒂潘就成了我们的朋友，卖剩的东西都送给我们了。"帕夫勒又说："上次他给我带了一块肥肉，给左拉一块黄油。"尼古拉笑了："我知道，他最喜欢你们两个。"

这时，左拉突然冲了进来。"快跟我来！"她上气不接下气地叫道，"那帮中学生在欺负斯蒂潘！"尼古拉第一个跳起来，帕夫勒扔下木勺，抄起木棒就走。左拉一边跑，一边将来龙去脉说给他们听。

原来，左拉和杜罗悄悄去集市等斯蒂潘，可是没见着人。杜罗说不如去萨格勒布酒店打听一下消息。路过广场的时候，杜罗发现斯蒂潘的驴在广场上乱窜。顺着驴，左拉发现斯蒂潘在市长家门口和那帮中学生打架。六个打一个！左拉冲了上去，斯蒂潘却大吼一声："去把帕夫勒叫来！"

"听见了吗？"帕夫勒骄傲极了，撞了下尼古拉的肩膀，"她是来叫我的。""如果我去了，斯蒂潘会更高兴。"尼古拉加快了脚步。

快到时，左拉让帕夫勒和尼古拉直接进城，她带着布兰科翻墙进去。帕夫勒早已冲了出去，尼古拉紧跟在后。左拉和布兰科翻过好几个花园，他们爬上最后一道围墙时，发现这场恶斗已经快结束了。杜罗以一敌二，另一些人却不见了。斯蒂潘绝望地呼唤着他的驴子——一头在远处山坡上吃草，一头在树下，第三头和第四头正慢悠悠地朝这边走来。布兰科和左拉急忙跳下墙头，冲进混战中。那两个中学生——马库林的儿子和斯卡莱科医生的儿子——不敢恋战，撒开脚丫子就跑。布兰科刚想去追，却被左拉拦住了："不用追了，他们朝这个方向跑，一定会遇上帕夫勒，他一打二绰绰有余。我们还是去帮斯蒂潘把驴子找回来吧。"

杜罗摸了下脸——他的额头受伤了。"刚刚打得太狠了。"

"其他人呢？"左拉一边问，一边为杜罗擦去脸上的血迹。

"他们进了市长家的花园，"杜罗低声说，"我刚刚还听见他们的声音呢。"

斯蒂潘看起来很机灵，一张长脸上满是血污，衣服上也血迹斑斑，好几处都被撕破了。他已经找回了三头驴子，正在对付第四头。"你看起来伤得很重！"左拉连忙为他擦去脸上的血污，但是好像更严重了，刚擦完这一边，血又从另一边涌了出来。

"唉，"斯蒂潘说，"这点血不碍事，眼下最糟糕的是我还少了一头驴。"

"有一头跑到集市上去了。"杜罗安慰他，"就在水井边，现在应该还在，我去瞧瞧。"还没等他走出十步，尼古拉牵着最后一头驴从城门走来，笑容满面："它在酒店门口，看样子是打算直接把生菜卖给酒店，我很想知道，万一人家付给它一张十第纳尔的钞票，它会不会找钱呢？"所有人都乐了，斯蒂潘也没忍住。

"帕夫勒呢？你把他一个人留在那儿了？"布兰科问。尼古拉微微一笑："他把小马库林和小斯卡莱科扔到井里了。我想我还是过来帮你们吧，留在帕夫勒身边我完全没有用武之地。"

大家又乐了，只有斯蒂潘还是一副难过的样子，他指着一头最小的驴子，唉声叹气地说："小灰驴身上的一篮杏子不见了，我想应该是被他们偷走了。那是里斯提克委托我卖的杏子，要是我跟他说，他的杏子被中学生偷走了，他一定会打死我的。"得知小波佐维克跟小穆勒，两人一左一右，拎着篮子跑进了市长家的花园，左拉下了命令："除了受伤的杜罗留下帮斯蒂潘收拾，其他人都去帮斯蒂潘把杏子要回来！"

他们翻过篱笆墙，穿过花圃，走过种满玫瑰、紫藤和葡萄的林荫小道，来到中学生的大本营。可不知为何房门开着，屋里没人。"他们一定在芦苇棚。"尼古拉说，"我带你们去。"

"你再这么大声嚷嚷，他们肯定全跑掉了。"左拉低声说。

果然没错。当他们赶到时，正好看见那帮小子扔下那篮杏子，翻进邻居家的花园。其中一个在篱笆墙上愣了一下，他是市长的儿子，个子特别高，一张苍白的长脸，戴着眼镜，穿着一套西装和笨重的高筒靴。"这不是红发左拉吗？"他居高临下地说。

小波佐维克已经翻过了篱笆墙，探过脑袋，满脸怒容地说："还有被她从监狱里放出来的小子。"

"就是我。"左拉捡起一根木棍狠狠扔过去。市长儿子连忙跳了下去。"我会告诉贝高维奇的，"他大叫道，"他一定很期待与你们见面。"

布兰科和尼古拉想追过去，却被左拉拦住了："让他们走吧，以后再跟他们算账。眼下更重要的是帮斯蒂潘把杏子找回来。"孩子们赶紧去收拾杏子，可是即便算上那些被踩烂的、被啃过的，总共也没剩几个。“可怜的斯蒂潘，”左拉叹了一口气，“只剩一半了，他可怎么办。”尼古拉说：“刚才我在屋子后面看到好几棵杏树，我们摘一篮子给他吧。”尼古拉爬上树，左拉和布兰科则将长在低处的杏子悉数摘下。篮子很快便堆得满满的，甚至溢了出来。

他们正打算拎起篮子离开，却发现那几个中学生带着一个高个子男人又回来了。一行人赶紧往后边的围墙撤退，围墙太高了，根本爬不上去。幸亏左拉想起之前小屋那边有个梯子。等到三人都上了墙，把梯子竖在墙的另一边，中学生们已经出现在不远处的榛树丛了。

“他们爬上围墙了。”市长儿子对那个高个子男人说。

“那是市长本人，”尼古拉害怕地说，“我以前见过他。”布兰科也认出了他，就在几天前，他在萨格勒布酒店见过他。

市长跑得上气不接下气。“你们这帮小流氓！”他大声吼道，“竟然敢偷我的杏子，我最大最好的杏子全被你们摘光了！”布兰科盯着这个愤怒的男人，犹豫了半晌才鼓起勇气答道：“因为您的儿子，还有他的同伙欺负我们的朋友斯蒂潘。”

“还把他的驴子赶跑了！”左拉插嘴说。

“还拿走这个！”尼古拉指着篮子说。

中学生们意识到事情不妙，小伊威科维奇大叫：“爸爸，别相信他们的话！”

“他们在撒谎！”林场主的儿子小斯莫扬嚷道。

小波佐维克指着布兰科说：“那个高个子就是刚刚从贝高维

奇那里逃出来的逃犯。”

小穆勒也说：“旁边的那个女孩就是贝高维奇一直在追捕的红发左拉。”

市长向前走了一步，盯着布兰科。“这么说，”他恼火地捻着自己的胡须，“你就是卡拉曼抓到的那个小偷。”

“我不是小偷！”布兰科大喊，“我只是从地上捡起一条没人要的鱼而已。”说到这里，他将篮子高高举起，声音也大了几分，“您儿子才是小偷，他们这帮人刚刚偷走了可怜的斯蒂潘整整一篮子杏子！”

市长似乎被说动了，他的语气不再那么生硬：“就算是这样，你们现在就不算偷窃了吗？”

“不，”布兰科说，“我们只是将篮子装满而已，并没有多拿。”

“别听他胡说，他是个骗子！”市长儿子大声吼道。“对，别听他的。”小斯莫扬拿起一根棍子，朝布兰科砸过去。市长喝止了他们的行为，又朝前走了一步：“如果你不是小偷，为什么要从监狱逃跑？”

“因为那儿不是个好地方。”布兰科诚实地说。

“因为你就是个小偷！”小波佐维克叫道，“我爸爸说的！”

“闭嘴！”布兰科朝他愤怒地吼道，“告诉你爸爸，要是他再敢污蔑米朗·巴比奇的儿子是小偷，我就告诉所有人，他在秤上做了手脚！”小波佐维克的脸一下子红了：“我告诉我爸去。”“去呀，”布兰科说，“顺便跟他说一下，整个塞尼城都会知道的。”

市长又往前走了一步，现在他已经站在围墙下了：“如果你们说的都是真的——我儿子和他的同学抢了这篮子杏子，那你们为何偏偏闯入我的果园里报复，毕竟偷杏子的不只他一个，还有其他五个人呢？”

“因为他们把篮子拿到了这里。”布兰科答道，“我们刚刚找回篮子，想尽快把它装满。杏子是一个农夫委托斯蒂潘卖的，如果没卖掉，斯蒂潘会被那个人打个半死！”

“我还是觉得这不公平，”市长说，“如果是六个人一起偷的，那么他们就应该接受同样的惩罚，而不只是其中一个——以及他无辜的父亲。”

孩子们并没有意识到市长的这番鬼话只是为了拖延时间，他们还在认真回答。尼古拉做了个鬼脸：“市长先生，我们会惩罚他们所有人的，不过总得先从一个人那儿开始呀。”“是呀，”布兰科和左拉也说，“我们会找所有人算账的。”

“来呀。”小斯莫扬叫道。他刚刚跟市长的儿子悄悄捡了几块石头回来。刚一说完，便朝布兰科扔了一块过去。布兰科侧身一躲，石头与他擦肩飞过。小斯莫扬又扔出了第二块，砸中了斯蒂潘的篮子。布兰科伸手去接石头，没接住，只好拿起一颗杏子，一举命中小斯莫扬的脸。“哎哟！”小斯莫扬惨叫一声，鼻子、嘴巴和眼睛上全是甜甜的果泥。

于是，一场“战争”开始了，连市长也没有办法阻止。中学生们投掷木棍、土块和石头，左拉等人则用杏子招呼他们。布兰科被胖子小穆勒扔出的石头砸到了手。左拉被一块土块狠狠击中，差一点从墙头摔下去，幸好布兰科扶了她一把。尼古拉也被石头擦伤了额头。布兰科拿起最后一颗杏子，精确地命中穆勒的脑袋，他惨叫着逃跑。布兰科还想继续，却发现篮子已经空了。这时他才醒悟过来他们的行为多么愚蠢，竟然用杏子作为攻击的武器。他们本该将这些果子安全地送到斯蒂潘身边，现在好了，不仅原来的那些杏子没有了，连新摘的也一个不剩。左拉此刻的想法跟他一样。他们焦急地看着空空如也的篮子，中学生们也看出了其中的端倪。

“哈哈，”市长儿子大笑起来，“谢谢你们把杏子还回来。”

“有什么可高兴的？”小波佐维克一头雾水。

“瞧他们的表情，篮子肯定空了。”

其实，引起他们恐慌的另有其事：在双方交战的时候，市长离开了，等他回来时，还带了另一个人过来。满脸横肉、粗壮的腿、香肠一样的手指，还有那根警棍——布兰科吓得睁大了眼睛——贝高维奇来了！

“贝高维奇，他们在墙头上。”市长指给他看。贝高维奇向市长行了个军礼，将警棍扛在肩上，大步流星地来到围墙下面。布兰科脸都白了，左拉也一脸惊恐，唯独尼古拉还嘻嘻笑着，居高临下地看着贝高维奇。

“抓住他们，贝高维奇！”市长命令道。中学生们也纷纷起哄：“抓住他们！”贝高维奇踮起脚尖，像一只鹅一样努力伸长脖子，手里甩着警棍，一副凶神恶煞的样子。可惜不管他怎么使劲，就是够不着墙头上的三人。他气急败坏地吼道：“我以法律的名义宣布，你们被逮捕了！”

尼古拉面对警察的怒吼不以为意：“警察先生，想抓我们，你得先上来呀。”听了尼古拉的话，左拉没那么害怕了，脸上也露出了嘲讽的笑容：“是啊，上来呀。”尽管高大的贝高维奇和他的警棍就近在眼前，但是高高的围墙保护了他们。

贝高维奇也意识到了，他转过身，又向市长敬了个礼：“他们不愿服法，市长先生。”

“那就想办法把他们弄下来！”市长朝他吼道。于是他再次发起攻击，徒劳地踩着墙壁向上攀爬，可是那些砖石经过了风吹日晒，已经变得十分光滑，害得他滑落了好几次。

这时，市长终于想起来了自家的梯子，连忙带着小斯莫扬和小波佐维克跑开了。贝高维奇凶神恶煞的脸上顿时起了变化。他趁着市长不在，抬起头小声地对三人说：“孩子们，看在上帝的分上，你们下来吧，快下来吧，别让可怜的贝高维奇丢了工作、砸了饭碗。”“我们是要下去呢。”尼古拉好声好气地说。

市长带着两个中学生又回来了：“梯子不见了。”尼古拉哈哈一笑，故意跟下面的人说：“现在我们要从梯子上下去喽。”说完，人就不见了。左拉也笑着朝贝高维奇、市长和中学生们眨眨眼：“我也要走啦。”她把空空的篮子套在头上，爬下梯子。贝高维奇突然转过身，用坚定的口吻对市长说：“市长先生，我想我必须要开枪了。”说着，他笨手笨脚地解开手枪扣子。

“太好了，开枪吧！”中学生们尖叫起来，“开枪呀！”

等到贝高维奇终于掏出手枪，转身瞄准时，墙头上早已经空无一人。

# 第十章　复仇

孩子们沿着小溪一路狂奔，跑了二十分钟才回到黑莓丛。尼古拉途中不小心扭伤了脚。等到三人来到里面的空地，帕夫勒已经坐在那儿了，正满脸笑容地望着他们。

“你早就回来了？”女孩问。

“回来一个钟头了。”

“你把他们教训了一顿？”布兰科问。帕夫勒笑了：“哈哈，是的。我看见那两个中学生大概想到井边洗洗脸，所以我就帮了他们一下。嘻嘻，被我拎起来的时候他们叫得像待宰的猪，正当我把他俩的头按进水里[①]时，林格纳茨过来了，问我想淹死他们吗，我逗他说是呀是呀。他急了，推开我将他俩从井里捞了出来。”

“然后呢？”布兰科听得津津有味。

“小马库林打了好多个喷嚏，吐啊吐的，好像把整口井的水都喝光了似的。小斯卡莱科一直在尖叫，就没停过，叫得那

① 危险行为，请勿模仿！

么响，搞得好多人都围了过来。所以我就跑了。”听到这里，左拉问：“你有没有见到斯蒂潘？”帕夫勒用力点点头：“他还在等你们呢，你们不是说要帮他把杏子拿回来吗，杜罗跟他在一起。你们没把东西给他吗？”

左拉哭丧着脸说：“空篮子在这，给了他也没用。”然后她把刚刚市长园子里的事告诉了帕夫勒。众人决定先去把篮子还给斯蒂潘。除了脚踝受伤的尼古拉在黑莓丛休息，其他人躲进了林荫大道附近的一个花园里。等到斯蒂潘牵着驴子过来时，已经中午了。杜罗跟他在一起。

左拉学了一声鸟叫——这是他们的暗号之一，看了一下大道两头，确认没有人来，这才出来。斯蒂潘得知了篮子的事，将空篮子放在驴背上，叹了一口气：“里斯提克一定得气疯了。”帕夫勒凑到斯蒂潘身边问：“要我陪你回去吗？”

斯蒂潘看了他一眼：“要是他揍我，那我挨着就好。要是他用其他的法子对付我，你也帮不上忙。”孩子们一路走，一路说，转了一个弯，走进通往山上的一条小路，在茂盛的金雀花和刺柏树丛里坐了下来。左拉问：“这篮杏子能卖多少钱？”

“一公斤杏子卖十二第纳尔，篮子里有十公斤。”

“好多钱啊。”布兰科说。

“我只有一第纳尔。”左拉从口袋里拿出钱。

“我有两第纳尔。”杜罗说。

“我也有一第纳尔。”帕夫勒也把钱掏了出来。

斯蒂潘望着他们摇了摇头：“四第纳尔对我来说没有用。里斯提克要的是一百二十，少一个子儿也不行。”孩子们沉默了。正午的日头下，远处的城市看起来几乎是白色的，就连海水也褪去了深沉的色彩，海面上笼罩着一团雾气，隐去了岛屿的身影。

“都怪那帮该死的中学生！”帕夫勒最先打破了沉默。

布兰科说：“我们一定会找他们算账的。”

杜罗笑了：“现在小马库林肯定在他爸面前哭呢，毕竟帕夫勒害他喝了一肚子井水。”

斯蒂潘也挤出一丝笑容：“小斯卡莱科被他爸爸带走的时候还在尖叫个不停。”

左拉攥紧拳头：“哼，下次让他们叫得更惨！”

“我想先找小斯莫扬那小子算账，”杜罗捂着脸，咬牙切齿地说，“他最坏，差点把我鼻子打歪了。”“那就动手吧，”斯蒂潘提议，“现在他肯定已经到家了。从这里到林场要不了一个钟头。”杜罗立刻站起身：“去不去？”大家一致同意！

到了林场附近，他们先送斯蒂潘离开，免得伤到他。“你还是拿着吧。”左拉不容分说，将四第纳尔硬塞进斯蒂潘手里。

林场主住的地方在一片辽阔的针叶林前面，房屋不高，只有一层。四扇窗户，一道栅栏，栅栏的后面拴着一条狗，除了狗链子的声音，并没有听见其他的动静。孩子们躲在一处花丛后面，朝房屋张望着。那条狗显然听见了他们的声音，“汪汪”叫了几声。

“我们现在怎么办？”杜罗看了看其他人，问道。

“我进去，问问那小子在不在。”帕夫勒说，“他要是出来，就把他抓住狠狠揍一顿。”

“万一他放狗咬你呢？”左拉问。

“嘿，一条狗而已。”帕夫勒不屑地摆摆手。

“万一他喊他爸爸出来呢？”杜罗问。

“等他爸爸出来，我们早跑了。”

“好，”布兰科说，“就这么办。不过，你跟杜罗在栅栏那边等着，我去找他！”说完，不等其他人提出异议，他便大步流星地朝房屋走去。

门开了，布兰科倒退一步，出来的是一位掉光了牙齿的老婆婆。布兰科礼貌地问道：“您孙子在家吗？”老人走出门外，狐疑地打量了一番布兰科：“不，弗拉迪米尔不在家。你是他的朋友吗？”

“是的。”布兰科撒谎。

老人又看了看他：“瞧瞧你们今天什么样子。弗拉迪米尔身上流血了，衬衫也被撕破了，你看起来也好不到哪里去。你们应该用功读书，不要整天去街上惹是生非。成天把衬衣撕得破破烂烂的，害得我每天都要补衣服。”

“我们会用功读书的，不过，您先告诉我弗拉迪米尔在哪儿。”老人用手遮住阳光，张望了一下，然后说：“他要么在后面的花园里，要么到穆勒家的磨坊去了。你自己去找吧。”说完，她颤颤巍巍地进了屋子。

布兰科招呼其他人，小心翼翼地绕过院子里狂吠不止的狗，蹑手蹑脚地来到花园。在花园尽头的蔬菜田里，他们看到了一片铁丝网。一开始，他们还以为里面养着一些家禽，走近了才发现

# 第十章 复仇

那是一个巨大的笼子，里面被隔成好几个小隔间。“那儿有一只小鹿！”左拉指着一只瘦小的动物惊讶地说。小鹿躲进笼子的一角，显然是被孩子们吓到了。另一边，布兰科叫道：“这里有两只狐狸！”杜罗在另一处发现了三只毛茸茸的小松鼠，它们一见到他，便惊慌失措地逃掉了。帕夫勒则找到一个巨大的鸟屋，里面有一对椋鸟、几只山雀、一只交嘴雀和其他几只鸟儿。

“这些一定都是小斯莫扬的。”杜罗一边说，一边打开松鼠笼子。

左拉连忙提醒：“小心点，别让它们跑了。”太晚了，其中一只“嗖”的一声蹿了出去，逃到了附近的树上。杜罗傻傻地望着，半天才说话：“算了，放它们走吧。”杜罗突然想到什么，一脸坏笑：“那小子回来肯定得气死。”

帕夫勒也依样画葫芦，打开了鸟屋的门。左拉和布兰科也行动起来。小鹿被左拉吓得不断乱窜，两只狐狸倒是一动不动地盯着布兰科。布兰科捡起一根骨头，想把它们诱出笼子，突然，其中一只箭一般地蹿了出来，可是它的目标不是骨头，而是布兰科的手指。“你这只小畜生！”布兰科叫了一声，用力将它甩开。狐狸伏低身体，准备发起第二次进攻。布兰科捡起一根木棍，小狐狸意识到情况不妙，连忙躲进了笼子。

布兰科刚要教训它，就听见左拉在外面叫道：“快来帮我，这只可怜的小鹿跑得快断气了。”布兰科丢下两只狐狸，跑到左拉身边，帕夫勒也过来帮忙，三人合力将它捉住。小家伙吓得浑身都在颤抖，一双大眼睛楚楚可怜，尖尖的小脑袋，阳光的照射下耳朵几近透明。“天哪，真漂亮，我想把它带走。”左拉抚摸着小鹿因为喘息而剧烈起伏的身体。

左拉让帕夫勒把小鹿放进了森林，小鹿并没有马上逃跑，它在原地停留了一会儿，眼睛里充满惊讶。突然，它的鼻子动了动，一定是嗅到了森林的味道。接着，小鹿试探性地动了动蹄子，仿佛在检查自己有没有受伤。没等孩子们反应过来，连续几个优雅的跳步，小鹿跑进森林里消失了。

“它还能找到它的妈妈吗？”左拉问。

“我不知道。”帕夫勒答道。

布兰科却说：“我想，它已经不需要妈妈了……现在只剩那两只狐狸了。”三个男孩跑回笼子，却发现那两只聪明的狐狸早就趁他们离开的空儿逃之夭夭了。布兰科目瞪口呆。

左拉不知从哪儿捡回来一支粉笔，在鸟屋上写了几个字。布兰科一个一个念了出来：“红发左拉和她的……”

“帮派。”左拉替他念道，写下了最后一笔。“为什么要写这个？”布兰科问。

左拉笑了：“我们每次找人报仇时都是这么做的。不然这家伙怎么知道是我们做的呢？”孩子们准备撤退，左拉已经想好了下一个地点——磨坊。是时候去找小穆勒了。

乌兹柯克人在林间追逐、穿梭，跃过树根和石块，绕开藤蔓，跨过低矮的灌木，爬过倾倒的树干，偶尔还要将身体蜷起来，从一堆堆枯树枝和干草垛上滚下去。左拉依旧脚步轻盈地走在最前面，一头红发像火焰一样耀眼。其他人跟在她身后。前面渐渐亮了起来，他们走出了森林，来到一片草场。

左拉停下脚步："磨坊在那里。"这座高大、巍然的建筑物已经有些年头了，旁边生长着几棵巨大的白蜡树，四周还簇拥着赤杨、柳树和榛树。走近一点儿，还能看见一条潺潺的小溪，溪水推动着巨大的水轮，在水面上打出一片白色的泡沫。磨坊的前面紧挨着三个巨大的池塘，泛着绿色的水面上有一只小船在缓缓划行，船上坐着两个人，应该就是磨坊主的儿子和林场主的儿子。

左拉带头冲下斜坡。三个男孩连滚带爬地跟在她身后。女孩始终保持着领先的位置，只有帕夫勒能勉强跟上她的脚步。船上的两个中学生刚打算靠岸，便发现了他们，于是急忙摇动船桨，又回到了池塘正中。

勇敢的乌兹柯克人兵分两路。左拉和布兰科包抄了池塘的后半圈。杜罗和帕夫勒跑到前面的水闸处。"可找到你们了！"杜罗举起了拳头高声喊道。

"哈哈！"磨坊主的儿子小穆勒站在小船中央嘲笑他们。"想抓我们，下水啊，来尝尝船桨的滋味。"说着，他举起船桨，"啪！脑袋开花！"帕夫勒立刻拨开芦苇下水，可是池水刚没过膝盖，他便陷入了淤泥中。杜罗连忙把他拉了出来。

小斯莫扬在船上幸灾乐祸："差点儿淹死喽。"

杜罗生气了："想不想知道你抓来的动物怎么样了？"

小斯莫扬一下子跳了起来："你们把它们怎么了？"

"全都放了。松鼠、小鹿，还有狐狸和鸟儿，全都跑咯！"杜罗放肆大笑。小斯莫扬气得咬紧牙关，胡乱挥舞拳头："你们这帮该死的流氓！那只小鹿刚刚开始肯吃东西，狐狸也是上个星期才抓到的……交嘴雀呢，也飞走了吗？”

“你说呢？”帕夫勒喜笑颜开。

“我要告诉我爸爸！”小斯莫扬越说越愤怒，“让他拿枪崩了你们，让他把你们关进监狱，让他……”他说不下去了，无力地坐下来放声痛哭。

“哭吧，”帕夫勒大声说，“被你们偷了杏子的斯蒂潘也是这么哭的。”

“一头小鹿比一篮杏子值钱多了！”磨坊主儿子说。

“那你们六个人群殴斯蒂潘一个，怎么算？”

“我们下次还要揍他，”小斯莫扬哭着说，“见一次打一次！”

“先想想你们自己怎么办吧，过得了我们这一关再说。”

“我们在船上安全得很，你们也不能把我们怎么样。”小穆勒得意地说。

“我们可以等呀。”杜罗说着，在水闸上坐了下来。小穆勒笑了：“再过半个小时，我爸爸就会来找我，到时候你们还敢留在这儿？”布兰科听了这话，连忙跑到帕夫勒和杜罗跟前求证。杜罗说：“很有可能。他爸爸一般白天在集市上，下午这个点该回来了。”

“那我们就得想想别的法子对付他们。”

“你想怎么做？”

“用石头砸！”帕夫勒突然插嘴说。他捡起一块石头，对准小船的方向扔了过去，可惜还没碰到船，石头便“啪”的一声落水了。小穆勒笑得更开心了。杜罗和布兰科也纷纷效仿，可是他们的技术更差。小斯莫扬从刚才的打击中恢复过来："连石头都不会扔，你们这帮小流氓。"

"你才是流氓！"杜罗吼道。

"罪犯！"

"小偷！"

"无赖！"

"穷鬼流浪汉！"

……

对骂声越来越大，用语也越来越粗俗，可是不管声音有多大，字眼有多脏，语言攻击就如同那些永远打不中的石头，毫无威慑力。左拉这时也过来了："这样下去不行。""我知道该怎么办了。"杜罗说，"把水闸拉起来，让池水泻进小溪，小船会顺着水流漂过来，到那时……"帕夫勒啧啧称赞，立马动手。布兰科刚想上去帮忙，转念一想，又说："我觉得这样不好。"

左拉看看他："为什么？""我也不知道。"他说不清楚顾虑从何而来。"他肯定是害怕了。"杜罗的脸上浮现出嘲讽的笑容。布兰科直视他的眼睛，一下子抓住闸门抬了起来。池水瞬间汇聚成一股水流，冲进下面的小溪。小穆勒大概看到了他们在做什么，惊恐地喊道："闸门开了！"

杜罗大声说："没错，你们完了。"帕夫勒摩拳擦掌："我来对付小斯莫扬。"三人幸灾乐祸地看着池塘水位一点一点下降，坑坑洼洼的塘底渐渐显露出来，布兰科却莫名觉得一阵心慌。不一会儿，水流都漫到了小溪旁边的草地里了。

那是什么？一条条黑色的、长长的影子跌落在草地上和小溪里，不停地跳跃着。布兰科定睛一瞧，是鱼！他抓住左拉的肩膀：“快看！”左拉不以为意：“大概是鲤鱼，老穆勒经常拿到集市上去卖。”“可是它们全跑了！”布兰科说。

“跑就跑了吧，”左拉依然盯着小船和船上的人，“重要的是，我们就要抓住他们俩了。”

两个男孩拿着船杆和船桨进行最后的抵抗，尽管如此，小船还是穿过层层水花，越来越靠近水闸。可是左拉他们还是高兴得太早了。小船漂着漂着，突然停了下来，在一片淤泥中搁浅了。“该死的！”帕夫勒跺着脚骂道，“就差一点儿。”

“现在至少能够打中了吧。”杜罗捡起一块石头。

左拉笑了：“反正他们也出不来了，这是个‘监狱’！”

船上的两人先是惊慌失措地张望，然后拼命摇晃小船，想让它重新漂起来。“别白费力气啦，”杜罗嘲笑他们，“你们跑不掉的。”说着，他将手里的石头对准小船。还没扔出去，就听见身后传来一声可怕的怒喝。

“你们这帮该死的无赖！谁让你们开闸放水的！”原来是磨坊主穆勒从集市上回来了。他是个面色苍白的胖子，平时人们都管他叫“炮弹”。都怪他们几个太投入了，完全没有听到他的脚步声。他正暴怒地朝着这边狂奔。

左拉上一秒还在准备扔石头，下一秒立刻蹿了出去。杜罗和布兰科连忙跟了过去，只有帕夫勒还站在水闸旁，目瞪口呆地看着这个骂骂咧咧的胖男人。左拉回头大喊："帕夫勒快跑！"帕夫勒这才回过神来，拔足狂奔，临走还不忘撂下一句狠话留给池塘里的两人。几分钟后，孩子们爬上斜坡，回到森林里。

布兰科气喘吁吁地说："你看见磨坊主的表情了吗？他快要气疯了。"

"我也快气疯了，"左拉答道，"差一点就抓住他们了。"

帕夫勒咬着牙说："我也是。"

杜罗问："你们说，他俩现在出来了吗？"

左拉摇摇头："除非把池塘放满水，这起码要花一整夜。"

休息了一个钟头后，他们才想起可怜的尼古拉还在黑莓丛里，于是赶紧回去找他。"谢天谢地，"尼古拉如释重负地说，"还好你们没被抓住。他们现在正在满城搜捕你们！"

"什么？"几个人异口同声地叫道。

尼古拉莫名其妙地看着他们："你们自己不知道吗？整个塞尼城都传开了，他们说你们放干了磨坊主池塘里的水，贝高维奇和多尔德威克正在满世界抓你们，林格纳茨告诉我，磨坊主损失了三千第纳尔的鲤鱼和鲷鱼！"

孩子们全都傻眼了。就连左拉也露出惊慌的表情。布兰科说："我当时就说了，不能这么干……"

杜罗大怒："那你为什么还开闸放水？"

布兰科答道："因为我不想被你看作胆小鬼！"

# 第十一章　泽拉塔

这是他们第一次夜不能寐。布兰科躺在自己的床铺上，不安地翻过来翻过去。杜罗时不时地爬起来，透过墙壁上的机枪眼呆呆地望着外面。尼古拉不光心里想着池塘的事情，还要忍受脚上的疼痛。只有帕夫勒打着呼噜，一动不动地沉睡着。

清晨，左拉下来了：“你们都没睡？”

布兰科说：“我们昨天的确干了一件蠢事。”

左拉呸了一声：“要不了两天，他们就会忘记这件事。”

“三千第纳尔不是一笔小数目。”尼古拉不满地说。

“那的确是一大笔钱。”杜罗也开口了，“我想，我们还是逃跑吧。”

左拉狠狠一跺脚：“我才不逃。要走，也得等到替斯蒂潘报完仇再说。”说完，她拿了一块木板下来，上面用粉笔写着几个人的名字：

## 第十一章　泽拉塔

~~穆勒~~

~~斯莫扬~~

伊威科维奇

斯卡莱科

波佐维克

马库林

“我再说一遍，”她重申道，“在划掉其他几个人的名字之前，我绝不离开。”“我们可以以后再找他们算账呀。”杜罗说。左拉生气了：“反正我今天必去，你们要是不愿意，尽管待在这儿好了。”布兰科连忙表态：“我去。”尼古拉微微一笑：“我也去，哪怕腿断了。”

教堂的钟声响了七下，乌兹柯克人从古堡出发了。他们在第一排花园洋房门口分头行动。帕夫勒去库尔沁那儿取面包。左拉和杜罗去打探消息，他们想知道磨坊主的损失是不是真的像传闻中的那般严重。尼古拉和布兰科被派去侦察小波佐维克的动静。每一件事都不容易。

“一个钟头后，我们在这里集合。”左拉说完，带着杜罗离开了。

布兰科和尼古拉沿着干枯的河床走了一阵，然后滑进一个排水沟，排水沟的尽头连接着地下管道，他们顺着管道找到出口，顶开窨井盖，爬了出来。这里是圣弗朗西斯科大教堂附近的一处庭院，就在普莱尼克咖啡馆的正后方。这里的每一座房屋、每一个地下室、每一堵墙和每一个篱笆都是布兰科再熟悉不过的。“跟我来！”他领着尼古拉朝楼梯走去。

他们俩摸索着走下昏暗的楼梯，进入一间地下室，然后从窄小的窗户翻出去，来到了第二户庭院，又从一座长长的棚屋中走出去，小心地朝外面观望，从这里能够看见库尔沁的面包店、鞋匠的铺子和亚得里亚旅馆。

布兰科和尼古拉等没人了，迅速跑到街对面，躲进一处长廊。两人沿着走廊进入一个四方形的小院子。这里曾经是乌兹柯克宫殿的一部分，有雕刻着精致花纹的柱子。沿着左侧宽敞的露天台阶走上去，就可以进入宫殿里面。台阶的左右两侧各有一只巨大的石狮。可惜这个院子现在成了废品贩子苏斯奇的仓库。

瘦弱的苏斯奇长着一脸络腮胡子，穿着长衫，头戴一顶小红帽，正在将废品里的骨头拣出来，装进袋子拖进地下室。他的小红帽刚一消失，在一旁等候多时的两个男孩便迅速跑上露天台阶，经过两头石狮，进入宫殿大厅。

大厅也沦为了苏斯奇的领地，尼古拉好奇地打量着里面的画和各式各样的椅子，布兰科则走到大厅另一头的窗边，示意尼古拉过去。下面就是波佐维克家的院子，院子里放着几个篮子和堆成小山似的箱子。

小伙子们决定先观察一会儿，过了好久，他们听见有人在说话，两人连忙伏下身子。是小波佐维克，瘦小的身材，尖尖的狐狸脸，他还带了另一个人来。

“进来，进来！”小波佐维克小声说。“来了。”他身后的那个人应道，他比小波佐维克个子高，年纪似乎也长几岁。“嘘，别那么大声，”小波佐维克竖起一根手指放在嘴前，“你知道的，千万不能让我爸爸发现了。”大个子点点头，苍白的长脸上一副不高兴的样子。

“你认识他吗？”布兰科小声问尼古拉。“应该是卡拉曼的儿子。”尼古拉答道。布兰科点点头，没错，一定是他，他长着跟他父亲一模一样的死鱼眼，高壮敦实的身体，蒲扇似的手掌，走起路来慢慢吞吞，连姿态都如出一辙。他的短发又硬又乱，配上一张苍白的脸，活像一只大号刺猬。

小波佐维克在成堆的箱子中扒出一个洞口，然后爬了进去。小卡拉曼似乎对此并不感兴趣，直到小波佐维克又探出脑袋来催促他，他才跟着钻了进去。等他进去后，洞口又被堵好了。

尼古拉朝布兰科使了个眼色：“他们在里面做什么？”“我们过去听听。”说着，布兰科便小心地往下跳。

“弗莱尼奥，我拿十二颗糖果换五十芬尼的德国邮票，半块巧克力换你二点五便士的英国邮票。”小波佐维克说。

“我还有两张荷兰的，你出多少？”

“先给我看看。”小波佐维克发出了“啧啧”声，“再给你半块巧克力！”

“上次你用沙丁鱼罐头换了我两张法国的，这次我还要罐头。”小卡拉曼说。

“你疯了吗？”

“否则我不卖。”

“我总不能再去偷一回罐头吧。”小波佐维克苦着脸说。

“你不是还有三罐吗？”

“我已经答应斯卡莱科了，用三罐沙丁鱼换挪威邮票。”

“给他两罐就够了。”小卡拉曼替他做了决定。

“那好吧，”小波佐维克叹了口气，“现在先把东西藏好吧，被我爸爸发现就惨了。”

听到这，布兰科和尼古拉默契地对视一眼，躲了起来。小波佐维克和小卡拉曼一离开，尼古拉和布兰科就立刻动手搬箱子。“让我们看看波佐维克的宝贝。”四板巧克力、两罐沙丁鱼罐头——应该就是波佐维克之前提到的那两罐，烟草、鱼线、蜡烛、火柴、一支手电筒、两把小刀，布兰科还找到了一堆糖果——杏仁糖、薄荷糖，还有一袋杏仁和一袋葡萄干。“这个小浑蛋，他爹店里的东西起码被他偷走了一半！”两人迅速清点了一番，小心翼翼地爬了出去，然后原路返回。这时候，帕夫勒、左拉和杜罗已经到了约定的地点。

“瞧我们带来了什么！”布兰科和尼古拉把身上的东西一件一件地掏了出来。

左拉跳了起来：“你们把波佐维克的店搬空了？”

“没有，”尼古拉笑着说，“这些都是他儿子的。”

“啥？”

于是他们将小波佐维克如何偷了杂货铺的东西偷偷藏在院子里，又拿它们去换邮票的事情原原本本地告诉了伙伴们。“太厉害了！”帕夫勒一拍大腿，大声称赞，就连杜罗也夸赞了他俩。

左拉却问："你们有没有留下字迹，告诉他是我们干的？"

尼古拉一拍脑袋："我们把这事儿忘了。"

左拉生气地说："现在好了，他肯定以为是别人干的。""我们可以再去一次，"布兰科建议道，"也许还有更大的收获。"左拉点了点头。

去的路上，左拉跟他们讲述了她跟杜罗打探到的消息："我们开闸放水的确造成了很严重的后果。满城的人都在骂我们，他们现在还在那里用渔网和盆捞鱼呢。磨坊主召集了贝高维奇和另外三个人帮忙，他们好像从小溪和草地里找回了好多条鱼。"

布兰科说："我们还是暂时离开这里，避一避风头吧。""我也不是反对离开，"左拉终于松口了，"我的意思是，等我们复仇完毕再走。"

重新回到波佐维克家，乌兹柯克人翻出了一袋李子干和两袋桃干，还有几罐饼干和一些奶油点心，把它们统统塞进衣服里，左拉又从口袋里取出一支粉笔，写起字来。帕夫勒、尼古拉和杜罗还没出去就忍不住拿起巧克力和沙丁鱼罐头吃了起来。

"好久没吃过这么好吃的东西了。"尼古拉连手指都舔得干干净净。"我也是。"罐头里的油汁从帕夫勒的嘴边流到下巴，滴得衬衫上全是。

大家欢天喜地地回到了古堡，左拉划掉了小黑板上波佐维克的名字，还剩伊威科维奇、马库林和斯卡莱科。"我们偷摘了小伊威科维奇家的杏了。"尼古拉提出异议。

"可是后来全被我们扔回去了。"左拉摇着头说，"不行，那不算数。"

"喂，"帕夫勒开口了，"小马库林和小斯卡莱科不是被我扔进井里了吗？"

"那也不算。他们必须得到像其他人那样的惩罚。我们乌兹柯克人的复仇是认真的。"

下午，他们再次分头行动。布兰科和帕夫勒去斯卡莱科家探路，杜罗和尼古拉去亚得里亚旅馆找马库林，左拉守在山下的公园里，因为那帮中学生平日里这个时候经常出现在那里。

过了很久很久，小斯卡莱科终于走出了家门。一套质地优良的西装紧紧地包裹着他隆起的肚腩，浑圆的脑袋上戴着学生帽，看起来就像一株红色的毒蘑菇，脚上穿着一双锃亮的皮靴，仿佛刚用阳光擦拭过一般。帕夫勒从没见过如此光鲜打扮的小斯卡莱科，他惊讶地看着他像只花孔雀一样，迈着扭捏的步伐走到街上。等他转进另一条街道后，两个男孩才跟了上去。小斯卡莱科路过码头，拐进一条小巷后消失了一会儿，再次出现时，他的身边多了一个人——弱不禁风的小马库林，他也穿上了最好的西装，头上戴着崭新的草帽，原来他一直在等着斯卡莱科。

两个中学生一直爬到山顶才停下脚步，摘下帽子。走在前头的帕夫勒突然回过头来，一脸坏笑地对布兰科说："他们是来约会的。"果然，前面的长椅上坐着两个姑娘。布兰科甚至认出了其中一个，她是萨格勒布酒店老板的女儿，身材苗条，皮肤白皙，穿着黑色的裙子。另一个年长一点儿的姑娘个子更高，看上去像个富家小姐。

# 第十一章　泽拉塔

小马库林朝她们鞠了一躬，走到姑娘们身边坐下；小斯卡莱科则像只神气的大公鸡似的，在他们面前来回踱步。

布兰科戳了戳帕夫勒："我们靠近一点儿。"他们蹑手蹑脚地穿过树林，在一片金雀花丛后面躲起来，这里距离长椅只有不到十步的距离。现在，他们可以清楚地听见四人的对话。小斯卡莱科的嗓门最大，他正说起他们。

"你们觉得我们会害怕红发左拉和她的帮派吗？哈哈！"他挺起肥肥的肚子，"要是你们觉得我斯卡莱科害怕他们，那你们就错了。"小马库林的声音稍小："不，我们才不害怕呢。"年长一点儿的姑娘不屑地看了看两个男孩："听说你们被扔进了井里？"

"六个人打我一个！"小斯卡莱科扯着喉咙叫道，"六比一！在这种情况下被扔进水里，真的很丢脸吗？"

"当然不。"黑衣女孩钦佩地看着小斯卡莱科。

小斯卡莱科的嗓门愈发大了，简直眉飞色舞。"而且，我从井里爬出来后，狠狠地揍了他们一顿。"他挥舞着胖胖的胳膊，"我抓住其中一个家伙的胸口，把他丢进井里，然后两只手分别抓住另外两人的脖子，把他们俩的脑袋狠狠地撞在一起，那两人像泄了气的皮球一样瘫倒在地。剩下三个人根本没等我动手，就已经吓跑了。"

"天呐。"黑衣女孩听得入了神。

小马库林沉不住气了，他跳起来说："他们才不是被你吓跑的，明明是被我打跑的。我扭住其中一个人的胳膊，然后用拳头狠揍另一个人的脸，剩下那个扑上来想要抓我，却被我飞起一脚踢中了小腿，你收拾完你那边三个人，我也解决了我这边三个人。”他的牛皮吹得甚至比小斯卡莱科的还大：“从那以后，他们怕得要死，所以再也不敢出现在我们面前了。”

黑衣女孩惊讶地张大了嘴，而另一个姑娘则始终面带嘲讽的微笑，望着这两只自吹自擂的“小公鸡”。布兰科和帕夫勒也忍不住笑了。“布兰科，你听到了吗？真会吹牛！我真想现在就跳出去，再让这两个家伙尝尝水里的滋味。”

布兰科笑着按住伙伴的肩膀：“别着急，我想听听他们接下来跟两个姑娘说什么。”

这时，高个子女孩站起身来。“行了，”她脸上的嘲讽更加明显了，“我想他们并没有怕得要死吧，否则昨天斯莫扬和穆勒怎么会被堵在池塘里？听我爸爸说，穆勒叔叔一直忙到傍晚才把他们两人救出来。”

小斯卡莱科依然大言不惭地说：“那是他们俩，换成我，那帮小浑蛋肯定害怕。”“对，换成我们，他们肯定害怕。”小马库林也插嘴说。小斯卡莱科打量着骨瘦如柴的小马库林，发现他的两条腿直到现在还在轻微地颤抖。“你有多厉害，我不清楚，”他顿了一下，“但是有一点很明确，要是他们现在出现我面前，我还会像昨天那样，抓住他们的脖子，使劲摇啊摇，直到他们的骨头全部散架为止。”“还有我，”小马库林也不甘示弱地扯着喉咙说，“我会飞起一脚，从这里把他们踢出去，直接掉落在塞尼城。”

## 第十一章　泽拉塔

帕夫勒实在听不下去了，直接跳了出来。布兰科根本拦不住——他本想再听一会儿的。

高大壮实的帕夫勒站那后，场面既古怪，又好笑。小斯卡莱科像是被人当头打了一棍，整个人吓呆了；小马库林的脸色像墙一样惨白，身体抖个不停。女孩们也被吓了一跳，黑衣姑娘惊恐地瞪大了眼睛，旁边那位小姐倒是很快镇定下来，反而表现出一丝好奇，上上下下打量着眼前这个衣衫褴褛的大个子，没有说话。

帕夫勒用手指戳了戳小斯卡莱科的胸膛，后者立刻吓得哀号："啊！啊！""你不是要抓住我使劲摇吗？"帕夫勒一步一步逼近，又对小马库林说，"听说你想把我一脚踢飞？"他配合地转过半个身子，撅起屁股："来呀。"

"我没说过，对不对，"小马库林向两个姑娘求助，"我没说过！"

高个子女孩大笑起来，轻蔑地说："你们两个胆小鬼！"女孩的蔑视似乎让小斯卡莱科忘记了恐惧——至少他叫得没那么厉害了，可是紧接着，布兰科的出现又将他打回了原形，他叫得更大声了。帕夫勒看了看布兰科，挠了挠脖子："怎么处置这两个脓包？"

"饶了他们吧！"黑衣女孩站起来，走到两人之间，替他们求情。帕夫勒轻轻地将姑娘推到长椅上："如果他们只是吹吹牛皮，那也就罢了，可是他们竟然撒谎，明明是我将他们俩扔进井里。"

“你才撒谎呢！”小斯卡莱科突然人叫一声，然后跳了起来，像离弦的箭一般连滚带爬地冲下山坡。布兰科刚想去追，却被帕夫勒拦住了。“你留下对付这个小的，我亲自去找他算账。”说完，他追了上去，剩下布兰科一个人面对小马库林和两个姑娘。

布兰科伸手推了一下，小马库林一趔趄，草帽掉在了地上。“从哪里开始呢？”布兰科吓唬他。小马库林眼泪都吓出来了：“你要敢打我，我就……就喊人了！”

“你喊呀！”布兰科一把把他拎起，放在长椅上。这时，高个子姑娘按住了布兰科的肩膀，她朝他眨眨眼：“你比其他几个更无耻。”

“为什么？”

“你没看见他快要被吓死了吗？”

布兰科晃了晃身体，想摆脱女孩的手：“他们六个人联合起来欺负斯蒂潘的时候倒是不害怕。这是他的报应。”没想到女孩的手按得更紧了：“你们不应该找弱者报仇。”

“哪怕他曾经拿石头砸我们？”

“那……顶多惩罚一下算了。”

“这正是我要做的。”

“他已经得到足够的惩罚了，你没看见他都吓得尿裤子了吗？”果然，这小子笔挺的西裤上湿漉漉的，尿液一直滴到他锃亮的靴子上。布兰科大笑着松开了手。可怜的小马库林吃力地站起来，迈着蹒跚的步子朝山下走去。

“现在你满意了？”布兰科望着女孩说。

## 第十一章　泽拉塔

“是的。不过请你称呼我‘小姐’。”

布兰科撇撇嘴：“跟我有什么关系。”女孩仔细打量着他：“你就是从监狱里逃出去的那个男孩？”布兰科点点头。“你们小心点，”女孩继续说，“我爸爸昨天答应磨坊主，要不惜一切代价抓住你俩。”布兰科勉强一笑：“我们没那么容易被抓住。”女孩朝他眨眨眼：“我爸爸答应的事，就一定会做到。”

布兰科刚想问清楚她爸爸究竟是谁，便听见远处传来一阵怒吼——中学生们来增援了。布兰科冲下山坡时，帕夫勒已经逃出了包围圈，但他们追了上来。小卡拉曼竟然跑得比帕夫勒还要快，甚至想要从前面截住他。“快跑！”帕夫勒话音刚落，便被追上来的小卡拉曼用他铁塔似的身体扑倒在地。

幸好布兰科及时将帕夫勒从小卡拉曼的身下拽了出来，两人拔足狂奔。经过两个女孩跟前的时候，黑衣姑娘突然伸出一条腿，绊了布兰科一下，他整个人“扑通”一声摔倒在地，痛晕过去……

布兰科模模糊糊听见小斯卡莱科在说：“只是昏过去而已。”

小斯莫扬说：“也许是装出来的。先把他绑起来再说。”

“你们疯了吗？”这时，他听见那个高个子女孩的声音，“他的面色都发青了。”

“别多管闲事。”又一个声音说道——那是市长的儿子小伊威科维奇。

当布兰科再次恢复意识时，发现自己已经被中学生们抬到长椅上绑住了双手，脑袋也有些钝痛。“他动了。”小斯卡莱科说着，用力踢了他一脚。布兰科吃痛，睁开了眼睛。七八个中学生，都在看着布兰科，他们的眼神中既有兴奋，也有仇恨。

“你们看！”小斯卡莱科得意地说，“我就说他只是昏过去而已。”

“好小子，”小伊威科维奇说着，给了布兰科一巴掌，“可算把你抓住了。”布兰科强迫自己咬紧牙关，忍住疼痛。

小穆勒说：“就是他，那天就是他打开了闸门。”说完，他一脚踢在布兰科肚子上。

“把我的小动物放跑肯定也有你的份儿。”小斯莫扬一脸凶狠地扇了布兰科一耳光。

这时，小波佐维克的狐狸脸也凑了过来：“我的东西被偷，他肯定逃不了干系。”他骂骂咧咧地扑上来，十个手指一起朝布兰科脸上挠去。

“他们偷了你的东西？”小卡拉曼和小马库林异口同声地问。

“我所有的宝贝都被偷走了！”小波佐维克哀号道，“他们还在墙上留下了几个字：‘红发左拉和她的帮派’。”

“我的动物园里也有这几个字。”小斯莫扬说着，又打了布兰科一拳。

可怜的布兰科拼命忍受。等到自己的力气恢复一些后，他偷偷地晃了晃绳索，想把它解开，可惜他们绑得太结实了。小伊威科维奇突然推开众人，走到布兰科跟前，愤怒的眼神透过镜片落在他的身上：“我们现在怎么处置这个家伙？”

“先让他把偷走的东西还回来。”小波佐维克嘴里咒骂着，重新靠近布兰科。

“先把他痛扁一顿再说。”小斯莫扬一边说，一边拿出一根鞭子。

“没错，”小斯卡莱科吼道，他好像重新找回了勇气，“先揍他一顿再说。”

布兰科被围在中间，索性心一横，闭上了眼。这时，他又听见了那个女孩的声音：“你们不觉得羞耻吗？八个打一个？”

“姐姐！别管我们的事！”小伊威科维奇想把女孩赶走。

“我偏要管。”女孩说，“想要动他，除非你们先把我打倒。”

“嘿！”小斯卡莱科不甘心地说，“之前他们两个欺负我的时候，她可是一句话都没说哦。”

“你给我闭嘴，”女孩提高了音量，“否则我会把你刚才的表现告诉整个塞尼城的人。”

“他怎么了？”小伊威科维奇和小卡拉曼好奇地问。

“不管怎么说，他们两个比你们这帮人正直多了。”女孩掷地有声地说。“你不觉得吗？”女孩问小马库林。

小马库林结结巴巴地说：“我……我刚才没打他。”

“你做得很好。”

布兰科想不通，为何帕夫勒会丢下他自顾自逃命？不，他不是那样的人。布兰科心存侥幸——也许帕夫勒就在不远处等待时机。可是他并没有看到任何人，只能难过地垂下了头。

“要是泽拉塔不愿见血，”小斯莫扬此时插嘴说，“我们就先把这个家伙关进你们家花园里。”“对，”小斯卡莱科兴奋地说，“然后把门锁上，不让女孩们进来。”“还可以把他绑在我们的审讯柱上！”小波佐维克激动地叫了起来。其他人纷纷附和，开心不已。“我去找警察，”黑衣女孩说，“告诉他你们已经抓到了一个。”

“慢点儿走！”小伊威科维奇在她身后叮嘱道，“我们要先把他绑起来审讯一下，起码还要一小时呢。”他们解开布兰科脚上的绳子，让他站起来自己走，小斯莫扬和小卡拉曼一左一右地押住布兰科，推着他往前。

还没走出三十步，布兰科就清楚地听见“啾——啾——”的喜鹊鸣叫声。布兰科松了一口气，故意放慢步伐，然后突然哀叫一声，装出一副很难受的样子。“我给你一脚，保准你走得快！”小斯卡莱科恶声恶气地说，谁知他刚伸出腿，整个人便飞了出去。

乌兹柯克人来了！

左拉率先冲了出来，最先解决掉了小斯卡莱科，随后小马库林也步了小斯卡莱科的后尘，咕噜咕噜滚下了山坡。现在轮到小斯莫扬了。转眼间，帕夫勒和尼古拉也赶到了，又过了一会儿，杜罗也来了。

中学生们今天的士气似乎比平日要高昂，特别是小卡拉曼，拳脚并用，格外凶猛。尼古拉刚一抱住他，就被他反手提了起来，扔到了一边，杜罗也没能幸免，跟尼古拉摔倒在一起。两人沿着山坡滚下去，正好砸中了正在往上爬的小斯卡莱科和小马库林，四个人索性在山坡下面打了起来。

左拉还在对付小斯莫扬，他个头高大，孔武有力，没那么容易被干掉。帕夫勒则被小伊威科维奇、小波佐维克和小穆勒联手抱住。

小卡拉曼一时间找不到新的对手，见帕夫勒已经被三个人围攻，便朝左拉扑去。他从后面偷袭女孩，用两只手臂将她紧紧抱住。一直镇定自若的左拉脸上顿时露出惊慌愤怒的表情。她不断挣扎，一边吐口水，一边对他又抓又咬，可是小卡拉曼就是不松手。眼看着小斯莫扬也要对她下手了。

几米之外的布兰科拼命地扯弄着绳索，想用两只手把它撑开，可惜根本不行。眼看着左拉被小卡拉曼勒得喘不过气，半闭着眼睛，双手又被小斯莫扬牢牢钳住——那小子已经用皮带绕着左拉的手臂打了一个结。布兰科管不了这么多，想用身体把小斯莫扬撞开。“别动！”布兰科身后突然响起一个声音，下一秒，绳索解开了——原来是高个女孩。

情况十分危急！布兰科顾不上别的，跳起来将小斯莫扬撞翻在地，又赶紧反身抱住小卡拉曼，他终于放开了左拉。布兰科的体力还没有完全恢复，小卡拉曼很快便挣脱了他。危急关头，帕夫勒赶到了。是的，他终于摆平了那三个。小波佐维克和小穆勒在地上翻滚，一个捂着鼻子号叫，另一个尖叫着逃跑。小伊威科维奇则被帕夫勒一拳正中胸口，靠在树上呻吟。

但是，哪怕是帕夫勒，要想解决小卡拉曼也的确不是一件易事。他俩个子差不多高，力气也差不多大。帕夫勒两次将他狠狠摔倒在地，这小子才告饶投降。左拉回过神来，跑去增援杜罗和尼古拉，布兰科则跟小斯莫扬再次交手，两个人倒在地上翻滚。

高个女孩一直站在旁边，饶有兴趣地观赏着双方的“战争”。

突然，她大叫一声："警察来啦！"双方立刻停手，齐齐朝山下看去。果然，黑衣女孩领着警察和众人正朝他们跑来。

"赶紧撤！"尼古拉大喊。帕夫勒解决了小卡拉曼，却又被扑上来的小斯莫扬绊住了。左拉帮他挣脱出来："快走！"

"让他尝尝我拳头的厉害！"帕夫勒吼道。

左拉怒了："赶紧撤退！"杜罗和尼古拉已经钻进了树林，帕夫勒也终于跟了上来。布兰科走起路来还有些吃力，左拉和帕夫勒一左一右地扶着他。

"你们为何这么晚才来？"布兰科面向帕夫勒质问。

"杜罗不愿意来。"

"杜罗？"布兰科迷惑地问，"当时不是只有我们两个吗？"

帕夫勒把后来发生的事大致讲述了一遍："你帮我摆脱之后，我就一直跑，我以为你一直跟在后头，结果跑上山顶才发现你不见了。我刚想回去找你，就碰到了杜罗，他让我别去，说他们人太多了，我们去了等于自投罗网。"

"哼，多好的'伙伴'。"布兰科冷哼一声。

"我也很火大，可是我能怎么办呢？尼古拉开始也不同意。后来左拉来了，她骂了一句'胆小鬼'就跑来了。杜罗还是不愿意，最后看到我和尼古拉都追上来了，只好也跟着来。"

"好，"布兰科气呼呼地说，"我都记住了。"这句话虽然是说给别人听的，但也是他的心声。

"你不要放在心上。"左拉说，"杜罗是对的，只有等到所有人都到齐，才能去救你。你自己也看到了，我们五个人加起来也差点打不过他们。”三人都沉默了。过了一会儿，左拉又开口了：“当时你为什么过了那么久才来救我？我差点被卡拉曼勒死了。”

布兰科让她看自己手腕上红色的勒痕：“我的手被他们绑住了。”

“他们敢绑你！那后来你是怎么松绑的？”

“那个高个子女孩帮我把绳索割开了。”

“哦，”帕夫勒说，“那是泽拉塔，很漂亮吧。”

“你认识她？”左拉问帕夫勒。帕夫勒点点头：“他是伊威科维奇的姐姐。”

“也就是市长的女儿？”

帕夫勒又点点头。“她真的很漂亮吗？”左拉看着两个男孩问。帕夫勒微微一笑，耸了耸肩。布兰科不知该怎么回答，只好说：“我不知道。”不过他记得她那明亮的大眼睛，而且她是个勇敢的女孩。

孩子们绕着古堡走了一圈，然后从后门进入塔楼，刚把洞口的石头原样放好，中学生们便追了过来。“他们就在石头下面。”小斯莫扬大声地说。“别急，”站在高处的小斯卡莱科说，“多尔德威克带了狗来，它能找到他们。”

布兰科听到后，赶紧朝里面爬去。该死的，这下完蛋了，一条狗，别说石头，就连密道都能被它找出来，它完全能够钻进来，找到他们的窝。左拉沉思片刻：“我们守在洞口两侧，只要它把头伸进来，我们立刻打死它。”才走到一半，他们已经听见了阵阵狗吠。“小心！”左拉惊呼。还没来得及动手，一只大狗箭一般地冲了过来。让人意外的是，它欢快地摇起了尾巴。

“是雷奥！”左拉笑了。雷奥小声地叫了几声，然后开心地站起来，两只前爪搭在他们身上。左拉和狗狗玩了好一会儿才将它推向洞口。雷奥还不舍得走，左拉试了好几次，才让雷奥钻了出去。

外面，中学生们、两个女孩、贝高维奇、多尔德威克以及卡拉曼和市长——所有人都在等着雷奥出来。雷奥爬出洞口后，立刻扑到老卡拉曼身上，跟他亲热起来。

“喂，”老卡拉曼将雷奥拨开，“他们不在这儿，否则我的狗不会那么平静。”

“我亲眼看见他们从这里进去后就消失了，再也没出来。”小斯莫扬还在坚持。

“这座塔楼能上去吗？”市长问两位警察。贝高维奇和多尔德威克连忙敬了个礼：“可以的，市长先生。”

“没准他们就藏在塔楼里，那里正好也容得下那么多人，是个理想的藏身之地。”

“我也这么认为，市长先生。”贝高维奇附和道。

市长捻着胡须说：“今天太晚了。”他目光炯炯地看着贝高维奇：“今天夜里请你守在塔楼的门口，明天一大早，我们用烟把这群‘小狐狸’熏出来。”

守在洞口的布兰科急忙爬回去告诉了左拉。

“本来我们打算明天离开的，”左拉宣布道，“既然这样，就提前到今天夜里吧。”

# 第十二章　投奔斯蒂潘

大家花了一夜的时间，在帕夫勒的指引下，把各自的东西藏到稳妥的地方——帕夫勒把围墙上的海报撕下来，将杜罗的蝴蝶标本塞进墙洞里，把尼古拉的画放在松动的楼梯板下面，而自己的则卷成一卷，塞进了废弃的老鹰巢穴里。灰烬踢散、脚印抹除，被褥扔回猫头鹰的住所，锅碗瓢盆用铁丝捆好吊进井里，铁丝塞进石槽中固定，外人一点儿都看不出来。

“但愿我的鸽子别被他们发现。”尼古拉难过得都快哭了。

“还有那些红隼，”左拉说，“小红隼再过两三天就会飞了。”

“他们根本不敢爬那么高，”帕夫勒安慰他们，“再说猫头鹰肯定不会放他们过去。”

“斯莫扬会射箭。”杜罗插嘴道。左拉笑了：“等他的箭射出来，猫头鹰早就把他的眼睛抓瞎了。”

第一缕阳光出现在海面时，他们全部收拾妥当了。一行人看着大厅，心里很是舍不得。“没事的，”左拉掷地有声地说，“真正的乌兹柯克人在寡不敌众的时候，也会选择暂时撤退。现在我想先去看看斯蒂潘怎么样了。”“哇！”尼古拉欢呼道，“我们去布林涅咯！”孩子们再次仔细检查完毕，起身离开古堡。门口没有人，地道出口处似乎也没有人。但左拉担心有埋伏，选择了秘密出口——他们掏出一堵墙上的几块墙砖，钻了出去。这无疑是明智之举，因为没走几步，他们便瞧见远处有一个身影，在塔楼门口和地道出口之间来回晃悠。

清晨的气温还很低。乌兹柯克人走进山谷，草地上还笼罩着浓雾，草叶上挂满了晶莹的露珠。光线一点一点变亮，气温慢慢升高。当他们踏上通往森林的道路时，太阳已经完全升起，灿烂的阳光照耀在他们身上。爬了几百米山路后，大家都饿了，幸好头一天从小波佐维克那里截获的食物还在。

库尔沁的面包，配上沙丁鱼罐头，简直是人间美味！左拉又给每人分了一些饼干和风干的李子。帕夫勒满足地摸着肚子：“真好吃啊！”尼古拉也啧啧称是。最后，当左拉掏出巧克力分给大家时，所有人都快乐到了极点！

填饱了肚子，他们继续赶路。越往大森林里走，路便越发难走。那些生长了数百年的老橡树，不仅树干粗壮，下层的枝干垂落到地面上又生了根，占据了一大片土地，他们只好绕道而行；高高的冷杉树则完全不同，它们总是成排出现，像一堵厚实的围墙，枝叶太扎人了，大家只好从底下爬过去。这些还不算什么，最麻烦的倒是那些小灌木——榛子、覆盆子和黑莓，一簇簇，一丛丛，让人步履维艰。

太阳越爬越高，乌兹柯克人艰难地行进着。他们穿过森林，

## 第十二章　投奔斯蒂潘

翻过山腰和山谷，穿过旷野，终于进入了第一片农田。这儿跟塞尼截然不同，高高的山脉似乎将土地划分成了贫瘠和富饶两个部分。在这里，肥沃的黑土地上生长着半人高的小麦。孩子们揪下麦穗，塞进口中，坚硬的麦粒被他们嚼得“咯咯”作响。

布兰科惊讶地说：“我从没见过这么美的农田。”

尼古拉说：“还有小麦。”

“这些都是森林的馈赠。”左拉告诉他们，“森林挡住了寒风，所以这里的土地才这么富饶。”刚刚开花的玉米、丰硕的大麦、饱满的向日葵和绿叶白花的土豆交替呈现在他们眼前，开着黄花的西瓜秧从玉米田里探出脑袋，豌豆藤攀附在土豆田上方的架子上，红白相间的小花像一面面小旗帜迎风飘扬。

远处就是斯蒂潘居住的村庄。在黄色、蓝色和红色的房子之间矗立着一座尖尖的教堂钟楼。在钟楼与不断前行的乌兹柯克人之间，仍然隔着大片的农田、山丘和树林。这时，一个高大瘦弱的农夫肩头扛着梯子，背上背着篮子，朝他们迎面走来，看起来凶巴巴的。

孩子们跟农夫问了声好，他眯着眼睛，满脸不高兴地瞪了他们一眼。布兰科回头看了他一眼：“他为什么瞪我们？”尼古拉笑了：“一定是害怕我们抢走他篮子里的樱桃。”“这里有樱桃树？”帕夫勒惊讶地看了看四周。

话音刚落，杜罗已经爬到了树上。从这里一直延伸到山下，全是樱桃树。高大挺拔的树干上，茂密的枝叶一直垂到地上。午饭，解决了！

突然，尼古拉叫道:“那个男人回来了！”“快跑！”杜罗大喊。

左拉摇头制止:“就在这儿别动。记住，不管他说什么，都不要理他。”

那个男人跑到树林跟前，喘着粗气大喊:“坏蛋！小偷！你们给我出来！”孩子们就像没听见似的，镇定自若地从树上摘下樱桃，放进嘴里。农夫诧异极了，他冲到帕夫勒面前喊道:“小偷！还不快停下！”说着，他抓住帕夫勒的肩膀摇晃着他。帕夫勒甩开他的手，吐出樱桃核，又摘了一颗。

农夫嘴巴张得老大，又抓住布兰科摇晃，嘴里骂着:“卑鄙的小流氓！快住手！”布兰科原本有些害怕，但左拉给他使了个眼色，于是他嫌弃地拿开了男人的手，又摘了一颗樱桃放进嘴里。农夫的脸涨得通红，他又朝尼古拉走去。“小强盗！”他想抓住尼古拉，尼古拉弯腰一躲，嘴里吐出三颗果核。

怒火中烧的农夫又来到左拉面前:“不要脸的小娼妇，快点给我滚出去！”左拉淡定地绕到他背后，还没等他转过身来，又摘了一颗樱桃。可怜的农夫像个蒸汽机似的不停地喘着粗气，脸红得像只番茄，身体不停地抖动着，怒火越烧越旺。

“我要打死你们！”说着，他来到帕夫勒跟前，可是这个又高又壮的男孩完全当他是空气。布兰科的动作也愈发大胆，尼古拉一脸笑嘻嘻，农夫肺都快气炸了，无论他怎么骂根本都没用，孩子们没有一丁点儿恐惧，所有人都一言不发地吃樱桃。这反而让农夫觉得毛骨悚然。

“不是我疯了，就是你们疯了。”说完，他又看了看孩子们，孩子们一言不发，吃得倒是更欢了。于是他扛好梯子、背好篮子，离开了。

“哈哈哈！”大家都笑了起来。左拉说：“看吧，以后他再见到我们一定比见到魔鬼还害怕。”尼古拉的笑声最响亮：“你们看，他开始跑了。”农夫果然跑了起来，没等他们看清楚，便消失在转角处。

填饱了肚子，孩子们来到了布林涅——斯蒂潘居住的村庄。这是一个很大的村庄，主干道一眼望不到头，道路两侧栽种着高大的梧桐和菩提，十分宽阔。村里的房屋全围在林荫大道的周边，透过枝叶能够看见平坦的屋顶和铺在上面的稻草。此时的林荫大道上，聚集了大量人群——今天是牲口节。孩子们挤进人群，在集市上逛了良久，才想起了此行的目的。一连问了好几个人，他们终于打听到了斯蒂潘的住所。他住在一个仓库里，就在草地旁边的下坡小路的尽头。

孩子们来到仓库门口，房门很旧，上面全是裂缝。“斯蒂潘！”帕夫勒一边敲门，一边喊。

没有人答应。帕夫勒一使劲，门开了。这座简陋低矮的小小砖瓦房里堆满了稻草。几样农具放在屋角，另一个角落里摆着一辆手推车和一辆木头做的四轮小车。还是没有人应声。不过草堆上面好像有什么动了一下。

“斯蒂潘！”帕夫勒又叫了一声。

“咦，怎么是你们？”一个乱蓬蓬的脑袋从草堆里冒了出来。

“不然呢，你以为是谁？”尼古拉朝他眨眨眼。

“里斯提克呀。”斯蒂潘回答。

左拉问：“你怎么还在上面？不打算下来迎接我们吗？”

“我没法儿下去。”斯蒂潘小声地说。

“为什么？里斯提克揍你了？”

“要只是揍我就好喽。昨天他又来把我的裤子和腰带拿走了，临走还说，要想拿回这两样东西，先把杏子的钱还给他。”

“裤子和腰带？”尼古拉大笑起来。

“所以你才不敢下来？”杜罗哈哈大笑，一下抓住斯蒂潘的手，没等他反应过来，把他从草堆里拽到了地上。果然，可怜的斯蒂潘只穿了一件破破烂烂的黄色衬衣，几乎遮不住他那被晒得黝黑的身体。看到他一脸绝望，布兰科和左拉也忍不住大笑起来。

“你们干什么！”帕夫勒一把扯开杜罗的手，斯蒂潘立刻又躲回草堆里。“要是你被人扒掉衣服，放在塞尼的集市上，你能开心得起来？当务之急是让里斯提克把裤子还回来！”帕夫勒气呼呼地说。斯蒂潘垂头丧气：“除非他拿到钱。”

孩子们决定再去试试，根据斯蒂潘的指引，孩子们来到了里斯提克的家。开门的是他的妻子，戴着彩色的头巾，一脸愁苦的样子。她得知了事情的原委后，表示无能为力：“我也很想还给你们，可是我丈夫不在家。他还把柜门锁上了，钥匙在他的口袋里。”

布兰科连忙问：“他去赶集了吗？”

“没有。他去樱桃林了。”

“樱桃林！”孩子们纷纷叫道，“他是不是又高又瘦？”“戴着红帽子？”“穿着绑腿？”“看起来凶巴巴的？”他们你一言我一语地问个不停。“好了，”尼古拉总结道，“他是不是看起来像个胡桃夹子[①]？”

“是的。”女人答道。

“我们才见过他。”左拉对其他人说，“走，他一定还在樱桃林。”“你们小心点儿，”女人在他们身后叮嘱，“他不光看起来像个胡桃夹子，本人更是！”

“那我们就是硬核桃喽，”左拉笑了，“今天早上刚刚磕掉了他几颗牙。”

孩子们一路笑着闹着，穿过人群和牲口群，回到来时的大路上。他们走了好久，才找到农夫里斯提克。他的梯子搭在一棵老树下，而他本人正站在梯子的最高处，吃力地采摘大树顶部已经成熟的果实。左拉指挥众人蹑手蹑脚地走到樱桃树下。

“里斯提克！”左拉突然大叫一声，晃了晃梯子。农夫低头一看，高声叫道：“你们又来了，该死的小流氓！”“告诉我，”左拉好声好气地问，“是您把我们斯蒂潘的裤子拿走了？”“他跟你们是一伙儿的？我早该猜到的。”农夫恶狠狠地说，继续摘他的樱桃。

左拉又晃了一下梯子。农夫提高了音量：“你们疯了吗？”“不，我们只是想请求您，把裤子还给斯蒂潘。”农夫一口回绝：“不可能，除非他把卖杏子的钱还给我。我现在要摘樱桃，没空

① 胡桃夹子，欧洲传统木制玩具，形象通常为士兵，体形瘦长，嘴巴里安装有锋利的机关，可以用来嗑核桃。

管你们的破事。”“不如这样吧，”左拉说，“您留在树上干活，把衣柜的钥匙给我们，我们知道裤子在哪儿。”里斯提克背对着他们说：“想得倒美！”

这次左拉加重了手上的力道。里斯提克惊恐地抓住了树枝，厉声喝道：“该死的小偷！你们等着，我这就下来。”“不用，不用，”左拉又说，“您可以继续干活，我们只想要钥匙。”“我才不会给你们呢，死都不给！”农夫刚说完，就听见了女孩的警告：“话别说得太早，免得到时后悔。”

左拉愈发大力地摇晃。“我……我……救命啊！救命啊！”农夫终于害怕了。“尽管喊吧！”左拉笑着说，“这儿没有其他人，他们都去赶集了。”“你们这帮小恶魔，想让我摔死吗？”

“不，不，我们没那个意思，我们只想要钥匙。”“我不给！”农夫话音刚落，帕夫勒走上前，抓住梯子剧烈地摇晃了起来。里斯提克差点儿从上面摔下来。“给你们！”他从口袋里掏出钥匙，扔到地上。“里斯提克先生，谢谢您。”左拉弯腰捡起钥匙，带头像一阵风似的跑过草地。没过多久，斯蒂潘就穿上了裤子，连连道谢。

斯蒂潘带着他们又去集市上逛了一会儿。回来后，斯蒂潘牵着毛驴，挨家挨户去收取农产品，打算第二天帮他们拿到塞尼去卖。路过里斯提克家门口时，他们本打算悄悄地离开，没想到农夫已经回来了。他打开门，走了出来。斯蒂潘连忙躲到帕夫勒和左拉的身后。

里斯提克一眼就看到了他，扯着喉咙叫道：“喂！你不打算收我家的东西了？”斯蒂潘犹豫了一下：“您有东西要卖吗？”“废话！我要卖樱桃！”农夫叫道，“今年最早上市的樱桃！”“您还愿意交给我吗？”“蠢货！难道让我自己拿去塞尼卖吗？”斯蒂潘还有些疑虑，这时帕夫勒开口了：“去吧，我们都在呢。”里斯提克拎了两个篮子出来，里面堆着满满的樱桃。“这次别再被人偷了。”说完就进去了。

斯蒂潘两手拎着篮子，对刚刚发生的事情有点难以相信。他问帕夫勒和左拉：“你们有没有发现，他好像换了个人似的。”左拉笑了：“大概是被我们晃的。”“也许我们晃掉了他的贪心，晃醒了他的善心。”尼古拉打趣道。

他们将毛驴赶回斯蒂潘的住处，打算第二天凌晨再去送斯蒂潘一程。斯蒂潘还说要教他们抓螃蟹呢！其他人都在稻草堆上睡下了。唯独布兰科毫无睡意，他听见外面传来音乐声，很想去见一见演奏者。

音乐是从一家小酒馆传出来的。布兰科来到窗外。酒馆里弥漫着烟尘和蒸汽，几个农民正随着音乐的节拍转着圈儿，想必他们的货物在今天的牲口节上卖出了好价钱。人群中还有几个农妇和年轻的少女。他们旋转得越来越快，跳得不亦乐乎。乐队是由三个吉卜赛人组成的，两人拉琴，另一个弹吉他。其中一个琴手个子很高，长长的黑发遮住了面孔，样貌与米朗有几分相似，只是米朗的身材更加颀长，外表也更加英俊。

布兰科把脸贴在窗户上，琴手的动作越来越快，男人们也加快了舞步，女人们像花枝招展的松鼠似的，一边转圈，一边将男人们围在中间。

其中一个又瘦又高的少女看起来很像市长的女儿。她们有着一模一样的大眼睛。“泽拉塔。”他轻轻地念道，突然觉得这个名字是如此好听。这时，有人用力推了他一把——原来是左拉。她也起来了，一路跟到这里：“你在看什么呢，那么入神？”

“我在看里面的小提琴手。”布兰科答道。

“我听见你在叫‘泽拉塔’。”

“是吗？她是在山上救了我的那个女孩。”

“你还在想着她？”

他指着其中一个舞者说：“那个跳舞的少女跟她很像。”他们俩一起往屋里看去。琴师的节奏越来越快，农民们还在不停地转圈，几名少女所在之处只能看见一朵朵盛开的花裙子。布兰科指着高个子琴师说：“总有一天我也能像他那样。”

“你去学呀。”

“那也得先有琴才行。”

这时，斯蒂潘来找他们了。“走吧，快回去睡觉。再过三个小时我们就要出发了。”

# 第十三章　大战猞猁

布兰科刚睡着没多久，就被斯蒂潘叫醒了。走出斯蒂潘的家时，外面还是一片漆黑，一行人走出了还在睡梦中的村庄。

他们没有走来时的路，斯蒂潘领着他们踏上了草地。草地上笼罩着一团浓雾，什么都看不清，好在毛驴知道该往哪里走，他们只要跟着就行了。一小时后，他们走进了森林。森林里冷得让人直打颤，高高的冷杉在夜色中看起来十分狰狞吓人。

走了一会儿，东方渐渐亮了起来。当斯蒂潘带着他们来到池塘边时，夜色还没有散去，几米开外的地方完全看不清楚。斯蒂潘把毛驴拴好，带着他们小心翼翼地走到池塘边抓螃蟹。

杜罗问："螃蟹这么早就醒了吗？"斯蒂潘点点头："其实最好的时机在夜里，现在也还行。你们跟着我做。"斯蒂潘撸起衣袖，把手伸进水里："螃蟹这个时候都在岸边，留意水草的根部，找找有没有它们掏的小洞。"

孩子们纷纷弯下身子，伸手试了试水。水很凉，但他们还是勇敢地下去了，可是只掏到一手淤泥和烂草。"哎哟！"左拉突然尖叫一声，“有东西咬我！”斯蒂潘笑着走过来：“一定是螃蟹。”果真揪出一只螃蟹。孩子们纷纷围上去，那只黑色的小东西，仰面朝天，挥舞着两只大钳子，不停地挣扎。

孩子们兴致盎然，继续下水去摸螃蟹，不知不觉，水面上的浓雾渐渐散去，高大的水杉树露出原本庄严的真面目，连低矮的草丛也现出了真身。鸟儿们睡醒了，燕雀、画眉、椋鸟、山雀唱起歌来，琴鸡咯咯地叫着，喜鹊在森林上空盘旋，头顶的树上还有几只野鸽子咕咕叫个不停。很快，清晨的第一束亮光穿过树林，照了进来。

“太阳出来了！”左拉大声说。她弯腰了好久，正好站起来活动下筋骨。

“什么！”斯蒂潘惊慌失措地说，“太阳都出来了？老天爷！平时这个时候我已经到山顶了。”他连忙牵着驴子，将它们赶到小溪旁的小路上，然后跟左拉他们道别。

临走时，他又问道：“有什么需要我做的吗？”左拉说：“你可以问问林格纳茨或者其他人市长是不是还在追捕我们。中午，我们在通往林场的小路上等你。”

这时，帕夫勒抓着两只新捕获的螃蟹在斯蒂潘身后大喊：“你还没告诉我们螃蟹怎么吃呢！”“把水烧开，把螃蟹放进去，”斯蒂潘答道，“这样吃味道最鲜美。”

很快，乌兹柯克人用石头搭了一个灶台，又捡来柴火，将附近一个废弃的铁罐放在上面。水开时，他们将两只螃蟹放进罐子里。

## 第十三章　大战猞猁

“它们成红色了！”布兰科惊叹道。尼古拉翻了个白眼：“所有的螃蟹丢进沸水里都会变成红色。”帕夫勒实在太饿了，他迫不及待地捞起最上面那一只。“烫！烫！烫！”帕夫勒连连吹着气，“而且硬得像块石头。”

“我教你，”尼古拉接过他手里的螃蟹，“你得把它撕开。”说着，他剥开蟹壳，吸溜一声，蟹肉进了他的肚子。

“小坏蛋，那是我的螃蟹。”帕夫勒揪住他的衣领。

“哇！”尼古拉赞叹道，“味道真好。”说着，又去捞第二只，却被杜罗抢了先。

他们分批把所有的螃蟹都煮好，然后由左拉分给每个人。杜罗和帕夫勒又下去捞了一次，可是螃蟹已经躲起来了。

填饱肚子后，他们沿着小路爬上山坡，进入了一片落叶松林。这里的树木不像先前的水杉那么高，但树下却长满了荆棘和各种灌木，他们只能一步一步往前挪。

才走了一百米左右，便听见一声可怕的咆哮。“什么声音？”左拉话音刚落，帕夫勒已经劈开旁边的灌木，朝声音发出的地方走了过去，其他人紧随其后。

一只巨型“野猫”出现在他们眼前，它的脚下踩着一只刚刚捕获的野鸡。“野猫”早已发现了孩子们，却并没有逃跑，而是盯着他们，叫得更响了。“那是什么东西？”布兰科有点儿发怵。

“一只猞猁。”杜罗警告他们，“这种畜生很危险，别过去。”布兰科巴不得留在这里，可是帕夫勒已经跑到前头去了。这时，猞猁伏低身体，松开野鸡，径直扑向帕夫勒，重重地将他扑倒在地，亮出了尖牙。

“打它！”左拉大喊一声，抓起一块木头，冲向猞猁。布兰科也鼓起勇气，抓起石头朝它扔过去。猞猁直起身体，毛发全部炸起，龇牙咧嘴地冲着左拉和布兰科发出一声咆哮。杜罗一步步逼近猞猁，猞猁一边叫，一边慢慢往后退去。突然，它跑向侧面，朝尼古拉的方向奔去——尼古拉一直躲在树后，眼见猞猁越来越近，急中生智，像猴子一样往树上爬去。猞猁没有退却的意思，它动作敏捷，紧跟在尼古拉身后。尼古拉吓得哇哇大叫，努力往上爬。

落叶松承受不了他们的重量，伴着一声尖叫，尼古拉从树上摔了下来，与猞猁的利爪擦肩而过，落进一片金雀花丛中。左拉连忙上前，小心地把他拖了出来：“疼不疼？”尼古拉惊魂未定，呆呆地望着树上那只仍然在低吼的猞猁：“不疼。”随即又开起了玩笑：“除了我的裤子，一切都还在原位。”

左拉连忙跑到可怜的帕夫勒身边，他看起来很糟糕。猞猁抓破了他的脸，留下了三道口子，从耳朵一直到下巴，鲜血不断涌出来。腿也在流血，左拉把他的裤腿卷起来，上面有一个大伤口，看起来很严重。

“小畜生！”她白了一眼树上的猞猁，然后撕下帕夫勒衬衣的一角，帮他把伤口包扎起来，剩下三人不停地向猞猁投掷石头和木块。猞猁也变本加厉地朝树下凶狠地咆哮着。左拉本想抬着帕夫勒离开，布兰科却说：“必须先赶跑这家伙，否则它随时都可能跳下来攻击我们。”

## 第十三章　大战猞猁

正在这时，一个矮个子农夫出现在林中。他看了一眼帕夫勒，又看了看树上——这只畜生再次伏下身子，看样子是想跳下来。农夫突然从衬衣里掏出一支枪管，又从裤子里拿出枪托，一分钟后，枪声响彻森林。

猞猁发出一声凄厉的惨叫，直挺挺地从树上掉落下来。杜罗和尼古拉立刻想要上前查看。

"别急，别急。"农夫拦住他们，"这种动物非常凶猛，一旦受伤，比平时更加危险。"他自己小心地上前查看——猞猁躺在地上，四条腿直挺挺地伸着，嘴巴张得老大，已经死了，牙齿又尖又长。

"小畜生！"尼古拉愤愤骂道，踢了一脚。农夫来到帕夫勒身边，解开布条查看："他伤得很厉害，来吧，把他带到我家去。"他砍下一段桦树枝，将猞猁的四条腿扎起来，系在枝干上，让杜罗和布兰科两人抬着。尼古拉拿着野鸡，左拉和他则扶着帕夫勒。他们走得很慢。一方面，沉重的猞猁不断地被灌木丛绊住；另一方面，帕夫勒完全使不上力气，他的伤口像火烧一般，每走一步都疼得厉害。

终于走到农夫的家了。"米拉！"农夫叫了一声，一个高个子女人从院子里走出来。"有客人来，"农夫说，"还有这个。"他指着野鸡和猞猁说。"你又去偷猎了。"女人像根柱子似的杵在农夫身边，脸色很难看。农夫摇摇头。"这只小畜生咬伤了一个孩子，"他踢了猞猁一脚，"正好被我撞见了。野鸡也是它咬死的。先进屋吧，我们都累坏了。"女人看到帕夫勒沾满血的面孔时，表情瞬间柔和下来。

帕夫勒的伤口必须马上用热水清洗。趁着烧水的工夫，农夫将猞猁挂在一根柱子上，干净利落地剥了它的皮。他的妻子则小心翼翼地解开了帕夫勒腿上的布条，在热水里洒了一把洋甘菊，然后轻手轻脚地清洗伤口：“但愿伤口没有感染。”帕夫勒咬紧牙关，但仍然忍不住发出呻吟。

左拉、杜罗和尼古拉参观了农夫的屋子。从厨房——同时也是他们的客厅——走出去就是饲养家畜的地方。那是一间狭长的小屋，通风良好，一半用来堆放干草，另一半是动物的地盘——两头母牛、四只绵羊和一只山羊，外加七头黑猪，还见到了一条膘肥体健的土狗，龇牙咧嘴地冲着他们叫个不停。杜罗刚想掉头回屋，就听见尼古拉说：“林场主来了！”

“林场主？”杜罗朝森林的方向看过去，一个绿色的身影站在树下，还有一条狗。杜罗惊恐地说：“我的老天，要是猎枪被发现了，农夫一定会被抓走。我们必须赶紧给他报个信儿。”

农夫已经知晓了一切，不安地挠着头：“这下我可完蛋了，林场主早就盯上我了。”“别急，”他的妻子镇定地说，“趁他还没到，不如想想办法。”“不管怎么说，得先把猎枪扔掉。”农夫摘下挂在墙上的猎枪，就想往外面走。女人却一把夺过枪：“你要是被他撞见，那不是人赃并获吗？”

农夫夫妇一阵嘀嘀咕咕，快速做出安排。布兰科拿着猎枪去牲口棚，等林场主一进门，就往森林里跑。杜罗背上剥了皮的猞猁，等林场主一进厨房，就把它扔进粪坑。他的妻子又把猞猁皮塞进袋子，藏在帕夫勒身下，然后把灰烬洒在留有猞猁血的地面，拿扫帚仔细打扫干净。帕夫勒和左拉留在屋里。至于尼古拉，农夫让他去把卡罗放出来。

想要解开拴在卡罗身上的链条却一点儿也不容易。它冲着尼古拉狂吠，作势要咬他。这时，一条猎犬跳进了院子，成功吸引了卡罗的注意力。尼古拉趁机割断拴在狗窝上的绳子。卡罗像离弦的箭一样朝猎犬扑去，一下子把它撞翻在地。猎犬被吓了一跳，往外逃窜，卡罗追了过去。

农夫听见两只狗缠斗的叫声，朝妻子使了个眼色。门外传来林场主愤怒的声音："该死的狗东西！"他抄起家伙朝两只狗打去，可是它们退让到空地上，撕咬得更凶了。农夫推开门，喝道："卡罗！"林场主也喝止自己的狗。两只狗终于乖乖走回主人身边。林场主将他的猎犬拴在院子门口。他个子高大，戴着一顶宽大的鸭舌帽，一张长脸轮廓分明，棕色的肌肤，尖尖的鼻子，眼睛警觉而犀利。

林场主大摇大摆地走进院子："波拉切克，我总算把你逮住了！""我吗？"农夫抬头看着他。"别跟我来这一套，"林场主恼火地盯着农夫，"我听见了枪响，也找到了线索，猎狗一路带着我追踪到了这里。"农夫说："您说的是地上的血迹吧？我可以给您看看它的来源，至于枪响，那跟我可没关系。"

林场主的眼睛适应了屋里昏暗的光线，这才发现还有两个孩子。农夫指着帕夫勒说："那都是他的血。"林场主来到帕大勒身边弯腰查看："这个男孩怎么了？""是猞猁干的。"

“猞猁！”林场主伸出大手，摸了摸帕夫勒的脸，帕夫勒立刻大声地呻吟起来。“腿上也被咬了一口。”农夫指着男孩腿上的伤口说。林场主的态度缓和了下来：“有没有彻底清洗伤口？”农夫点点头：“用热水洗的，我太太还放了一把洋甘菊进去。”

林场主站起来，摸了摸胡子，似乎在沉思。这时，他看见了那只野鸡，顿时目露凶光，语气再次变得冰冷：“这又是什么？”农夫丝毫不见慌张。“这是猞猁的猎物。当时它正在进食，”他指了指帕夫勒，“正好被这个孩子撞见，干扰了它进食，所以孩子被它扑倒了。要不是我及时赶到，还不知这孩子会被咬成什么样子呢。”

林场主打量着野鸡，半晌才说：“野鸡脖子上的伤口，确实是猫科动物留下的。”农夫干笑一声：“是啊，而且是只‘大猫’，我没有撒谎。”

林场主狐疑地看了看周围，又说：“可是我明明听见一记枪声。”农夫不慌不忙地坐下，说：“现在森林里偷猎的人可多了。”

林场主又问：“那你们去森林里做什么？”农夫的妻子走到丈夫身边。“他们是去采蘑菇的。”说着，她把一盆蘑菇端到林场主面前，“您瞧，都在这儿。”“你真的没有听见枪响？”林场主不死心地问。农夫摇摇头，没有说话。林场主又转身踢了踢左拉——她一直安静地坐在帕夫勒身旁：“你也没听见？”

左拉将帕夫勒额头上的毛巾翻了一个面：“我只听见两声尖叫，一声来自猞猁，另一声来自帕夫勒，其他的什么都没听见。”林场主突然伸手将她的头发朝额头上拢去。“哦？这个女孩竟然长着一头红发？”

从他进门的那一刻起，左拉便一眼认出，这个长着鹰钩鼻子、留着小胡子的男人正是小斯莫扬的父亲——老斯莫扬。她早就知道他一定会这么问。“我为什么不能是红头发呢？”她理了一下头发，平静地答道。农夫的妻子连忙接口道：“我姐姐就是红发。他们是我姐姐的孩子，来看我的，顺便在这儿住一阵子。”

“塞尼城正在追捕的女孩儿也是红头发，如果她不是你的外甥女，我早把她抓走了。”

“塞尼？”农夫问道，“为什么抓她？”林场主冷笑道：“因为整个塞尼城的人都希望她下地狱，特别是我。”他慢慢地朝门口走去，出门前又四下环顾。

“您还有什么需要？”农夫问，“要不要来杯烧酒？——如果您不嫌弃的话。”

“下次吧。”林场主终于迈出大门，中途突然又折了回来，拿起那只野鸡，“这个我得带走。”

农夫无奈地点点头：“我本来就想上交给您的。”

斯莫扬哈哈大笑：“波拉切克，你刚刚说的每一句话我都相信是真的，唯独这一句在撒谎。”

波拉切克尴尬地摊开手：“随您怎么说吧，斯莫扬先生。”

林场主一边解开拴狗的绳子，一边又问：“对了，你知不知道猞猁朝哪个方向逃跑了？”

“往山下去了，我以前也在那边见过它。”

“谢谢。”林场主摘下帽子，“好好照顾那个男孩，猞猁咬的伤口相当凶险。”

“我们会的，斯莫扬先生。”他也摘下头上的帽子，“祝您一路顺风，希望您能抓住那个畜生。”农夫站在门口，一直等到林场主连同他的猎犬完全消失在森林里，才回到屋里。

他的妻子已经铺好了餐桌：“我们今天运气不错。”“何止不错，简直是老天垂怜。”农夫在餐桌边坐下。女人先盛了满满一碗汤，对左拉说：“这是给病人的，顺便喊其他人回来吃饭。”话音刚落，杜罗和尼古拉就走进屋里。

“我把猞猁扔进粪坑了，”杜罗得意地汇报，突然又愣住了，“不会还要捞上来吧？”好在农夫说：“就扔在那儿吧，它的皮更值钱。”

布兰科也回来了。农夫问他：“我的猎枪呢？”

“保险起见，我把它留在森林里了，要我回去拿吗？”

“不用了，”女人说，“吃饭吧。”说着，她把长凳搬到桌子四周。

终于能吃饭了，这一天可真是惊险万分！

# 第十四章　秘密

第二天一大早，农夫和孩子们发现帕夫勒脸色通红、烧得厉害。农夫解开他腿上的绷带，发现他的大腿肿得像大象的腿一样。农夫挠了挠头："你们必须多留几日了。"孩子们欣然接受。左拉说："我们非常乐意留下，让我们帮您一起干活吧。"波拉切克点点头："我正好需要帮手。"

于是，杜罗赶着母牛去草地上放牧，顺便捡牛粪，其他三人则帮他运回来归置妥当。第二天，第三天，帕夫勒的情况依然不见好转，他们只好跟着农夫妻子去土豆田里除野草，又跟波拉切克去森林伐木。

第四天早晨，帕夫勒终于好点儿了，脸上的伤口已经愈合，烧也退了，但腿伤还在化脓，疼痛也没有减缓。他硬撑着挤出一丝微笑，对左拉说："我想我可以走了。"左拉给他端来一碗汤："再歇一天吧，托你的福，我们起码能填饱肚子。"

第八天早晨，他们决定要走。就连最喜欢这里的杜罗也说："不行，我们不能再待下去了。"他们很想念古堡的塔楼、大海和塞尼城的一切。他们感谢波拉切克和他妻子的收留，农夫却摆摆手说：“不用谢我，你们也帮了我大忙，否则我早被林场主带走了，现在可能正在塞尼的监狱里坐牢呢。”米拉给孩子们打包了许多吃的：“欢迎你们常来，夏天我们农田里需要很多帮手。”

离开的时候，已经是中午了。他们朝着波拉切克指的方向，义无反顾地上路了。帕夫勒的面容苍白，脸都瘦了一大圈。为了让他不至于太劳累，一行人走得十分缓慢。

下午三点左右，四周的光线逐渐变亮，大海第一次出现在他们的视线里，一片无边无尽的蓝色连接着西面的天空，他们高兴得无以复加，尼古拉开心地张开怀抱向前跑去，所有人都松了一口气。

“你看，”布兰科对左拉说，“大海多美。”左拉凝望着蓝色的大海和蓝色的天空，然后像尼古拉一样张开双臂，朝前方奔去，几百米后，随着山势直转而下，他们看见了远处的塞尼城。

从这个高度望过去，这座小城就像一个走样了的三角形，其中的一角连接着山谷，像个楔子一样突兀地伸进大海。尼古拉指着远方说：“我们的塔楼在那儿！”

“是的，它还在！”左拉欢呼道。杜罗好笑地望着她：“难道你认为贝高维奇会把它搬走？”左拉笑了：“不，不过只要看到它在，我就觉得心安。”可怜的帕夫勒落在了后头，大家停下来等他。帕夫勒一瘸一拐地赶上来，叹着气说：“我只能慢慢走，一跑伤口就会裂开。”

杜罗站起来：“我们还继续走吗？”孩子们静静地望着山下，

半天没说话。海水慢慢地从深蓝色变成墨绿色，海浪也大了起来，耀眼的阳光逐渐暗淡，塞尼的房屋和街道看得更加清楚了。

左拉开口了："还是等到晚上再说吧，要是被人发现就不妙了。"其他人也表示赞同。他们躲进一片松树林，等到太阳落山，他们再次出发。下山的路十分陡峭，布兰科和尼古拉一左一右地扶着帕夫勒。

没走多久，帕夫勒突然感到一阵头晕，身体开始发抖。"我得坐一会儿。"布兰科抱住他，左拉也试图给他一些温暖，可是他并没有好转，抖得愈发厉害。他可怜巴巴地望着他们说："你们走吧，别管我了。"

左拉摇摇头："不行，我们决不会丢下你。"布兰科看了看四周，他认得这条路，他的奶奶就住在下面的山谷里。"我们可以把帕夫勒带到我奶奶家，"他指着山谷说，"她家有个厢房，但是你们必须保持安静，不能发出一点儿声音，否则一定会被她赶走的。"半小时后，他们来到了山谷，布兰科从窗户翻进去，从里面拉开了门栓。大家蹑手蹑脚地走进去，将帕夫勒扶到草堆上躺下。

左拉和布兰科留下守着帕夫勒。尼古拉和杜罗打算回古堡看看。"你们小心点儿，"左拉小声叮嘱，"别被抓住了。"

帕夫勒不停地发抖，左拉找来一个袋子，盖在他肩头，又拿来稻草盖在他身上。布兰科则一直在倾听隔壁的动静。老卡塔在家，他听见了她颤颤巍巍的脚步声。突然，一个尖锐的声音叫道："进来！"

左拉被吓了一跳，轻声问：“谁在说话？”

“一只鹦鹉。”

“鹦鹉？”

这时，鹦鹉又叫了一声：“进来。”紧接着，老人说话了：“谁在那儿？”鸟儿尖叫着：“善良的雅科夫大叔回来啦！”“该死的小畜生！”老人喃喃道，“你给我闭嘴！”她走到门前，打开门，向外张望。鹦鹉说：“哈哈！他就要来了，哎呀呀，可可好高兴啊。”老人转过身：“蠢货！根本没人！”“砰”的一声关上了门。“哈哈哈哈！”可可发出滑稽的笑声，像是在嘲笑老人，“他已经来了。”老人似乎并没有理会它的嘲笑，她又坐下来，听声音好像在摆弄着什么东西。鸟儿也安静下来。

“你奶奶是做什么的？”左拉的声音非常轻。

“人们说她是个女巫，你有没有听说过‘黑衣卡塔’？”

左拉张大了嘴巴：“就是你奶奶？”布兰科点点头。他们屏住呼吸，听见老人好像拿了一口锅出来，然后嘴里念念有词地在屋里走来走去。左拉说：“我想过去看看。”

布兰科吓了一跳：“要是被她捉住怎么办？”“不会的。”两人摸到通向屋里的门，可是厚厚的门板上连个钥匙孔都没有，门从里面闩上了。布兰科指了指上面，左拉率先爬上阁楼，薄薄的阁楼地板上堆着一些枯树枝。他们小心翼翼地在上面爬行。

鹦鹉又说话了，这次嗓门更大：“进来！善良的雅科夫大叔。”“蠢东西，”老人站起身说，“自从那天布兰科来过之后，你就整天惦记着你的雅科夫大叔。”“哈哈哈哈！可可看见他了，善良的雅科夫大叔，可可喜欢他！”“你再不闭嘴，我就要敲你的头了。”老人走近了些，她的声音就在他们的下方，鹦鹉的执着让老人起了疑心。“难道那个小捣蛋鬼在厢房？”老人推开厢房的门。过了一会儿，她说：“过来，你这只死鸟，你自己瞧瞧，里面根本没人。”布兰科按住左拉的脑袋，两人躲进枯树枝的后面，鹦鹉听话地朝小屋飞去，口中发出“哈哈”“咔咔”的叫声。

老人提高了音量：“他在哪儿呢？你给我找出来！”“哈哈！咔咔！”鸟儿飞到了天窗上。幸亏帕夫勒身上盖了厚厚的干草，没有被发现。几分钟后，老人说：“你现在相信啦？没有人！”说完，朝房间走去。鸟儿跟在她身后，似乎还是不死心，喋喋不休地说：“善良的雅科夫大叔！他一定躲起来了。”

左拉趁老人还没进屋，挪开了面前的几摞柴火堆，一道亮光透了进来——地板上有一道裂缝，透过它正好能看见下面。最先映入左拉眼帘的是一只乌鸦。她低声说：“还有一只鸟。”

布兰科凑过来瞧了瞧：“她养了好多动物。壁炉旁还有两只黑母鸡。”“椅子上还有一只大猫，”左拉打了个寒战，“它看起来好可怕。”

布兰科说：“是莫罗，它在看我们，它认识我，我摸过它。”这时，老人一瘸一拐地走向壁炉。“啊！”左拉一下将头埋进胳膊里，“她看起来好吓人。”

从上面看下去，老卡塔的脸更尖了，她戴着宽大的头巾，紧紧抿着嘴，长长的鼻子像秃鹫的嘴巴一样，她的眼窝深陷，眼睛就像两簇火苗一样闪着光。炉火将她的面孔罩上一层火光，时而红色，时而黄色，爬满皱纹的皮肤和干瘦的脖颈看起来仿佛正在燃烧。

老卡塔来到壁炉前坐下，鹦鹉和乌鸦一左一右地落在她的肩头。她拨了一下炉火，然后掀开吊在火上的一口大锅，锅里升起一股白色的蒸汽。她拿起一大块肥肉扔进去，然后又放了另一些草药，闻起来似乎像是薄荷、山金车和百里香。煮了一会儿，老人用枯树一般骨节分明的手指捏起一把勺子，从锅里捞起一勺糊糊，非常黏稠。她把勺子拿到鼻子下面，然后举起来说："怎么样，不错吧？"

乌鸦闻到香气，立刻扑腾着翅膀，鹦鹉却叫道："善良的雅科夫大叔做的更好吃。"

"蠢东西，"老人哼了一声，"你的雅科夫大叔只会喝酒，才不懂草药呢。"她用食指和拇指蘸了一点糊糊，将它碾碎。她的表情看起来并不满意，于是又将更多的草药倒进锅里，重新盖上锅盖。

"她在煮什么？"左拉好奇地问，她已经将恐惧完全抛到了脑后。布兰科耸耸肩："也许是某种药膏吧，她是卖药膏和汤药的。"又过了好久，老人再一次掀开锅盖。这次她满意多了，她把糊糊倒进几个陶罐，装满后，把罐子放在身后的架子上。还没忙活完，就听见鹦鹉又叫了一声："进来！"

"你把我当傻瓜吗？"可是，这下门外真的有人在敲门。老人拄着拐杖，一瘸一拐地朝大门口走去，样子有些奇怪。孩子们不由得屏住呼吸。"会是谁呢？"布兰科问。

# 第十四章　秘密

“也许是魔鬼。“左拉小声说。

“也许只是一只山羊。”布兰科安慰她。

“或是另一个女巫。”左拉紧紧靠着布兰科。

门开了，他们都猜错了，门外既不是魔鬼也不是女巫，而是一个高大魁梧的渔夫。布兰科认得这张晒成棕色的面孔，两只耳朵上戴着大大的金耳环，看起来十分和善。他是里斯塔，妈妈的好朋友艾莲娜的新郎。

“哈哈！咔咔！”鹦鹉热情地问候他，“英俊的里斯塔来了。”

渔夫摘下帽子，说：“晚上好，卡塔婆婆。”老人点点头，朝她的椅子走去。渔夫也找了张椅子坐下，说明了来意：“我们明天打算出海。可是我想知道，是否应该再等一两天。”

“问牌还是问鸡？”

“问牌吧，母鸡我信不过。”

老人转身从桌上拿出一沓牌，洗完牌，喊鹦鹉可可过来摸牌。“你也摸一下。”她把牌推到里斯塔面前。然后，她将牌小心地放在桌子上。她先从中间抽出一张牌：“我建议再等 天。”又抽出其他几张牌。“没错，”她又重复道，“还是再等一天吧，后天更好。”

“收获如何？”

老人继续看牌：“很好，里斯塔，收获很好，你们会很满意的。”她突然笑出了声：“简直太好了，很多条鱼，全是大鱼。”然后，她收起牌：“但是，一定要等到后天。”

“我们会的。”里斯塔站起来，“谢谢你，卡塔婆婆。”他掏出一张十第纳尔的钞票，放在桌上："非常感谢，如果这回收获不错，我再送几条鱼过来。"

"哈哈！咔咔！"鸟儿叫道，"要大鱼，我的心肝，要大鱼，英俊的里斯塔！"渔夫笑了。"我记住了，可可。"说完，他关上门离开了。

没多久，又有人敲门了。这次老卡塔和鹦鹉同时叫道："进来。"走进来的又是一个高大魁梧的男人。他拍了拍鞋子上的尘土，然后朝老人走来。

左拉捣了一下布兰科："是卡拉曼！"布兰科定睛一看：黑色的帽子，面色通红，一对小眼睛像是两个黑色纽扣一般镶在肥胖的脸上，粗壮的身躯，蒲扇似的手掌——不是卡拉曼又是谁？

卡拉曼走到桌子前。"嚯！嚯！"可可尖叫着拍打着翅膀，"嚯！嚯！"接着它细声细气地念起了左拉和布兰科耳熟能详的童谣，"富有的卡拉曼，为了钱啥都干！"

"该死的小畜生！"卡拉曼骂道。他顾不上问候老卡塔，摘下帽子朝鹦鹉挥去。可可并不理会，继续唱道："一万块钱偷到手，魔鬼就要带他走。""你就不能把它的嘴缝上吗？"卡拉曼恼羞成怒地对老人说。

"那谁来帮你占卜呢？"卡拉曼瞪了鹦鹉一眼，坐下，从裤子口袋里掏出一方红色手绢，用力地擤了擤鼻子。老人并没有看他，她抚摸着可可的羽毛，一言不发。

"呃……"卡拉曼先开口了。

"呃……"鹦鹉怪声怪气地模仿他。老人有些不耐烦："说吧，你想问什么？不要浪费我的时间。”“我想知道，我是现在就把玉米卖掉，还是再等一阵？”老卡塔斜眼看着他：“你是想问玉米还会不会涨价？”“也可以这么说，卡塔婆婆。”

老人伸出十个手指说：“十第纳尔。”“就一句话，要十第纳尔？”卡拉曼失声叫道。“嚯！嚯！”鹦鹉又开口叫道，不过这次改了称呼，“可怜的卡拉曼。”男人跳起来，吼道：“你的鸟儿叫得我快疯了！”

“付钱吧，”老人笑了，“然后它就闭嘴了。”卡拉曼磨磨蹭蹭地从口袋里掏出钱包，用胖胖的手指头拣出几枚硬币，放在桌上，数了一下，才九枚：“能便宜点儿吗？”老卡塔恶狠狠地看着他：“现在涨价了，十一第纳尔，再不付钱，我就永远不告诉你玉米会不会涨价。”这回他的动作敏捷多了，立刻凑足了钱：“上帝啊，我的钱也不是大风刮来的呀！”

“嚯！嚯！”鹦鹉又叫道，“嚯！嚯！”还没等它唱出童谣，就被老人捏住了嘴。孩子们趴在上面看得一清二楚。

老人把杯子里的咖啡渣倒在桌子上，口中念念有词：“普特！普特！来吧，布鲁塔！”两只母鸡待在横梁上睡觉，听到主人的呼唤一动不动。“普特！普特！”老人提高了声音，还是没有反应。母鸡们还在睡觉——或者装作睡觉的样子。“懒东西！”可可忍不住了，“懒东西，嚯！嚯！可可来啦！”它飞到一只母鸡的身边，狠狠地啄了它一口。母鸡抬起头，朝老卡塔飞过去。老人温柔地说：“布鲁塔，听话，听话。”她亲昵地挠着它的脖子，将它放到咖啡渣上。

母鸡用爪子将一堆细细的咖啡渣刨得到处都是，还用嘴啄了两下，然后，老卡塔小心翼翼地将它抱下桌面。等到母鸡重新回到横梁上面，她才用手臂支着下巴，睁大眼睛凝视着桌上的图案，半天没说话。

卡拉曼在一旁坐立不安，焦急地问：“有答案了吗？”

“别打扰我！”

卡拉曼沉不住气，再次问道：“还没有答案吗？”

老卡塔问：“你要问的是玉米？”

“是的，我的玉米，今年是收成最好的一年。”

“不，”老人斩钉截铁地说，“要是小麦就好了，小麦今年会涨价，玉米不会。”说着，她缓缓摇了摇头。“噢！”卡拉曼失声叫道，“我的运气竟然这么差？小麦会涨价？我今年比去年多收了两百公担[1]小麦，可是全部卖掉了！连种子都没留下！”

老人说：“你应该早点儿来找我，卡拉曼。”鹦鹉也附和道：“是的，早点儿来！”“天哪，天哪，”卡拉曼呻吟着，“卡塔婆婆，小麦会涨多少？告诉我吧，涨多少？”“很多，如果我没算错的话，”她又看了一眼桌上的图案，“应该是百分之三十。”

“噢！噢！”卡拉曼捶胸顿足地叫道，“我损失了六千第纳尔，六千第纳尔啊，卡塔婆婆。我真是个可怜的人。”

“可怜人，”鹦鹉模仿他，“噢，噢，可怜人卡拉曼！”它学得惟妙惟肖，声音比卡拉曼还要响亮。“我要打死这只鸟！”

---

① 公担：重量单位，在德国一公担为五十千克，在奥地利和瑞士一公担为一百千克。——译者注

## 第十四章　秘密

卡拉曼怒吼着跳起来，不过立刻又哀叫道，“哎呀，我的痛风犯了。”

老人问他：“我给你配的药膏好用吗？”

“好用，好用，不过已经用完了。”

老人低低地笑了：“那就再买点儿。”

“这次可以便宜点了吧？”

老卡塔摇摇头：“一分都不能少。”

卡拉曼哀求道：“看在我刚刚损失了六千第纳尔的分上。”

“凭什么？就算你赚了这六千，也不会分给我一个子儿。”卡拉曼掏出一个小盒子：“那好吧，今天只要四分之一磅，我实在付不出更多的钱。”老人从架子上拿下一个刚刚灌满的陶罐，将淡黄色的膏状物装进卡拉曼的盒子。卡拉曼忙不迭地伸手去拿。“先付钱！”老人牢牢地握住盒子，卡拉曼只好又数出几个硬币丢在桌面上。“晚安。”卡拉曼一边把盒子塞进口袋，一边急匆匆地出了门，像来的时候一样，很快消失不见了。

老人挪到窗边的椅子上坐下，沉默地凝望着炉火。动物们合上了眼睛。母鸡们早就把脑袋塞进翅膀，乌鸦也做了同样的动作。可可清理着自己的羽毛，又叫了几声“嚯嚯！咔咔！”，看来它还在惦记着卡拉曼。不过没多久，可可那漂亮的小脑袋也钻进了翅膀下面。

“我们要不要回去睡觉？”左拉打着哈欠问。布兰科刚要点头，门外又有人敲门。可可一下子醒了。老人也睁开眼睛，抱怨道：“又有人来了？”“善良的雅科夫大叔来了！”可可尖叫道。

“他别想再进我的门！”老人喝道。

不一会儿，一个女人跟在老卡塔身后，来到壁炉旁。

“库尔沁太太！”布兰科差点叫起来。左拉一下子来了精神，将脸贴到裂缝上，现在，她看清楚了，这位客人体态丰满。左拉咯咯笑着说：“她看起来像一头奶牛。”“别出声！”布兰科轻轻捂上她的嘴。

库尔沁太太将裙子稍稍提起，在椅子上坐下，眼神里带着怀疑和恐惧。她擤了一下鼻子，又看了看老卡塔那张满是皱纹、面无表情的脸，再次擤了擤鼻子，仍然一言不发。老卡塔忍不住了，主动问她：“你想问什么？”

库尔沁太太反问道：“你能保密吗？”卡塔婆婆垂下目光。“秘密带进坟墓里。”鹦鹉代替她答道。

库尔沁太太依然没有开口。她绞着双手，呼吸变得沉重起来。老卡塔再次主动问她：“你想问什么？”

“我……”库尔沁太太才说了一个字，就立刻捂住嘴，像是泄露了多大的天机似的。“跟你的丈夫有关？”老人问。

女人惊恐地问：“你怎么知道？”老人撇了撇嘴：“我无所不知。”“无所不知。”可可随声附和。

“好吧，既然你已经知道了，我就直说吧。我爱上别人了。”说着，她用纱巾遮住了脸。“你想问什么？”老人又重复了一遍。

“我想问问我丈夫是不是已经知道了。”又是差不多的一番操作，老人将牌摊开——一张方块七。“这是你的丈夫。”她解释道。一张红心七。“这是你的情人。现在我们来看一看，你的丈夫知不知道他的存在。”老人第三次洗牌，边洗边说：“如果可可抽到了红心，就说明他不知道；如果是方块，就说明他已经知道，你俩的事情败露了。”

这次可可思考的时间比前两次都要长。它一会儿抬起脑袋，一会儿又低下去。一会儿叫着“嚯！嚯！”，一会儿叫着“咔！咔！”它用脚把纸牌踢得乱七八糟。连布兰科和左拉都紧张了起来。鹦鹉最终抽出了一张纸牌——红心六。在害怕、好奇和惊惧多种情绪的共同作用下，库尔沁太太的脸先是变得苍白，然后又涨得通红，最终松了一口气，高兴地说：“他什么都不知道。”

老卡塔却摆出一副犹豫不决的样子，她张开嘴，似乎想说什么，却又顿住了。过了一会儿，她才开口说：“是的，他现在还不知道。但是你看清楚，这是一张红心六，说明你和你的情人必须小心了。”

“我该怎么做？”库尔沁太太瞪大了眼睛。

“首先不能让他起疑心。如果他已经怀疑你了，就要想办法打消他的怀疑。”

“有没有什么东西可以帮我？”库尔沁太太掏出皮包，“不要太贵。”老人拿出一个陶罐——正是刚刚卖给卡拉曼的治疗痛风的药膏。她把余下的药膏全部刮出来，装进一个木碗，然后用布扎起来，递给库尔沁太太，一脸神秘地说：“这是用死狗的油脂加满天星炼制的，你把它抹在你丈夫的鞋底。”

库尔沁太太惊讶地问：“这有用吗？”“死狗的油脂能让人行动迟缓，满天星会蒙蔽人们的双眼。”库尔沁太太立刻收下了木碗。“不过，他成天穿着木屐，抹在木屐底下，也可以吗？”“那你得抹双倍的分量。”

“这多少钱？”库尔沁太太打开皮包。“给我二十第纳尔，连占卜带药膏。”“连占卜带药膏，”可可欢快地扭动着小脑袋，“有我的一份。”

库尔沁太太把钱放在桌面：“太谢谢你了，卡塔婆婆。”她用纱巾把自己的脑袋围起来，再次恳求道：“你一定要保密。”随后悄无声息地离开了老卡塔的家。

老卡塔又坐回自己的椅子，过了一会儿说：“我看，现在不会再有人来了，对吗，可可？”可可点点头：“连善良的雅科夫大叔也不会来了。”“小傻瓜，”老人熄灭唯一一盏灯，屋里只剩下壁炉的火光，“我跟你说过几百遍了，你那个酒鬼大叔早就死了。”鹦鹉却不依不饶地叫着：“可可最近才见过他！”

老卡塔把椅子朝壁炉边挪了挪：“傻鸟儿，那不是你的雅科夫大叔，那是他孙子。”鹦鹉竖起羽毛，拍打着翅膀说：“可可喜欢他们俩。”说完，它把头埋进翅膀里，终于安静了。

老人也不再说话，整个人蜷缩在椅子上，眼皮耷拉着。火光从下面照亮她瘦长、憔悴的脸庞，孩子们盯着她看了一阵子，闭着眼睛的她不再神秘，不再像个女巫，她的表情变得柔和，微微张着嘴，呼吸急促而均匀，看上去就是一个疲惫的古稀老人，跟其他这个年纪的人并没有多大分别。

布兰科和左拉慢慢地爬下阁楼。左拉说：“我觉得她不是女巫。”

“可是她会用巫术占卜，”布兰科说，“你不是看见了吗？”

# 第十四章　秘密

左拉摇摇头:“你觉得那是巫术?那样的把戏我妈妈也会。”

“她也会用纸牌预言未来?”

女孩咯咯笑了:“我也会。”

布兰科瞪着她:“你?”

“你只要能说出每张牌代表什么意思就行喽，我妈妈曾经教过我。”

二人回到小屋，躺进稻草堆。“你也看到了，连可可都会占卜，那又是怎么回事?”布兰科不死心地问。

“那只鹦鹉?”左拉笑着说，“如果你留意的话，也能发现其中的蹊跷。”

“什么蹊跷?”

“老卡塔的拇指两次都压在可可抽的那张纸牌上，所以教会鹦鹉占卜一点儿也不难。再说了，你觉得她卖的药膏真的有用吗?”

“有用啊，这可是卡拉曼亲口说的。”

“那卖给库尔沁太太的呢，就是她说用死狗的油脂和满天星熬制的那一种?”左拉顿了顿，“傻瓜，制作药膏的时候我俩都在，她的那一份跟卡拉曼的没有任何区别，都是用猪油、山金车和百里香做的。”

说到这里，布兰科明白了，所谓的药膏，根本就是骗人的。

远处，圣弗朗西斯科大教堂敲响了午夜的钟声——十二下。

# 第十五章 面粉仓库

清晨，一颗石子飞进草堆，正中布兰科的胸口。布兰科坐了起来，原来是尼古拉。布兰科揉揉眼睛，将左拉摇醒，然后扒开盖在帕夫勒身上的稻草。帕夫勒打了个哈欠，睁开眼睛，他终于觉得好多了。“能走路了吗？”左拉问。他挣扎着站起来：“肯定可以。”

他们小心地扶着他爬上窗台，杜罗和尼古拉在另一侧接着他，他“扑通”一声跳了下去。

“轻点儿！”布兰科提醒道，可惜晚了。帕夫勒跳下去的时候碰到了腿，痛得大叫一声。“动作快点儿，”布兰科催促左拉，“别被逮住了。”

隔壁立刻传来了老人的声音：“捣蛋鬼，真被可可说对了。”门开了，老卡塔捡起一个木块扔了过去，布兰科跳下了窗台，木块“啪”的一声打在了墙上。直到林荫大道附近，布兰科才追上伙伴们。所有人钻进树丛，歇一歇脚。

杜罗和尼古拉分享了最新情报：贝高维奇和多尔德威克还

守在塔楼，每两个钟头换一次岗。他们本想着先回黑莓丛躲一阵子，可帕夫勒身体虚弱，还不能待在户外。他们七嘴八舌地讨论了很久。左拉还说了昨晚老卡塔占卜的事情。

尼古拉得知与库尔沁有关，立刻斩钉截铁地说：“我们必须把这件事告诉库尔沁。”布兰科问：“为什么？”

“因为他是我们的朋友。”

帕夫勒也赞同，催促左拉和布兰科现在就去告诉库尔沁，顺便给他带点儿吃的回来。左拉和布兰科站起身来，没有直接进城，而是绕了一个弯，从废弃的烟囱爬进库尔沁家的旧烤炉。面包筐还在，里面面包都硬了。左拉拿起一小块，咬了一口：“硬得像石头一样。”

“得告诉库尔沁我们回来了。”他们爬出炉子，悄悄地走到门口，拉开仓库门观察。

突然，外面传来“啪啪”的脚步声，胖胖的库尔沁拿着一篮子还在冒着热气的面包，正朝店里走去。布兰科叫了一声：“库尔沁师傅！”他转过身来，表情一下子阴沉下来。左拉小声说：“他好像不太高兴。”

库尔沁两手叉腰：“你们翅膀硬了，是不是？早知道这样，就不该白送你们这么多面包，真是应该好好揍你们一顿！”布兰科被吓到了，迷茫地问：“我们做错了什么？”

“你们应该问问自己，还有什么事是你们干不出来的？城里至少有一半人都知道你们偷了林场主养在家里的动物，放干了穆勒家鱼塘的水，这难道不是你们干的吗？你们这些小偷！”

库尔沁是真的生气了，“你们觉得三千第纳尔的损失说过去就过去了？那可是几百条养了五年的鲤鱼和鲷鱼。”

“库尔沁师傅，您知道我们为什么这么做吗？”左拉把斯蒂潘和中学生的事情原原本本地告诉了库尔沁。“原来你们是想教训那帮中学生，”库尔沁的语气缓和了一些，“那也不能把鱼塘的水放干呀。”

“当时我们只想把他们两个逼到岸上来，没考虑那么多。”库尔沁提高了音量：“既然事情已经发生，我劝你们还是赶紧离开塞尼吧，只要被人看见，市长和警察一定会搜遍整个塞尼城，直到把你们全部抓住为止。要是被他们知道你们来过我这儿，我也会坐牢的。”

“我们马上就走，我们只是来拿面包的。”布兰科说。库尔沁递给他们几个面包，不耐烦地说：“拿着，赶紧走吧。”

孩子们谢过他，左拉刚走了两步又回头说：“对了，我们有件事要告诉您。您的太太昨晚去了老卡塔家……”

“女巫卡塔？”

“是的，卡塔给了她一些油脂做的药膏。让她把药膏涂在您的鞋底。”

“这个臭婆娘。”库尔沁拿起一只沉重的木屐，口中骂道，“难怪我今天滑倒好几次。”左拉讪讪地说：“她这么做，是不想让您发现她的秘密。”

“不想让我发现？什么秘密？”

二人一起答道：“您的太太……喜欢上了别人。”“什么！”

# 第十五章　面粉仓库

库尔沁的面孔一下子涨得通红。外面传来关门的声音。他竖起食指放在嘴前，低声问："你们知道是谁吗？"孩子们摇摇头。

"浑蛋！"库尔沁大吼一声，扯下帽子扔到地上，这时，他听见第二次关门的声音。"也许我太太来了。"他的语气中既有愤怒，也有隐忍，"你们到面粉仓库去，先不要走，我给你们拿一些刚出炉的面包过来，谢谢你们把这件事告诉我。"等四周安静下来后，库尔沁将孩子们推进小屋，然后关门离开了。布兰科和左拉站在门后，半天没有说话。

左拉打破了沉默："我们真不该把池塘的水放掉。"布兰科说："我当时提醒过你，可是杜罗非要这么干。"

女孩惭愧地说："也怪我，太坚持了。""不，杜罗跟你不一样，他清楚地知道这样做的后果。"左拉摇摇头，红发飞扬起来："他跟我一样，什么都不知道。"

布兰科生气地跺着脚说："你总是护着他。"

"我只是不想让你对他有偏见。"

布兰科刚想说什么，又听见一声门响，接着响起了一个女声。"嘘！"左拉用口型示意，"库尔沁的妻子。"

这时，又有一个男人在说话。布兰科瞪大了眼睛。"那是……那是……"他口吃起来，"是贝高维奇！"他终于说出了这个名字。

外面的说话声愈发清楚了。库尔沁太太原本打算出去给贝高维奇拿酒，突然又跑了回来，惊慌失措地叫道："老天爷啊！我丈夫回来了！"

"什么！"贝高维奇吓了一跳。

“米拉！”库尔沁的声音雷鸣般地回响在整座房子里。

贝高维奇四处寻找逃跑的希望，没想到，他竟然躲进了面粉仓库。他把帽子拿在手里，耳朵贴在钥匙孔上，外面的每一句话他都听得清清楚楚——库尔沁已经让伙计堵住了门口，四处寻找。他挠挠脑袋，转过脸，突然发现背后站着两个孩子，贝高维奇一下子愣住了。但很快，刚刚还写满了绝望的脸突然舒展开来，露出欣喜的表情。“总算找到你们了。”他用胜利的眼神盯着两个孩子。

左拉和布兰科往后退了一步。

贝高维奇坐在和面桶上，摇晃着两条腿，伸手将自己的八字胡向上捋了一下，像是在享受这胜利的时刻：“为了抓你们，我搜遍了古堡和塞尼城，哈哈！偏巧在这儿被我找到了。对了，你们还不知道我能拿到多少赏金吧？足足一百第纳尔！市长亲口说的！”

布兰科又往后退了一步。但左拉却笑了：“贝高维奇，是我们逮住了你。”

贝高维奇两手拍着膝盖，大笑起来：“你们逮住我？”左拉不理会他，径直朝门口走去：“库尔沁太太为什么把你关在这里，你以为我们不知道？我这就喊库尔沁先生过来。”说着，她敲了敲门：“库尔沁师傅！”

贝高维奇的笑容一下子凝固在脸上。他张着嘴，眼睛瞪得老大，活像一只青蛙。然后，他跳起来，一把将女孩推到一边：“嘘！你疯了吗？他会把我打死的。”

“你活该！”左拉甩开他，“库尔沁师傅！”

贝高维奇捂住她的嘴：“你要是还不闭嘴，就别怪我心狠手辣！”

“库尔沁师傅！”布兰科来增援了。

可怜的贝高维奇！他刚一抓住布兰科，左拉便挣脱开来；等他转头抓住左拉，布兰科又开始了。两个孩子交替上阵，一边挣脱贝高维奇，一边大声呼叫库尔沁，一会儿站在和面桶上，一会儿又跑到门后……

胖子警察累得满头大汗，更惨的是，库尔沁好像越来越近了，他们甚至已经听见他说话的声音。贝高维奇吓得抖个不停，绝望地举起双手，哀求道：“别叫了，求求你们，别叫了。”

“我们可以不叫，”左拉小声说，“但是你必须保证，接下来的二十四个小时内不再追捕我们。”“没错，”布兰科补充道，“而且这段时间里你不能告诉任何人曾经在塞尼见过我们。”

“我……我……”贝高维奇结结巴巴地说，“我的赏金……”

“要么你现在发誓，”左拉提高音量，“要么我接着叫！”贝高维奇终于扛不住了。“好的，好的，”他跪倒在地，“我全都答应你们，全都答应你们！”

“你发誓！”左拉又说了一遍。贝高维奇伸出颤抖的手指：“我发誓。”

门外，库尔沁的声音越来越近，越来越近……贝高维奇长满横肉的脸由猪肝色慢慢变成珍珠白，身子不住发抖，八字胡也耷拉下来，额头上布满汗珠。孩子们站在他身边，不知道即将发生的事情对他们来说到底是福是祸。一方面，他们很希望库尔沁能抓住贝高维奇；另一方面又担心一旦贝高维奇被抓，面包师的叫嚷会惊动半条街的邻居，到那时，就算贝高维奇遵守他的诺言，他俩也跑不掉了。

贝高维奇听见库尔沁高声催促伙计去拿面粉仓库的备用钥匙，他惊慌到了极点："外面现在有两个男人，哎哟，我完蛋了，要是今天被库尔沁堵在这里，明天就会被开除公职，我的老婆、孩子可怎么办哪？"他哭了！眼泪一滴滴流下来。

两个孩子在小声地商量着什么。"你们知道其他的出口？"贝高维奇哀求道，"求求你们告诉我吧！"

布兰科和左拉相视一笑，指了指旧烤炉。贝高维奇惊慌失措地拉开炉门，先把帽子扔进去，然后上半身爬进炉口。他的头进去了，肩膀却卡在那儿动弹不得："帮我一把！"左拉抬右腿，布兰科抬左腿，两人合力将贝高维奇塞进了炉子里。

"如果库尔沁问起来，我们怎么说？"

"交给我好了，我都已经想好了。"

布兰科说："我们可没发誓要为他保密。"

左拉不容反驳地说："就算没有发誓，乌兹柯克人也要坚守许下的承诺。"二人刚爬到面粉堆的后面，门就被"砰"的一声打开了，库尔沁太太堵在门口尖叫："别进去了！里面根本没有人！"

"我自己会看！"库尔沁语气暴躁。他推开妻子，走进屋里。女人不死心，又一次拦在丈夫面前，脸色苍白，眼睛瞪得像铜铃一样："不要伤害他！"库尔沁手里拿着巨大的扳手，冷冷地说："给我让开！"

# 第十五章　面粉仓库

库尔沁紧紧握住扳手，四处搜索。伙计在屋里走了一圈："这里没人！"库尔沁太太如释重负："根本没有人！奇迹出现了！"她喜极而泣，瘫倒在地。

库尔沁一脸迷惑，他几乎搜遍了每一个角落，口中自言自语："两个孩子呢？"

这时，左拉从面粉后面探出身子："我们在这儿！"库尔沁迫不及待地问："你们看见有人进来吗？"左拉点点头："所以我们才藏起来了。"

"那个家伙哪儿去了？"

"他进了房间之后，直接钻进了炉子里。"库尔沁拉开炉门——里面空无一人。"居然让他跑了！"库尔沁看起来很痛苦，手里的扳手"咣当"一声落到地上。"太可惜了。"伙计晃着手里的棍子说。

库尔沁又问孩子们："你们知道他是谁吗？"一直躲在旁边虔诚祷告的库尔沁太太，听见这话，再次紧张起来。左拉却摇了摇头："他一进屋，我们就躲起来了。"

"没看见他的样子？"说着，他的目光落在布兰科身上。布兰科没说话——他不知道该怎么回答——过了一会儿才开口。"他的个子很高，留着胡子。"他顿了一下，"要是白天见到，我肯定能认出他。"

"个子很高，留着胡子？"库尔沁思索着，"这样的人塞尼城有很多个。"

"噢，我一定能把他认出来。"布兰科一再保证。

“那就看仔细些。我一定要亲手抓住这家伙，如果你能告诉我他的名字，我会把店里最大的一块蛋糕送给你。”“我没有忘记，我还记得他大概的样子。不过现在，我们必须回去了。”布兰科眼下只想离开。

“等一下。”库尔沁丢下仍在祈祷的妻子，领着两个孩子去了面包房，送给他们满满两大袋面包。“谢谢您，库尔沁师傅。”左拉朝他鞠了一躬，然后握住他的手，“鱼塘的事是我们做错了，请您不要生气。”

“过去的就让它过去吧，”库尔沁说，“明天你们可以再来拿面包。”

左拉刚钻进烤炉。库尔沁在他们身后喊道：“老格里安让我问候你们。”

“老爹？”孩子们一下子来了兴趣。

库尔沁点点头：“他说他想见你们一面，有事请你们帮忙。”

“谢谢您！”布兰科说完，也钻进了炉子。

# 第十六章　金枪鱼群

塔楼二十四小时有人看守，乌兹柯克人决定先去找老格里安。高大魁梧的老格里安正在院子里给蔬菜浇水。看见这么多人，他惊讶地，不，应该是受了惊吓般地摸了摸胡子：“怎么多了这么多？”

尼古拉不好意思地问：“您不欢迎其他人吗？”老格里安马上做了个鬼脸，朝他们眨眨眼：“来吧，越多越好。”

他浇完菜，领着孩子们来到海边，坐在长椅上，布兰科把一切讲给他听。磨坊主的那件事他已经知道了。他向孩子们使了个眼色，打趣地说：“这对我们渔夫来说反而是件好事，这样一来，人们就只能买我们的海鱼了。”在他得知帕夫勒受伤后，他立刻查看了伤口并带帕夫勒回屋休息。

孩子们决定在羊圈的旁边打地铺。老人安抚着叫个不停的山羊安德亚：“他们现在已经不是小偷了，是一群勇敢的孩子，专门来帮老格里安干活的。”铺好床铺后，左拉留下照顾帕夫勒，其他人跟着老人回到了海边。

老格里安说："这片海域发现了金枪鱼群。"

"金枪鱼！"尼古拉兴奋地双手一击，"我爸爸以前是渔夫，专捕金枪鱼，我帮他捕过好几次。""那太好了，"老人微微一笑，"看来我真是找对人了。现在想找个好帮手不容易啊！渔业公司把所有的帮手都抢走了。"

"他们给的薪水更高？"尼古拉问。

"不高，甚至更少，而且捕回来的鱼也不分给他们，但是在公司里，他们有稳定的收入，不管收成好坏，都能拿到固定的薪水。"

"可是，海上的捕鱼区不是属于渔夫自己的吗？"

"是的，但前提是我们必须独立经营。一旦我们被雇佣，就必须把捕鱼区交给公司管理，到时候出卖的不光是我们自己，连海里的鱼都是他们的了。"

这时，天色已经完全黑了，几分钟前还泛着白色浪花的大海一下子变得跟夜色一样深沉。老格里安站起身。"要想捕到金枪鱼，最重要的一点就是要早起。我们明天一早就必须起床，晚安吧，"他朝他们摆摆手，"五点我叫你们。"

第二天，天才蒙蒙亮，屋外就传来老格里安的声音："起床喽，起床喽！"见这一招没用，他把他们一一晃醒。院子里还有其他三个渔夫等在那里。高瘦的老头叫奥洛维克，另两位是他的儿子——一对身材高大的双胞胎，长着浓密硬挺的头发，不过一个是黑色的，一个是黄色的，所以大家索性管他们叫"黑毛"和"黄毛"。

# 第十六章　金枪鱼群

老格里安把孩子们带到一棵茂密的无花果树下，上面已经摆好了丰盛的早餐，有温热的面糊，堆成小山似的黄瓜和西红柿，还有切好的面包，甚至每人还分到了一杯牛奶。孩子们狼吞虎咽，连一丁点儿面包屑都不放过。等他们吃光最后一个西红柿，老格里安说："现在，我们可以出发啦。"

孩子们的活儿一点儿也不轻松。老格里安的家在这个巨大海湾的一侧，海湾的另一侧，种了很多果树的地方便是奥洛维克老爹的家。两人将这中间的一片海域划分为两个观望区，并在每个观望区岸边的岩石上摆放了木梯，用钢丝绳加固。一个大人、两个孩子日夜轮岗，每隔两三个小时换一次班，眺望鱼群的动向。

布兰科和尼古拉被安排在第一批。他们慢慢地爬上高高的木梯。梯子在海风中微微地摇晃着，越到高处，晃得就越厉害。布兰科问："你怕么？"尼古拉笑了："钢丝绳牢固得很，再说，就算摔下去，也是掉进海里。"

梯子的最上面是一块木板搭出来的平台，两人肩并肩舒舒服服趴在上面，全神贯注地监测着海面。眼前的大海像是一面巨大的银色镜子，海面十分平静，连一丝浪花都没有，此刻，海风也停息了，岛屿附近没有一丝一毫的动静。"你看到了吗？"布兰科的眼睛有些疲劳。

尼古拉摇摇头："还没有。我觉得可能没那么快。当初我爸爸捕鱼的时候，往往要等个十来天，甚至更长。""十来天？"布兰科惊讶地说。

尼古拉点点头："想捕到金枪鱼，必须先有耐心。"他们继续观望着。海鸥时而在海面上飞来飞去，时而一头扎进海中，它们的叫声响彻整个海湾。一只硕大的鱼鹰从柯尔克岛那边飞过来，它不慌不忙地挥舞着强壮的翅膀，像是一只正在天空中游弋的大鱼。海鸥们发现了它的到来，尖叫着朝它迎面飞去，鱼鹰盘旋而上，消失在一片蔚蓝之间。

布兰科觉得十分惬意："这活儿不错，之前我还以为会很无聊。"

尼古拉说："等鱼群来了，你就会怀念在这上面的美好时光了。"

他俩守望鱼群的时候，其他人在下面帮着准备渔网、组装各种捕捞设备。巨大的渔网由普通的麻绳和结实的登山绳混合织成，孩子们还是第一次见到这么厉害的渔网。老爹拿出一捆新绳子，将破损的地方修补好，奥洛维克负责把焦油烧热，然后浇在渔网上。

所谓的捕捞设备，也是由几个渔网组成，有几个一直固定在海上，另外一些则系在固定的渔网上，形成了类似拉门的装置，在岸上就可以将渔网收拢。

孩子们一连观望了四天，并没有发现鱼群的踪迹。

第五天，奥洛维克去城里采购，晚上七点左右，他来到老格里安家，撇了撇嘴："鱼贩拉迪克又来找我了，问我愿不愿意去帮忙。"

老格里安哈哈一笑："你怎么回答他的？"

"格里安不去，我就不去。"

格里安老爹捋着胡须说："我永远不会去的。"

黄毛插了一句："他们这次开出的薪水比去年还高。""没错，"黑毛说，"休渔期也一样支付工钱。"

老爹不高兴了："要是我们捕到了金枪鱼，你们的收入比他们给的还要高。""但愿如此！"双胞胎兄弟一边抽烟，一边说，"可是到现在为止，我们在海湾里连一条金枪鱼的尾巴都没有瞧见。"

第六天，拉迪克本人亲自登门了。他头戴一顶质地讲究的鸭舌帽，走进老爹的花园。他拍拍老爹的肩膀："鱼群还没来？"

格里安老爹说："没有。"

"你们等了多久了？"

"将近一个星期吧。"

"公司最近收成不错。"鱼贩得意地说。老人冷冷地说："哦，公司的股东一定很高兴吧。"拉迪克又说："他们还想组建一支捕捞队。"老爹呸了一声："你是为这件事来的？""也不全是。"说着，拉迪克点燃了烟斗。他见老爹半天不说话，只好继续说："董事长库库利克跟我说，他愿意给你一笔高额补偿金，只要你把你的这片海域让给他。"老爹哈哈大笑："我早就猜到了。这么好的一片海域，附近很难再找得到。"两人沉默了。几只海鸥在无花果树上叫着，一尾鱼儿跃出海面。

拉迪克尴尬地抽着烟斗，老爹则眺望着大海。半晌，他又说："只要你愿意来，捕捞队队长的位子就是你的了。"老爹看了他一眼："我就在这儿，哪儿都不去。"拉迪克站起身来："你别后悔。""起码今天不会。"老爹幽默地说完，起身送客。

第七天早晨，轮到布兰科和左拉值班。

“你说它们怎么还不出现？”布兰科抱怨道。

女孩没有接话，直勾勾地盯着海面，布兰科顺着她的视线望去。刚才还很平静的海面此时泛起了白沫，他们看见一个小旋涡慢慢变大，海浪也越来越高，几条黑色的大鱼在浪花间穿梭。

“布兰科！”她惊呼，“布兰科！我觉得……”

“它们来了！”布兰科接口道。

海面上的白沫越来越高，远远望去，像是一处处喷泉，旋涡和波浪慢慢地近了，鱼身也更加清晰可辨，仿佛上千支蓝黑色的箭镞在海浪里飞速地穿行。鱼群形成一条狭长的队伍，忽然转了一个弯，朝着陆地游来。

“它们过来了！”左拉的声音更大，“进入海湾了！”

鱼群改变了方向，像是得到了命令一般，齐齐游入了海湾，你追我赶，速度越来越快，左拉和布兰科清楚地看见了它们奇怪的嘴巴，多刺的鱼鳍，还有半月形的大尾巴。这些鱼儿身体扁胖，像是一个个纺锤，看起来有些可怕。

左拉惊呼：“他们好像黑猪呀。”

布兰科笑着说：“少了四条腿的猪。”

鱼群所到之处，海面像煮沸的水，不断跃起的鱼群发出“噼里啪啦”的声音，黑压压一大片！越来越多的金枪鱼密密麻麻地簇拥成一团，越来越深入海湾。“快！”左拉说，“通知大家！”

“我这就去，你在这儿盯着，等最后一批进入海湾，你就朝我们挥挥手。”布兰科连滚带爬地滑下木梯，木头上的毛刺刮在大腿和手掌上火辣辣的疼，他也没顾得上，刚一落地便跳起来一路狂奔。

此时，老格里安家却发生了一场争执。双胞胎兄弟等得不耐烦了，正打算离开。争吵过后，黄毛头也不回地朝门外走去，正好撞上了布兰科。

“鱼来了！”

“什么！”老爹顿时眼前一亮。“快！快！”布兰科结结巴巴地说，“整个海湾里全是鱼！”所有人连忙跑向海边。是的，站在岸上就能看见，一波又一波的海浪，夹杂着白色的浪花，鱼群在沸腾的海水中翻滚着前行，发出“噼里啪啦”的声音，像一场暴雪似的呼啸着靠近了海岸。

“老天爷啊，”老爹靠在围墙上，虔诚地说，“谢谢您的恩赐。”奥洛维克也摘下了头上的帽子。“但愿它们再进来点儿。”黑毛说。“它们已经进来了！”黄毛爬到无花果树上说，“前面的已经入网了。”

其他人也看到了，鱼群越来越接近岸边。它们虽然身体庞大而笨重，但十分贪玩，就像傻乎乎的小狗一样追逐嬉闹，时而钻进海底，时而围成一个旋涡跃出海面，还经常用头或尾巴去撞身边的同伴。老爹立刻行动起来：“木梯上还有人吗？”

布兰科点点头：“左拉还在上边。我跟她说了，等鱼群全部入网后，让她向我们挥挥手。”

“很好，”老人说，“黄毛，你带上杜罗，划那条大船。黑毛带上尼古拉，划那条小船。我跟布兰科负责右边的渔网，奥洛维克，你到左边去，让姑娘帮你。”所有人都奔向自己的位置。老爹来到渔网边，用手推了一下系着渔网的几根木桩，都很牢固。他又检查了绳索的情况——一切都已准备就绪。

他们抬头望向左拉。左拉一个人站在木梯顶上，红色的头发像火苗一样在风中跳动。老爹挠了挠脖子：“这片海湾从没出现过这么多金枪鱼，但愿渔网承受得住。”就在这时，左拉挥了挥手。

“开始！”格里安老爹抓起绳索，拼命往后拉，奥洛维克也摆出同样的动作。“我们这是在干吗？”布兰科一边问，一边帮着老爹一起使劲拉绳子。“我们把中间可移动的渔网往回收，鱼就被困在网里了。”“所有的鱼吗？”布兰科吃惊地望着沸腾的海面。

老人点点头：“所有的鱼。”渔网逐渐收紧的时候，双胞胎兄弟已经分别带着杜罗和尼古拉划到了鱼群中间。一开始，鱼儿还在不停地嬉戏追逐，突然，它们仿佛意识到前方就是海岸，或者已经碰到了逐渐合拢的渔网，变得狂躁起来，游得更快，跳得愈发有力。有些直接撞在小船上，差点儿把船掀翻，其中一条还张大了嘴巴，尖尖的嘴里长满了锯齿一般尖利的牙齿。

“你看！”杜罗战战兢兢地对黄毛说。

“打它！”黄毛说着，抄起船桨挥向大鱼的头部。杜罗和尼古拉连忙拿起棍子或船桨，只要看见海面露出鱼头、鱼背或鱼尾，便是一通乱打。他们必须趁鱼被打晕的那一瞬间，把它们拖上船来。可是这些金枪鱼膘肥体壮，他们根本拖不动。

## 第十六章 金枪鱼群

“帮帮我！”尼古拉抓住一条金枪鱼的鱼鳃，大声喊道。黑毛连忙上前帮忙，就在这时，昏厥的鱼儿突然清醒过来，扭动着身体挣扎着，鱼尾先重重地打在尼古拉的胸口，随后又打在黑毛的脸上。

“哎哟！”尼古拉痛得大叫。黑毛也捂住了脸，要不是两人紧紧抓住彼此，早就掉进海里了。其他的鱼儿也不甘心地发起反击。随着渔网的进一步收紧，它们越来越绝望，也越来越愤怒，它们疯狂地四处乱游，一再地撞击船身，拼命地想冲出渔网，却发现离岸越来越近。眼看所有的方法都不奏效，它们便争先恐后地跃出海面，其中一条竟然直接跳进黄毛的船里，差点儿没把船砸翻。

奥洛维克朝他们喊道：“快回来吧！”双胞胎兄弟撑起船杆，硬是从鱼群中开辟出一条道路，把船撑回岸边。两位老人站在石桌旁，每人手里拿着一柄大刀，正等着他们。等孩子们将鱼拖下船，兄弟俩又一次将船划了出去。

金枪鱼简直重得要命，他们不得不三四个人一起，才能抬起一条。他们把鱼放在石桌上，仔细地打量：敦实坚硬的鱼身，厚实而饱满的青灰色鱼背，通体闪烁着漂亮的金属光泽，鱼腹微微泛出红色。

在第三条鱼被抬上桌面后，布兰科惊叹道：“它至少有四十公斤重。”奥洛维克的眼睛里闪烁着喜悦的光芒。他说：“肯定还有比它更重的。”两位老人切开鱼腹、掏出内脏、挖去鱼鳃、清理干净，一气呵成，准备送进城里。

兄弟俩从陆地到海上来回往返数次，第四次靠岸后，老爹宣布："今天就到这里吧，否则鱼太多了，也没地方安置。"黄毛回头看看海面，说："渔网里竟然还有这么多，一点儿也没见少。"

老爹望着他俩问："是不是很庆幸当时留下来了？"双胞胎连连点头。两位老人稍微冲洗了一下——这时的他们看起来像屠夫一样吓人，身上沾满鱼鳞、鲜血和其他污秽。兄弟俩的衣服也到处是污渍。孩子们也没能例外，此时，他们才感觉到疲惫，杀鱼简直太费力了。

他们将处理好的金枪鱼藏到隐蔽的地方，鱼肉不能暴晒在阳光下面，必须用淋湿的袋子和枝叶把它们盖好。这也是为了防止海鸥偷吃，这群家伙早就嗅到了美餐的味道，成群结队地在海湾上空尖叫，时不时落在岸边，偷吃被丢掉的内脏和鱼鳃。做完这一切，老人又安排黑毛去找拉迪克，他的父亲在身后叮嘱："顺便告诉他，这是我们两个老家伙这辈子最好的一次收成。"

孩子们再次回到岸边，鱼群安静下来了，一条挨着一条，像一堵墙似的浮在水中。奥洛维克走到他们身边："你们看见那条大鱼了吗？那是我有生以来见过的最大的一条金枪鱼。"说着，他拍拍布兰科和尼古拉的肩膀："格里安说得没错，是你们给我们带来了好运。"

老爹跟左拉一起将晚餐端上桌子，除了面包，还有一壶葡萄酒："今晚值得喝两杯。"

他们刚坐下吃饭，一帮渔夫拥进了院子。他们从黑毛那里得到消息，特地来参观一下。还有另一些"不速之客"也来了：

巨大的鹈鹕来到海滩上，跟海鸥们抢食，健硕的尖嘴鸥也被吸引过来，孩子们曾经见过好几次的那只鱼鹰也出现了，不断地在上空盘旋着。

吃完饭，老爹和孩子们一起收拾好餐桌。这时，黑毛跑了回来，累得气喘吁吁："他……他不愿意派车。"

"什么？"两位老人瞪大了眼睛。黑毛继续向他们汇报："他说他没有空车，所有的车都被渔业公司征用了。"他父亲问："你有没有告诉他我们这次的收成特别好？"黑毛点点头："他只跟我说了一句话——'我不感兴趣。'"老爹又问："其他人呢？"

"能问的，我都去问了。他们都说车归公司管，只有德拉冈愿意帮我们。他已经到了，在院子里喂骡子。"老爹气坏了，激动地走来走去，口中骂道："拉迪克竟然不收我们的鱼。他到底在搞什么阴谋？"

一个老渔夫拦住他，说："你要当心，他们会用去年对付格鲁登的手段来对付你。"老爹问："他们把格鲁登怎么了？"

"你不知道吗？"老渔夫吸了一口烟，说道，"格鲁登一开始也不愿意加入公司。他说他生来就是一个自由的渔夫，到死也要守住这份自由。然后他们就故意不收他的鱼，也不给他用车，直到他的鱼几乎全部腐烂发臭。最后，他还是屈服了。"

"他们打不倒我的。"老爹满腔怒火地说。

"当时格鲁登也是这么说的。"

一阵脚步声传来——老德拉冈牵着他的骡车走进了花园。奥洛维克看着骡子身后拉的小车，抓了抓后脑勺，忧心忡忡地说：“这也装不了多少啊。”“来吧，”老爹说，“能装多少就多少，总比什么都没有强。”于是他们挑出最大的鱼抬上骡车。双胞胎兄弟爬到德拉冈的身边坐下，老爹也拿起外套，说：“给我让个位置，我跟你们一起进城。”老人很晚才回到家。

“情况怎么样？”奥洛维克和孩子们焦急地问。“不太妙。”老爹阴沉着脸，“拉迪克这个浑蛋一条鱼也不愿意收，我又去找了那个光头库库利克——拉迪克说那是他们的董事长。他告诉我，他可以收购鱼，但我们必须把海湾和自己卖给他。”

“你怎么回答他的？”

“我说我只卖鱼，别的不卖。”

“那些鱼呢？”

“我们运气不错，我卖了一部分给岛上的人，一部分卖给了萨格勒布酒店，你儿子送了两条去磨坊——穆勒想买。剩下的德拉冈明天带到集市上去卖掉。”

“呃，”奥洛维克顿了一下，“渔业公司真的一条也不收吗？”

“我们再等等看，”老爹安慰他，“走着瞧，看看到底谁头痛——我们还是他们？”奥洛维克呸了一声：“这根本不是头痛不头痛的事。”

“那是什么？”

他绞着双手，说：“问题的关键在于钱。”老爹把口袋里的钱包掏出来：“我这儿暂时还有一点。”他又指了指花园和海面：“填饱肚子也不成问题。”

“好吧，”奥洛维克慢慢朝海边走去，“我们走着瞧吧。”他从剩下的鱼肉中挑了几块出来，然后切成小块，扔向海面。老爹在一旁帮忙。“你们这是干什么？”孩子们看着他们，惊讶地问。

鱼群骚动起来，开始疯狂地彼此抢夺鱼块，奥洛维克指着被溅起的浪花说：“它们也要吃东西。”“太可怕了，”布兰科瞪大眼睛望着鱼群抢食的场面，“它们在吃自己的兄弟姐妹。”

尽管老爹额头上已经有了深深的皱纹，但他的眼睛依然炯炯有神。他望着布兰科，半开玩笑地说：“这有什么好惊讶的？人类比它们更可怕。鱼儿是为了填饱肚子，人类吃掉自己的同胞，可能只是为了取乐。”

“人类……”布兰科疑惑地看着老人。

“你忘了刚才黑毛说的话了吗？渔业公司已经占据了沿海的一百二十个捕鱼区，但是光头库库利克还是不满足，非要把我们和我们的地盘也吃进肚子里。”说着，他又朝海里扔了几块鱼。

# 第十七章　古堡惊魂

捕获金枪鱼的消息很快传遍了整个海岸线。第二天早晨，更多的渔民来到格里安家里参观，同时还有一些人专程从城里赶来，买走了一些鱼。卡拉曼甚至驾着马车上门，拉走了至少几百公斤。老爹的脸上露出了笑容，他戳了戳奥洛维克：“你看，我们可以慢慢地聚少成多。”

奥洛维克抬起头，抱怨道：“照这个速度卖鱼，恐怕得到圣诞节才能卖完。”

下午，他们又收到一个坏消息。德拉冈把昨天的鱼运回来了。因为今天早上，市长刚颁布了新的公告，凡是想在塞尼城卖鱼的人，必须先拿到售卖许可证。老爹咬牙切齿地说：“这肯定是渔业公司捣的鬼。要是他们以为这样就能让我屈服，那就错了。”

“恐怕不只是让你屈服这么简单。”德拉冈说。

“那他们想要什么？”

“他们想要毁掉你。”鱼被卸下骡车时，已经发臭了。他们只好切成块，喂给它们海里的同类。晚上，他们又迎来一批客人——其中包括农场主卡拉曼。白天的时候，只要有来自塞尼的客人光临，孩子们就藏起来——要么跟帕夫勒待在一起，要么去附近的树林。可是卡拉曼进来的时候，恰好大家正在一起吃饭，卡拉曼一眼认出了他们，于是扑到桌边，叫道："红发左拉竟然在你这里？"

"不可以吗？"老爹看了他一眼。

卡拉曼又扭头看了一眼她身边的人："偷鱼的小浑蛋也在。"老爹霍地站起来："你还要继续羞辱我的客人吗？""原来如此，这些都是你的客人？市长悬赏一百第纳尔，要抓他们归案。"说完，卡拉曼买了几条金枪鱼，悻悻地离开了。

布兰科沮丧地说："我们的好日子到头了。卡拉曼肯定会去警察局，要不了一个钟头，他就会带着警察再来这里。"老爹攥着拳头说："尽管来吧，我正要找他们呢。"奥洛维克却抿着嘴苦笑道："你打算怎么跟警察斗？"

"我……"老爹皱起眉头，脸涨得通红。

"算了，"左拉安抚他，"你们现在已经够难的了，我们还是走吧。"

"你们要去哪里？"老爹问。

"回我们的古堡。"

"那里不是有岗哨吗？"

左拉笑了："我想到一个妙计，马上就可以摆脱他们了。"其他人顿时来了兴趣，可左拉却笑而不语。尼古拉却说："那帕夫勒怎么办？"

“帕夫勒留在我这儿，”老爹用不容置疑的语气说，“他刚刚退烧，腿上的伤口还没完全愈合。我可以把他藏在其他地方。”老人将帕夫勒扶到船里，划着小船来到房屋的另一侧，那里有一块岩石。老人指着上面说：“看到上面的山洞了吗？就是那儿。”孩子们爬上去，洞很深，这里存放着老爹的葡萄酒和其他一些东西。他们用稻草给帕夫勒铺好床铺，让他躺在上面。

孩子们刚一离开，警察果然来了——孩子们猜错了，来的不是酒鬼贝高维奇，而是多尔德威克。他走到两位老渔夫面前。

“你来这儿做什么？”

“抓犯人。”

“来我们这些老实人家里抓犯人？”老爹质问道。

多尔德威克尴尬地挠挠头：“卡拉曼告诉我他们在你这儿做客。”

“卡拉曼告诉你的？”老爹哈哈大笑，“你们警察就这么容易相信别人？”

“可不是嘛。”奥洛维克附和道，“抓犯人就应该去他家。别忘了带个大口袋，到时候保准你人赃并获。”

多尔德威克拉过一张椅子坐下，对老爹使了个眼色：“孩子们已经走了？”老爹答道：“都不知道翻过几座山了。”“那样最好。”多尔德威克捻着他的小胡子说，“下次再见到他们，替我问声好，顺便告诉他们，我真正想抓的人不是他们，而是卡拉曼。”听完他的话，老爹递给他一杯酒：“来，干一杯。”杯子碰在一起，发出清脆的响声。

## 第十七章　古堡惊魂

这时，孩子们已经来到山脚下。天色已晚，古堡像一只硕大而凶猛的拳头，矗立在蓝黑色的夜色中。趁着夜色，孩子们手脚并用，朝山上爬去。大门口贝高维奇正坐着吃东西，地道也已经被堵死了。

“这帮浑蛋！”孩子们骂道。尼古拉说：“肯定是那帮中学生干的。”杜罗说：“也有可能是市长派人干的。”左拉推了推石头：“不对，石头只是被塞进去的，要是市长的话，他肯定把整个地道用水泥封死。”只能从帕夫勒留在围墙上的洞进去了。左拉第一个爬进来，蹑手蹑脚地朝楼梯走去，男孩们跟在她身后。“等等！”布兰科小声提醒道，“大门开着呢，贝高维奇会看见我们的。”

不过左拉根本没打算上楼梯。她从上衣里面取出一件圆圆的东西，然后看了看四周，又让杜罗捡了根竹竿。原来那个圆圆的东西是个南瓜做的人头——左拉把里面掏空了，雕了一张人脸。她将一根蜡烛放进去，又让杜罗脱了衬衫，把它顶在竹竿一头，再把竹竿插进南瓜里。

“能不能告诉我你到底想干吗？”布兰科忍不住问道。左拉把竹竿竖起来：“还没看出来吗？”布兰科摇摇头。

“傻瓜，”女孩告诉他们三个，“这是一个鬼魂。”左拉咯咯笑了起来：“你们就看好戏吧。你们谁的胆子最大？”还没等他们回答，她便将竹竿塞到尼古拉手里。

贝高维奇坐在正门口，面前铺着一张报纸，他吃一口蛋糕，喝一口酒，摸着小胡子，一边吃一边惬意地咂咂嘴，像一头猪一样打起了饱嗝。这时，远方传来了教堂的钟声，午夜到了。

突然，贝高维奇手里的瓶子滑落在地，眼睛睁得越来越大——二十米开外的楼梯正中央，居然出现了一个……贝高维奇揉了揉眼睛，又定睛望去，是鬼魂！

“贝高维奇。”鬼魂呼唤着他的名字，慢慢飘近。

可怜的贝高维奇被吓疯了。“圣母玛利亚！”他尖叫一声跳了起来，伸手就去掏枪。鬼魂似乎并不怕他，它越来越近，丝毫没有停下的意思。“贝高维奇，手枪是杀不死鬼魂的。”它大笑着说。贝高维奇整个身体筛糠似的颤抖着：“再不停下，我真的要开枪了！”

“开枪呀！”

贝高维奇扣下扳机。枪声回荡在庭院、大厅以及上面的无数个房间里，一记枪声引发了上百次回响，从不同的角度听起来，像雷声，像尖叫，像是毛骨悚然的笑声。贝高维奇被吓傻了。他站在那里，每一次回声都像是一记拳脚，重重打在他的头上和背上，他的脸上爬满了恐惧与绝望。鬼魂轻轻晃了一下，又飘了过来。贝高维奇终于受不了了，他丢下手枪，什么也不要了，头也不回地朝外面跑去，就像有魔鬼在后面追赶似的。

“哈哈哈！”左拉大笑着蹦出来。杜罗和布兰科也从暗处走出来。

“一个人居然能被吓成这样。”布兰科大开眼界。

左拉却说：“其实他比我想象的勇敢。我没想到这个家伙真的敢向鬼魂开枪。”

“的确很可怕。”尼古拉感慨着。

左拉揪着他的耳朵说：“是呀，尼古拉刚才差一点比贝高维奇逃得还快呢。你们难道没有看见南瓜头晃了一下吗？”

这时杜罗弯下腰：“看看贝高维奇给我们留下了什么好东西。”说着，他捡起蛋糕和酒瓶。

布兰科手里拿着贝高维奇的武器：“还有他的手枪。”

“还是放回原处吧。”左拉建议，“鬼魂既不吃蛋糕也不喝酒。要是我们拿走这些东西，我们的小把戏就穿帮了。”孩子们把东西原样放回去，走上楼梯。大厅跟他们离开时一模一样，看来并没有人来过这里。他们仔细地将所有的出入口堵好，找回自己的被褥，呼呼大睡。

第二天清晨，他们按照计划，没等太阳出来，便回到山下的老爹家。老爹一早进城了，为了提防卡拉曼和多尔德威克突然造访，他们留下尼古拉看守，其他人去山洞里看望帕夫勒。

帕夫勒昨天夜里睡得很好，听完贝高维奇被吓跑的事情后，更是心情大好。他们有的游泳，有的钓鱼，左拉准备了午饭，还挤了一桶羊奶。老爹终于回来了，佯装生气地指着他们：“你们很能干呀，乌兹柯克人什么时候也开始装神弄鬼了？”孩子们愣住了，他们没想到老爹这么快就知道了他们的把戏，围到他身边，叽叽喳喳地追问。“贝高维奇被吓得半死，昨天夜里就去找了市长，把古堡闹鬼的事情告诉了他，所以现在半个城的人都知道了。”

“今天晚上他们肯定不会再来了。”

“恰恰相反，”老人说，“据我所知，市长把贝高维奇臭骂一顿，今天晚上要亲自看守古堡。”

“伊威科维奇亲自来？”孩子们不屑地笑了，“叫他来好了。”

老爹捋着胡子，提醒他们：“你们可不能掉以轻心啊。”

“别担心，老爹，”左拉说，“我们正好教教他如何正确地逃跑。”

他们又去喂了鱼。鱼群被围在渔网和海岸之间，像是认命的囚徒，一动不动。直到鱼块入水，它们才游动起来，恢复了生气。临走时，左拉问老爹又要了几个南瓜。

“可以再给我们两件衬衫吗？”左拉继续央求。

“那恐怕有点难。”老人说，“南瓜要多少有多少，衬衣我自己还要穿呢，给了你们，我就只能打赤膊了。”

左拉连忙补充道：“我们明天就还给您。”

老爹说得没错。听了贝高维奇的话后，伊威科维奇市长大发雷霆，他要亲自来见识一下鬼魂。孩子们返回塔楼后不久，就听见外面有动静，还不止一个，市长带了帮手。“这里有蛋糕，还有一瓶烧酒。”一个陌生的声音说。孩子们没有听出他是谁。市长拿起瓶子晃了一下：“嗬，还剩半瓶，贝高维奇，你昨天不会是喝多了吧？”

“没有的事，市长先生。”贝高维奇连忙保证，“我发誓，当时我跟新出生的婴儿一样，一滴酒也没碰过。”

“我们就坐在这儿吧。”陌生的声音说。

“波佐维克先生说得对，就守在大门这儿，”市长说着，自己先坐了下来，“既能看见里面，也能看见外面。”原来杂货铺老板也来了。鬼魂还没出现，他们先打起了牌。打牌的时候，市长时不时地抬头看看四周。“贝高维奇，”他嘲讽地说，“我到现在什么都没有见到。”

“我也是，市长先生，”贝高维奇尴尬地说，“不过它很快就会出现的。”

“我们还不动手吗？”布兰科摩拳擦掌地说。左拉摇摇头：“必须等到午夜，鬼魂都是在十二点以后才出现的。”

又过了半小时，午夜的钟声敲响了。

市长正在发牌：“贝高维奇，我还是什么都没有见到。”贝高维奇突然惊恐地望着高处：“看那里，市长先生，快看那里！我没有撒谎，它真的来了。”市长扔下纸牌，扭头看去，波佐维克和多尔德威克也盯着空中。

是真的，楼上站着一个鬼魂，它穿着点缀着红色圆点和线条的衬衫，脑袋几乎是昨天的两倍那么大，白色的卷发一直垂到肩膀，脖子上挂着一条粗粗的、沾着鲜血的绳索。

市长似乎被吓呆了，愣了好几秒后，他一把抢过贝高维奇身上的配枪，对准鬼魂连放两枪，古堡里立刻充满了雷鸣般的回声。

可是鬼魂似乎并不惧怕子弹。它只是生气地摇了摇头，依然盯着他们看。这时，对面的窗台上又出现了第二个鬼魂，它望着下面的几个人，用凄厉的声音问：“是谁又在我们的古堡里开枪？”

市长连忙转过身，瞄准它的头开了两枪，可是，这次的回声刚一平息，另一侧又出现了第三个鬼魂。它顶着硕大的脑袋：

“是谁又在我们的古堡里开枪？”三个鬼魂齐齐地望向下面的四个人。还没有完全被吓倒的市长打算再开两枪，可惜枪声只响了一下——弹匣空了。最后一记枪声在古堡里激起了接连不断的隆隆声，但是鬼魂并没有消失，它只是点了点头，恶狠狠地看着下面。

“那里！那里！”波佐维克尖叫着指着上面，“快看那里！”

这次连市长先生也撑不住了——第四个鬼魂不偏不倚，正好出现在他的头顶上方。与此同时，布兰科粗着嗓子说道：“是谁又在我们的古堡里开枪？”

贝高维奇是第一个逃跑的。他慌不择路，在大门口还摔了一跤，仿佛被鬼魂掐住了脖子，尖叫一声后很快便不见了踪影。波佐维克却刚好相反，他整个人像瘫痪了一样，目光呆滞，钉在门口一动不动。直到市长抓住他：“快走，这里真的有鬼！”他才如梦初醒，加入逃跑的队伍中。

现在只剩下多尔德威克一个人了。高大的多尔德威克捻着小胡子，先看了一眼逃跑的那几个人，然后又看了看鬼魂，嘟哝道：“我敢发誓，脑袋下面是一根破竹竿。”像是作为回应，一个更加低沉的声音凶狠地对他说：“多尔德威克，要想活命的话，快跑吧。”他似乎也害怕了，跑出了古堡。

孩子们今晚表现得比昨天更加镇定。他们每个人手里拿着一根竹竿和一个南瓜，凯旋般走上台阶。

“晚上好啊，鬼魂先生，”布兰科拿腔拿调地问左拉，“您没被那个可怕的疯子射中吧？”

“谢谢关心，”左拉答道，“只打中了南瓜。”

“我的生命之光差点儿被他熄灭了，”尼古拉咯咯笑个不停，“不过还好，您都看见了，蜡烛还燃着呢。”

“衬衫被他射穿了。幸好，”杜罗补充道，“这是我自己的衬衫。”

他们迈着庄重的步伐，游行似的走下楼梯，来到门口，探出身子四下看了看。直到确认四个“捉鬼人”的背影狼狈地消失在塞尼城里，这才往回走。

“哇，真过瘾，”尼古拉笑着说，“看到市长吓成那副模样，我差点儿没笑出声来。”

“你看到波佐维克的样子了吗？”杜罗说，“我想，这次的经历肯定让他终生难忘。

“还有贝高维奇。”布兰科也说。

左拉说：“只有多尔德威克最难对付。”

“他是整个塞尼警局里最聪明的警察，”尼古拉说，“幸好，他是站在我们这一边的。”

“真的吗？”左拉问。

“老爹说的。”布兰科点了点头。

孩子们回到大厅，安心地睡下了。

第二天早晨，他们走遍了古堡的每一个房间和角落，想要看看那些动物伙伴们还在不在。蝙蝠的数量丝毫不见少。猫头鹰仍然坐在它的专属角落，朝他们低吼。红隼已经飞走了，也许是被中学生们吓跑了。但是鸽舍……一片狼藉，鸽子的窝被拽了出来，几颗鸟蛋掉落在地上，窝里小鸽子的尸体躺在塔楼下面，它们的身上还没长羽毛，那帮家伙直接把它们扔到楼下，它们就这样被饿死了。

尼古拉难过得话都说不出了。大家纷纷安慰他：“老鸽子会回来的，它们会再生一窝小鸽子。”

他们继续往上爬，最后来到屋顶。天色尚早，大海和城市上空笼罩着一层轻雾，只有山顶一片光明，因为这里已经迎来了第一缕阳光。这时，塞尼大大小小的教堂敲响了晨钟，一声接着一声穿过薄雾，传到他们的耳中。

左拉说：“多么动听的声音。”

布兰科俯瞰着山下的城市，倾听着教堂的钟声，感慨道：“要是能永远留在这里就好了。”

左拉靠在他身上：“你可以的。”

布兰科又看了看下面：“谁知道呢。”

从屋顶下来后，孩子们像昨天一样，去了老爹家。老人又进城去了。杜罗和尼古拉负责喂鱼，左拉照顾帕夫勒，顺便做饭，布兰科在屋外放哨。快到中午时，坑坑洼洼的小路上驶来一辆汽车。布兰科连忙站起来。那是一辆绿色的小汽车，开车的是一位年轻贵气的小姐，戴着面纱和墨镜，只有半张脸露在外面，她问：“这附近有修车的地方吗？”

布兰科刚准备回答，就听见她惊喜地叫了一声：“我认识你，布兰科·巴比奇？”她大笑着摘下面纱和眼镜。

“泽拉塔！”他惊讶地说，他刚想改口称“泽拉塔小姐”，又生生咽了下去。泽拉塔曾经说过他应该称呼她“小姐”，可是他打心眼里不喜欢这么叫她。她站在他的面前，的确如帕夫勒说的那样，美丽动人——棕色的卷发，白皙的额头，金色的眼眸里藏着点点星光，几乎让他不敢直视。

布兰科的目光停留在她身上，舍不得离开。

“你知道哪里能修车吗？我的车胎坏了。”泽拉塔又说了一遍。

布兰科如梦初醒：“我也许能帮上一些忙，以前我经常看林格纳茨换轮胎。”布兰科很快就换好了备用轮胎。

“才用了六分钟。”泽拉塔看了看手表，“你真是个能干的家伙。我应该给你多少钱？”她从皮包里掏出一只小钱包。

“不用。”布兰科用力摇摇头，“你上次帮我松绑，我还没谢谢你。”

“说的也对。”

“我早该谢谢你，”布兰科说，“只是当时跑得太急了，从那之后就再也没见过你。”

“我找过你一阵子，但是没找到。”

“你找我？”布兰科惊讶地问。

泽拉塔点点头：“我就想知道，那个被我爸爸和塞尼警方满城搜捕的男孩子，究竟去哪里了。”

“我们一直在……”布兰科刚说了几个字，突然又打住了。他意识到自己并不是很了解泽拉塔。

“你们一直住在古堡。”泽拉塔替他把话说完，“后来警察来了，你们就离开了。我什么都知道。”

“是的，然后……”布兰科刚开口，却又停住了。也许她在套他的话？

女孩似乎读出了他的心事：“不想说就算了，但是请你相信我，我不是个告密者，更不会出卖别人，尤其是你。”

布兰科还是很为难：“我们当时发过誓……”

泽拉塔笑了：“行了，我知道了，你们成立了一个帮派。”

布兰科骄傲地说：“我们是乌兹柯克人！”

“乌兹柯克人？”女孩表情里既有嘲讽，也有诧异，“那红发左拉呢？”

“红发左拉是我们的首领。”

泽拉塔看了他一眼：“你一个男孩子，为何要听一个女孩的差遣？”

“她没有差遣我们，左拉是我们之中最勇敢的人，很久以前，乌兹柯克人之间也有一位特别勇敢的姑娘。”

泽拉塔点点头：“是的，我在书上读到过。不过我希望你知道，真正的乌兹柯克人是英雄，也是骑士。”

布兰科昂起头，不服气地说：“我们也是！”

“那你们平时怎么填饱肚子？”

布兰科脸红了：“找到什么，就吃什么。”

“这么说，你们的确是我父亲口中的小偷和混混喽？”

布兰科咬住嘴唇：“我不是小偷。”

“那就是其他人把东西偷来给你吃？”

“不是。”布兰科避开她的目光，“不管怎样，我们总得活下去。”

泽拉塔也移开了目光，沉思着：“也对，你们也没有办法。”

这时，她看了看手表，惊叫：“哎呀！我必须回家了。”临上车前，她又把手伸进皮包里。“如果你一定不要我的钱，那就收下这个吧。”她掏出一个小包裹，扔给布兰科，“这是我给弟弟买的，现在归你了。”

说完，她等不及布兰科道谢，便跳上车子。临走时，又回头看了布兰科一眼：“对了，你们的塔楼最近在闹鬼。”

布兰科手捧着包裹，不知所措地愣在那里，不知道该怎么回答。“哦，”他硬是挤出一丝微笑，“我们不怕鬼魂。”

“相信我，”她焦急地说道，“真的很可怕，我爸爸告诉我的，他昨天夜里亲眼看到的。”

“真的吗？”布兰科心知肚明地笑了。

女孩恍然大悟：“是你们扮的吧？”

布兰科耸了耸肩膀，没有说话。

她瞥了他一眼：“行了，我不会告诉别人的。”说完，她开着车扬长而去。

布兰科开始拆包裹，包装得相当结实，一层硬纸，一层棕色的和一层白色的外膜，一个小盒子出现在眼前。他打开盒子：“口琴！她送了我一把口琴！”布兰科欣喜若狂地把口琴捧在手里。

后来，左拉做好饭来叫他。

“该回去吃饭了。”

布兰科好像没听见似的，依然傻傻地望着手上的口琴。

左拉用力推了他一下：“喂？”

布兰科说：“我又见到那个女孩了。”

“哪个女孩？”

“曾经帮我松绑的那个女孩。”

“泽拉塔？”

“对，就是她。”

“然后呢？”左拉又问。

“她送给我一把口琴。”

说完，他小心翼翼地把口琴举到嘴边，试探性地吹了起来。

# 第十八章　跳海

回去后，不管布兰科做什么，他都会不由自主地想起泽拉塔。一想起她明亮的大眼睛和泛着红晕的脸庞，他就会情不自禁地露出喜悦的表情，仿佛她还站在他身边一般。还有那个让他爱不释手的口琴，他摸索着吹出了音调。到了傍晚，他已经能顺利吹出曲子了。

什么时候才能在她面前吹奏一曲呢？不知明天早上能不能再见到她。刚才她走得那样匆忙，他终究还是没有郑重地谢谢她，谢谢她为他松绑，再谢谢她送给他的口琴。他也想送给她一件礼物，送什么好呢？他来到海边，潜入海底摸贝壳。潜了好几次，他终于捞了几枚漂亮的贝壳。其中一枚粉红色的特别精巧别致，壳身薄如蝉翼，几乎是透明的。另一枚颜色更深一点，没那么精致，但胜在个头巨大、形状奇特。他用细沙把贝壳打磨光洁，然后揣进口袋。

老爹晚上才回到家。这一整天，他都待在城里，跟拉迪克以及他的老板库库利克谈判。

渔业公司还是不肯给他用车，他只好往苏萨克打了电话，联系了那边几家专门加工金枪鱼的大型罐头工厂。可是他们也不愿意派车来拉货。恰恰相反——老爹说到激动处，拍起了桌子——几位厂长明白地告诉他："我们这里所有的工厂都跟渔业公司签订了固定合同，只能从他们那里或者通过他们的渠道采购鲜鱼。如果您的收成特别好，建议您还是找渔业公司吧。"听了他的话，奥洛维克垂头丧气地说："他们明摆着联手对付我们。"

老爹气得脸色通红。

"现在呢，你要不要把鱼卖给渔业公司？"奥洛维克问。

老爹摇摇头："不卖。我已经跟德拉冈借了手推车，明天我自己去集市上卖鱼，我倒要瞧瞧他们会不会拦我。"

这时，左拉端上了晚餐。丰盛的晚餐赶走了老爹的坏心情，他朝孩子们眨眨眼："听说，你们现在出名了？"孩子们连笑带闹，一股脑儿将昨晚的事情讲给两位老人听。

老爹哈哈大笑："我还听说，为了压惊，贝高维奇坐在亚得里亚旅馆，一杯接一杯地灌了好多酒。"

"市长也逃跑了？"奥洛维克难以置信地问。

"跑得可快了。真的！"大家一再向他保证。

"而且所有人当中，就数他腿最长，逃得最快。"尼古拉补充道。

"这下好了，"老爹高兴地说，"就连市长本人也相信乌兹柯克人的鬼魂回来了，那么起码接下来一段日子里，他们不会再去骚扰你们了。"

## 第十八章 跳海

太阳下山后，他们告辞了。这次帕夫勒也跟他们一起回去，他很想念属于他的地盘。而布兰科，一整天都魂不守舍，刚一躺下，便迫不及待地从兜里掏出乐器吹了起来。第二天醒来的第一件事还是吹口琴，直到杜罗来叫他一起去库尔沁家拿面包。除了旧面包，库尔沁还给他们准备了新鲜的面包，甚至还有一块蛋糕。自从他从孩子们口中知道了妻子出轨的事情，就对他们多了几分关爱。

像往常一样，杜罗拿起面包，打算立刻返回塔楼，布兰科却满脑子都是泽拉塔。也许他可以趁此机会把贝壳送给她。

“你可以一个人回去吗？”他问杜罗。

“你要去做什么？”杜罗追问道。

“没什么，”布兰科含糊地说，“我要去找我的朋友林格纳茨说点事儿。”

“那好吧。”杜罗自己走了。

布兰科蹑手蹑脚地走出面包店，穿过院子，然后走进空无一人的铁匠铺。萨格勒布酒店就在铁匠铺的正对面。他并没有对杜罗撒谎，自己的确要去找林格纳茨。因为林格纳茨能帮助他再见到泽拉塔——他工作的酒店就在市长家隔壁。

没想到，林格纳茨告诉他，泽拉塔一刻钟之前去浴场游泳了，中午之前不会回来。回去的路上，布兰科突然瞥见有一个黑影，于是，他猫着身子躲到树丛后面躺了好一会儿，一直等到四周恢复了寂静，他才钻出树丛。

塔楼里，其他人点起篝火，帕夫勒正在做烤鱼，他将鱼翻了个面，淋了点油在上面。

“你去哪儿了，现在才回来？”左拉问他。

布兰科脸红了。“去……去了城里。”他突然结巴起来。

杜罗一撇嘴：“他去找林格纳茨打听一个女孩子。”

“你跟踪我？”布兰科恼羞成怒地瞪着他，原来山上的黑影就是他。“卑鄙小人！”他骂了一声，扭过头，不再理会杜罗。

“是那个救过你，又送你口琴的女孩吗？”左拉看着他。

布兰科的脸更红了：“是的。”

“你见到她了？”

布兰科摇摇头：“没有。”

……

回到老爹家后，忙完了该做的事，等伙伴们的身影消失在路口，布兰科便朝着海水浴场的方向跑去。跑了一半路程后，岸边的礁石渐渐多了起来，看来他只能游过去了。他从礁石上跳进海里，像鱼儿一样游了很远，方才把头伸出水面。

微风从拉布岛的方向吹过来，海浪越来越高，一会儿把他送上浪尖，一会儿又将他压进海里。布兰科庆幸自己现在在海里，因为这样，他才能更加靠近浴场，而不被人看见。

前方就是塞尼的海水浴场，被当地人亲昵地称作“我们的浴场”。它被圈在围栏里面，布兰科从没进去过。平时他只要想游泳，哪里都可以，唯独这里没有来过，因为进去游泳要先交钱，然后再戴上手牌，而这两样东西布兰科都没有。浴场里全是人，他找了一圈，看见泽拉塔正和几个男孩女孩坐在一块临海的礁石上。

# 第十八章 跳海

他小心翼翼地朝礁石游去，礁石的旁边有一道狭窄的裂缝，一直伸到海里，他可以先躲在那里，顺便歇口气，等身上的衣物晒干再爬上去。

泽拉塔躺在一条绣着大花的浴衣上，头上撑着一把淡黄色的阳伞，正聚精会神地看书。

布兰科轻轻地走到她身边："早上好。"

泽拉塔抬头一看，立刻瞪大了眼睛："是你？"

"没错，就是我。"

"你经常来这里？"

"不，"他笑了，"今天第一次来。"

"不错，"她看了他一眼，"请坐吧。"

布兰科从口袋里掏出贝壳，说："我给你带了礼物。"

"呀，好漂亮，"泽拉塔拿起那枚小的，"像一只耳朵，一只特别小的耳朵。"

布兰科又递上第二枚："这一枚会唱歌。"

泽拉塔将耳朵贴上去，惊讶地噘起了嘴："真的有声音，里面装着整个大海。"

布兰科又从口袋里掏出口琴，认认真真地吹了起来。泽拉塔听着听着，突然坐起身问："这是什么旋律？"

"是我爸爸经常演奏的一支曲子。"

"他也会吹口琴？"

布兰科笑了："我爸爸是塞尼最出色的小提琴手。"

"最出色的？那我一定要去听听，他在哪儿拉琴？"

布兰科的目光黯淡下来："他在环游世界。"

"把你一个人留在这里？那你妈妈呢？"

布兰科摇摇头："我妈妈去世了。"

女孩问："很久了吗？"泽拉塔现在才注意到眼前的高大男孩衣衫褴褛："那没有人照顾你？"

布兰科挺起腰背："我跟你说过，乌兹柯克人不需要人照顾。"

这时，有人抓住了他的肩膀，与此同时，一道刺耳的声音说："你想做乌兹柯克人？哈哈，也不照照镜子，小流氓，你就是个微不足道的小流氓！"

布兰科挣脱开，愤怒地转过身。站在他身后的，是龇牙咧嘴、又高又壮的小卡拉曼，而且他不是一个人来的，中学生们以及几个女孩全都围了上来，此刻他们脸上带着得意的狞笑，将他团团围住。布兰科仿佛掉进一个陷阱，四周全是虎视眈眈的野兽。他握紧拳头："刚才谁叫我小流氓？"他盘算了一下，打算挑离自己最近的那个人下手。

小卡拉曼上前一步，市长儿子和小斯莫扬也作势要扑上来。泽拉塔扔下她的阳伞，用力推开小卡拉曼和她的弟弟："不许欺负他。"她的语气强硬、表情严肃，一瞬间震慑住了那帮男孩。她的弟弟最先回过神来，恼火地说："我跟你说过几次了，别插手我们的事。"

"我才懒得管你，"女孩用坚定的语气回答道，"但是他是来找我的，我必须保证他的安全。"

"嘀！"小波佐维克挖苦道，"没想到漂亮的泽拉塔会跟小偷做朋友。”

“是呀，”小穆勒也大喊道，“泽拉塔跟小混混玩到一起啦！”

小卡拉曼更过分：“也许她爱上这个小偷了吧。”他苍白的脸上露出不怀好意的贼笑，随后哈哈笑出了声。

“我……”布兰科气得语塞，紧紧地攥住了拳头，一时竟不知说什么好。

“说呀！”小斯莫扬嘲弄道。

“对，你有种的话倒是说呀。”小波佐维克附和着。

“说说看，你究竟是什么人。”小穆勒也来煽风点火。

他们一步一步逼近，再次包围了他。布兰科剧烈地喘息着。是的，他还能跟他们说什么呢？不如把真相化为拳头，狠狠地砸在他们的脸上。然而，他却感受到泽拉塔正牢牢盯着自己，似乎也在期待他的回答。

“我告诉过你们，”他大声说道，语气坚定得像是在发誓，“我不是小偷。”

“你偷了我家的杏子，还说自己不是小偷？”小伊威科维奇推了推鼻梁上的眼镜，生气地反驳道。

“你洗劫了我辛辛苦苦攒下来的货物，还说自己不是小偷？”小波佐维克也控诉道，他气得脸都红了。

“你们放跑了我养的动物，那根本就是犯罪，你们都应该受到惩罚！”说着，小斯莫扬往前逼近一步。

“最可恶的是，你们还放干了我家池塘里的水，”小穆勒说，“因为这件事警察现在还在追捕你们。”

“你们自己心里清楚，”气愤的布兰科不甘示弱地吼道，“我们所做的这一切，都是因为你们合伙欺负斯蒂潘一个人！”

“那你在集市上偷鱼呢？被我爸爸抓住那一次。”小卡拉曼打断他的话，“那时候我们没有欺负斯蒂潘吧。”

“他因为偷鱼已经进过一次监狱了！”小波佐维克补充道。

布兰科一下子失去了底气：“那次是因为我太饿了。”

中学生们哄堂大笑。

市长儿子趾高气扬地说：“所有的小偷都是用这个理由偷东西，你也一样应该被关起来。”

布兰科气急：“那条鱼是我从地上捡的！我没有偷！”

“不管你怎么狡辩，反正这次你还得进监狱。”市长儿子叫道。

小斯莫扬又上前一步，恶狠狠地说：“进去之前，我们先把你的骨头打断。”

泽拉塔连忙挡在他们之间，大声说：“不许动他，除非你们连我一起打！”

她的弟弟说：“你难道不知道爸爸悬赏了一大笔钱要抓他吗？穆勒，去把浴场管理员叫来。”

“就算他真的有罪，也应该由贝高维奇或多尔德威克来抓他，而不是你们。再说了，我绝不能眼睁睁地看着你们这么多人欺负他一个。”

小卡拉曼威胁道：“那就别怪我对你不客气了，你们几个，赶紧上！”说着，他抓住泽拉塔的胳膊。

# 第十八章 跳海

布兰科的前面是不断逼近的中学生以及一堵根本无法翻越的木板墙；另一侧则是陡峭的礁石，一波又一波的海浪不断冲击着。中学生们马上就要抓住他了。

布兰科突然猫下腰，脑袋狠命朝小卡拉曼的肚子上撞去，然后瞅准时机，跃过小卡拉曼，没等其他人反应过来，他已经站在了陡峭的礁石尽头，距离海面大概有八到十米。

布兰科笔挺地站着，年轻的身体在阳光下像是一尊青铜雕塑。他飞快地在胸口画了一个十字，默念着“妈妈”，像一条大鱼一般从礁石上坠落。人群中发出一声惊呼，布兰科甚至听见了泽拉塔的声音。

其实并没有看起来那么可怕，布兰科闭上双眼，伸直手臂，一下子便置身于柔软而温暖的海水中。为了保险起见，他又在海里潜了一阵子，待远远地离开礁石后，方才浮出水面。没有人敢跟在他身后跳下去，布兰科只是运气好。中学生们目瞪口呆地站在那儿，傻傻地看着海面，却又无计可施。后来赶到的浴场管理员摇了摇头——就算悬赏一千第纳尔，他也不敢追上去。布兰科仰面浮在海上，望着礁石的方向。泽拉塔还站在那里，站在人群的最前面——正是刚才他跳下去的位置。

她一定被吓坏了吧，他的耳边仿佛依然回荡着她的尖叫。于是他朝她挥了挥手。泽拉塔举起阳伞，也向他挥舞了几下。一个浪头打过来，将布兰科淹没在海水里，等他重新浮出海面时，泽拉塔依然在礁石上不停地挥手。第二波浪头又把他卷入海里，他只好转身换个姿势，迎着起伏的海浪，径直朝海湾游去。游了将近一个钟头，才抵达老爹家。伙伴们都在等他，左拉更是一直守在岸边：“你跑哪儿去了？”

布兰科甩了甩衣服和头发上的水珠，尴尬地说：“哦，我去游泳了。”

杜罗在一旁瞥了他一眼：“他撒谎，他去海水浴场了。”

布兰科生气了：“你能不能不要再这么卑鄙地跟踪我？”

杜罗满脸讥讽地笑了：“我想干什么就干什么，你管不着。”

左拉皱着眉头问：“你又去找泽拉塔了？”

“是的。”布兰科索性不再遮掩。

“他还从那里跳了海。”杜罗插嘴说。

左拉惊讶地说：“跳海？”

布兰科点点头：“我遇见了那帮中学生，他们想抓住我，还叫来了浴场管理员。”

“你从哪里跳海？”左拉又问。

布兰科指着远方：“就是那块礁石。”

左拉惊讶得合不拢嘴：“从那里？”她的目光中既有佩服，也有恼怒。

“是的，当时他们把所有的去路都堵死了。”

晚饭后，布兰科又到海边坐了一会儿。不知道泽拉塔是否相信他当时的解释？她会不会也把他看作小偷和混混？布兰科又掏出口琴，吹了起来。

不知何时，左拉来到他身旁坐下。她问：“你去找泽拉塔做什么？”

“她送了我口琴，所以我找了两枚贝壳作为回礼。”说完，布兰科继续吹口琴。又过了一会儿，左拉把头靠在他的肩上。

“你喜欢她吗？”她问布兰科。

“我不知道。”布兰科顿了一下又补充道，“她真的很美。”

# 第十九章　扔鱼大战

第二天一早，老爹发现少了布兰科，孩子们摇摇头。“他肯定去找那个女孩了。”杜罗语带嘲讽地说，把他所知道的事情全部告诉了老爹。

“原来是这么回事，布兰科看上了市长家的千金。”老爹哈哈大笑。

杜罗猜得很对。此时布兰科正在前往塞尼的路上。昨天夜里，一个念头折磨得他不得安宁：泽拉塔会不会相信中学生们的谗言，觉得他是个小偷——甚至相信小斯莫扬的话，认为他犯了罪？因此在第一声鸡叫之前，他就起床了，他要立刻去塞尼城见她一面。

这次进城比上一次还要早。萨格勒布酒店还没有开门，等了快一个小时，林格纳茨终于打开酒店的大门。他接连打了几个哈欠，伸着懒腰往外望去，一下子看见了守在旁边的布兰科。

“冒失鬼，又是你。”他嘟哝着，“又来找泽拉塔小姐？”布兰科点点头，小心地从口袋里掏出刚刚从卡拉曼家摘的新鲜杏子：“我来给她送几颗杏子。”林格纳茨撇了撇嘴，告诉布兰科，

## 第十九章　扔鱼大战

泽拉塔小姐每天去餐厅吃早餐，都从酒店围墙外的小路经过，布兰科可以在那守株待兔。然而当泽拉塔出现时，布兰科正在观察两只白色大鸽子。他看得入迷，等他反应过来时，女孩已经走进了餐厅。布兰科别无他法，只好翻过围墙，蹑手蹑脚地跟了上去。

窗户是开着的，布兰科索性推开窗子跳进屋里。

泽拉塔吓了一跳。“谁？”随即她笑了，“啊，原来是你，你为什么不像其他人一样敲门进来，非要跳窗户？”

“因为……我不想被人看见。”布兰科吞吞吐吐地说，他站在女孩面前，有些手足无措。

“好吧，不管怎么说，我很高兴看到你从那么高的地方跳下去之后居然还活着，甚至今天还能跳窗户。昨天你把我吓死了。”

“其实当时我也很害怕，”布兰科老老实实地承认，“可是还能怎么办呢？要是不跳海，现在我已经在监狱里了。”

泽拉塔温和地问：“那么，今天一大早就闯进我家，又是为了什么？”

“这个……我是想……”布兰科结结巴巴地开了口，刚说几个字又卡住了。

“说吧。”

“我只是想来告诉你，你弟弟他们说的不是真的。”

泽拉塔微微一笑。“那你自己告诉我，到底发生了什么。”她指了指桌面，“我们不如边吃边说。”她推给他一把椅子，又为他拿了一个杯子。

“这是给我的？”布兰科很不好意思，眼睛却一直盯着满桌的食物。

“当然！难道你吃过早饭了？”泽拉塔给他倒了一杯可可，“来吧，快坐下。”她把桌上各种各样的面包和蛋糕推到他面前。布兰科瞪大眼睛，开始狼吞虎咽，几乎把桌上他能够到的食物全都塞进了嘴里。

女孩望着他吃饭的样子，觉得很有趣。“再来点果酱吧，”她替他把果酱涂在羊角面包上，“还有蜂蜜和黄油呢，喝点可可。”布兰科吃得停不下来，完全忘记了此行的初衷。

泽拉塔又给自己倒了一杯咖啡：“吃饱了吗？现在可以告诉我，我弟弟他们哪里说错了？”于是布兰科把所有的事情告诉了她。泽拉塔仔细听着，时而大笑出声，时而露出难以置信的表情，但是并没有打断他。等到布兰科一口气说完，她才开口说话：“这么说来，斯莫扬的话不对，你们的确没有犯罪。可是你们确实偷了东西，也确实干了坏事，从这个角度看，我爸爸叫警察抓你们也不是完全没有道理。”

“你的意思是，不属于任何人的东西被我拿了，也算偷窃？”

泽拉塔微笑着说：“我觉得不存在你说的‘无主之物’，世界上所有的东西都有它的主人。”

布兰科愣住了，这么说来，他的的确确是个小偷，尽管他曾经发誓绝不偷东西。这时，他想起口袋里的杏子，于是小心地掏了出来。“我差点忘了，”他将杏子放在桌上，“我还给你带了这个。”

“噢，多漂亮的杏子。”泽拉塔闻了一下，轻轻地擦了擦表皮，然后咬了一口。突然，她盯着布兰科："这不是偷来的吧？"

"才不是呢！"布兰科用力摇摇头。

"那是哪来的？"她继续问。

"树上的。"

"还是偷的呗？"

"摘果子怎么是偷呢？"布兰科争辩道，"而且果树生长在城外，谁都可以摘。"

"这是谁说的？"

"人人都这么说。"

"种果树的人也这么说？"

"是神让果树生长，结出果实。"

泽拉塔笑得更大声了，然后，她的神情变得严肃："好吧，也许你说得对。神让果树生长、结果，但是种树的却是人。或许跟城里的树相比，城外的果树需要人付出更多的辛劳与汗水，必须时常浇水、细心呵护，在小树苗的旁边打上木桩帮助它们生长，还要施肥，如果他是个负责任的人，每年秋天和春天还要去翻一翻土。相信我，正是因为这棵树远在城外，所以种下它的人更有权利收获它的果实。"

"可是树上结了很多杏子，"布兰科不服气地说，"我只摘了三个，树上起码还有几百个。"

"如果一百个人跟你有同样的想法，每个人都摘走三个，那种树的人就没有杏子吃了。"

这下轮到布兰科得意地笑了："一百个跟我一样的人？"

“你笑什么？”

“因为这个城市里不会有一百个像我一样的穷人，就算有，他们也不至于饿到去摘城外果树上的杏子。”

“我被你打败了。”泽拉塔承认，“但是就算塞尼城找不出一百个这样的人，只要你摘了别人果树上的杏子，你依然是个小偷。”

她站起身来：“不过，我不会因为这个而讨厌你，今后我还是你的朋友，如果你愿意，明天、后天都可以来找我，我们可以继续聊天。现在我要去游泳了，女仆和我弟弟随时都可能进来。你最好还是赶紧走吧。”她把一块蛋糕塞进他的口袋。布兰科原路返回，又特意绕了一大圈远路，才回到老爹家。

集市上的情况却不像昨天那么顺利。格里安老爹今天又新捕了几条金枪鱼，孩子们帮他把车推到城门附近，然后让帕夫勒陪老人一起去集市——反正大家也不怎么认识他。他们刚打算叫卖，鱼贩拉迪克就来了，把鱼摊支在老爹不远处。

然后，拉迪克走到他们的摊位面前质问道：“格里安，你有售卖许可证吗？”

老爹笑了：“我爷爷在这儿卖过鱼，我爸爸在这儿卖过鱼，我没有许可证，也照样在这儿卖鱼！”

“没有市政府签发的许可证，就不能在这里卖鱼！”拉迪克争辩道。

老爹冷笑道：“去找你的市长告状吧，我等着。”

“你别后悔。”

“去你的吧，”老人生气地说，“你要是再杵在这儿阻碍我卖鱼，我就对你不客气了。”

“你给我等着。”拉迪克连忙开溜。

“尽管来呀，”老人一边说，一边给顾客称了两公斤鱼，“下次再来我就拿棍子招呼你。”

他俩争吵的时候，许多人围了过来。“什么许可证，就是渔业公司的阴谋。”一个小个子渔夫说。老爹认得他，生气地说：“可不是嘛！他们想把我们吞了，就像大鱼吃小鱼那样。”又苦笑道：“现在连我老老实实卖鱼都不允许了。”

这时，一个工厂女工把她的网兜递过来：“给我称一磅鱼。”

“我也要。”

“我要两磅。”

老爹负责切鱼、称重，帕夫勒把切好的鱼块打包给顾客。

“看样子这次你们捕到不少鱼嘛。”木匠帕契克一口气买了四磅鱼。

“多到足以喂饱整个塞尼城。可是渔业公司不愿意收购，除非我跟老奥洛维克跟他们签卖身契。”小个子渔夫立刻接口道：“之前他们也是这样算计我的。”“我不会让他们得逞的。”老爹一边铿锵有力地说，一边又切了一块鱼肉。转眼间，鱼已经卖出去一半。他挑了一块品质特别好的，打算包起来卖给萨格勒布酒店的林格纳茨。

这时候，讨厌的拉迪克又来了，这次他身后跟着又高又壮的贝高维奇。

“就是这个人！”拉迪克指着老爹说。

贝高维奇用警棍拨开顾客，吸了吸鼻子，捻了一下胡须，然后又将警帽扶正，举起警棍，凶巴巴地质问老爹：“是你在无证经营？”

老爹不慌不忙地把林格纳茨的鱼包好，在裤子上擦干两只手，这才看着贝高维奇，平静地回答道：“是的，我无证经营。”

“你不知道最新出台的禁令吗？”

“不，我不知道。”

拉迪克插嘴说：“我明明告诉过你。”

“我也跟你说过，不要再让我看见你，”老爹厉声说，“难不成你能够代表政府？”

“那我现在告诉你了。”贝高维奇一边说，一边示威似的将警棍在老人的面前晃悠来晃悠去。老爹又拿起一条鱼：“贝高维奇，把你的警棍拿开，否则我对你不客气。”

贝高维奇不由得倒退一步：“你敢不听我的话？”

“把书面的公文拿给我，我要亲眼看看市长先生又搞出什么新花样来对付我们这些自由民。不过，就算你拿得出书面的东西，也尽可以告诉你的上司，”老爹指着手推车上卖剩下的鱼，“哪怕不给我许可证，我还是会把这些鱼卖掉，就算其他警察，甚至市长本人来，也休想拦得住我。”

“说得好！”小个子渔夫叫道。木匠帕契克也高喊：“说得好！”其他围观的塞尼市民纷纷喝彩，毫不犹豫地站在老爹这边。

## 第十九章 扔鱼大战

贝高维奇被民众的敌意吓得连连后退。“好吧，”他忿忿地说，“我回去拿公文。”

他又挥舞了一下警棍：“等我回来再收拾你，还有你的鱼，到时全部没收！”

说完，他朝市政厅方向去了，拉迪克紧跟在他后面。他们吵架的时候，帕夫勒一直在手脚麻利地卖鱼。警察离去后，人们买鱼的热情高涨，等贝高维奇和拉迪克领着一名官员回来时，手推车上的鱼差不多都卖光了。拉迪克见到这一幕，脸上露出嫉妒的表情。贝高维奇则恼怒地瞪着眼睛。

官员摆好姿势，开始宣读公文：“特此公告所有塞尼及周边地区的渔民，在塞尼集市上售卖鱼类及其他海产品须获取许可证。许可证可由相关人士向市政府申请，签发权归市政府所有。”

“好吧，”老爹说，“请问申请需要多久？”

官员一本正经地说：“市政府每个月签发一次。”他又补充道：“这个月的已经签发完了，您至少要再等二十五天。而且您得做好准备，目前可能还不止二十五天，因为您的前面还有七十二份申请等待签发。”

“也就是说，要一直等到我乖乖就范，或者所有鱼全部烂掉！多好的政府，多好的市长啊！统统见鬼去吧！”说完，老爹愤怒地吐了一口口水。

“格里安！”贝高维奇晃晃警棍，“辱骂政府可是犯罪！”

格里安老爹大声骂道：“如果这也算犯罪，那我打算每天至少‘作案’三次。”说着，他又朝地上吐了一口唾沫。

官员仿佛既没有听见也没有看见老爹的反应，他走到小推车前继续说："政府提醒已经提出申请并在等候期的渔民，可将鱼委托给已获取许可证的人士售卖——例如拉迪克先生。"说着，指了指拉迪克。

"你们想得可真周到啊！"老人这下被彻底激怒了，"但是你们听清楚了，我宁愿把鱼无偿送给大家，也不会屈服的。"说着，他拎起手推车上仅剩的最后两尾鱼，抛了出去。

鱼"啪"的一声落在贝高维奇和官员的脚边。官员看也不看，转身离去。贝高维奇的脸红得像番茄一样，一会儿看看格里安，一会儿又看看地上的鱼。集市上至少有五十个市民在围观，他们发出阵阵哄笑，贝高维奇终于忍不住一脚踢飞地上的鱼，气鼓鼓地扛着警棍走了。拉迪克发现情况不妙，也识相地回到自己的摊位，跟妻子一块儿卖鱼去了。

老爹决定跟小个子渔夫及帕契克一起，去亚得里亚旅馆的酒吧喝几杯红酒消消火。

帕夫勒则推着空车回家，他把集市上的经过告诉了其他人，并说："我们应该教训一下拉迪克……咦，布兰科还没回来吗？"

"他呀，一定是又去找那个女孩，给她吹口琴！"杜罗讥笑道。

突然，布兰科不知从哪里冒了出来。"我知道该怎么做。我早就回来了，刚才帕夫勒说的我都听到了。"他又看了一眼杜罗，"包括他说的。"

杜罗才不会轻易认输，他冷笑道："偶尔听一听朋友对自己的看法，没什么不好。”

“你是我的朋友？我怎么不知道。乌兹柯克人从来不在兄弟背后嚼舌根，要是在从前，像你这样的卑鄙小人是要受鞭刑、下地狱的。”

“你说我是卑鄙小人？”杜罗的脸涨得通红。

“是的，你要是没听清，我不介意再说一遍。”

左拉连忙分开这两只斗鸡：“要是想打架，等晚上回来再打，现在我们要去帮老爹出气。”说着，她又看了布兰科一眼：“说说你的计划。”

一阵嘀嘀咕咕过后，帕夫勒和尼古拉拿推车拉了一只神秘的木桶去了集市。杜罗去找库尔沁，左拉去找林格纳茨，布兰科去找艾莲娜和她的新郎里斯塔以及工厂女工——他们都是安卡生前的朋友。

拉迪克和老爹吵架的事很快便一传十，十传百，传得沸沸扬扬。此时，拉迪克正左顾右盼地等着客人光临。贝高维奇则像一条忠实的看门狗，晃悠着警棍在人群中反复巡逻，还时不时竖起耳朵偷听别人说话，但他堵不住悠悠之口，大部分人都选择站在老爹这边。民众的支持带来的后果就是拉迪克两口子几乎一条鱼也没卖出去。库尔沁穿着木屐，踢踏踢踏地走到拉迪克的鱼摊前，问他有没有时间去喝一杯。满腹苦闷的拉迪克欣然同意。

拉迪克走后，帕夫勒和尼古拉推着小车来到拉迪克摊位前：“您丈夫刚刚买了一些鱼，帮您放哪儿？”拉迪克妻子——一个矮胖的、鼻子不太好使但并不让人讨厌的女人——正在核对鲭鱼的重量，随口答道：“倒进摊位下面的大木桶里吧。”他俩照做，然后赶紧推着车离开了。

大概两分钟后，艾莲娜同一位女友一起来到摊位前，要买一条金鳊鱼。拉迪克太太很高兴，终于有人来买鱼了！她立刻挑了一条，开始称重。

这时，艾莲娜吸了吸鼻子，瞪着眼睛说：“您的鱼臭了。”

“哪里臭了?!”拉迪克太太很生气。

这时，艾莲娜的朋友也拉下脸说：“当然啦，呸，好臭啊！”说着，把挑好的金鳊鱼又扔回摊上。

拉迪克太太气急败坏地发誓：“我们家从没卖过臭鱼！”

林格纳茨背着大大的竹筐，“刚巧”从这里路过：“发生什么事了？”艾莲娜连忙拉住他：“你有没有闻到一股臭鱼味？”林格纳茨嗅了嗅：“哇，好臭啊！”

拉迪克太太气愤极了：“您自己看看我的鱼，全是昨天才出水的。”

废品贩子苏斯奇也打旁边路过，拉迪克太太认得他。“苏斯奇先生！苏斯奇先生！”她像是找到救星了一般，“帮帮我吧，他们污蔑我卖臭鱼！”

“这……”老苏斯奇接连吸了好几下鼻子，“哎呀，我都不敢相信，拉迪克太太，你这儿比我这个收破烂的老头儿身上还臭，真的，骗你我就不叫苏斯奇。”

越来越多的人拥过来，他们都闻到了臭味，议论纷纷。至于集市上那些错过了好戏的人，孩子们也有的是办法。但凡有一个人问："那边怎么了？"乌兹柯克少年就会箭一般地冲过去，大声嚷嚷："拉迪克卖臭鱼！拉迪克卖臭鱼！"

五分钟后，围在拉迪克摊前的人比先前围观格里安吵架的人还要多，此前就被激起的民愤此刻再次沸腾起来。人们纷纷叫喊着："拉迪克的鱼是臭的！

一个老婆婆恨恨地说："这个坏家伙！渔业公司赶走了自由的渔民，现在要来毒害我们了！"

"可不是嘛，"艾莲娜说，"太可耻了！"

里斯塔带着几个水手走了过来。"亲爱的，怎么了？"他问艾莲娜。

"这个女人把臭了的鱼卖给我。"

"我没有！我没有！"拉迪克太太绝望地绞着双手，"我的鱼都是新鲜的！"里斯塔和水手们也四处嗅了嗅。

"拉迪克婶婶，"里斯塔说，"这鱼都臭得要死了，我看，最好还是把它们全都倒掉吧。"

"对，倒掉！"人群中有人呐喊，"倒掉！倒掉！"大家纷纷拥上来，想要把装着鱼的大木桶彻底掀翻。

"我的鱼！我的鱼！"女人号啕大哭，"哎哟，我的鱼！"这时，贝高维奇终于出现了，他刚刚在娜哈奇酒吧喝了一点儿烧酒，好驱散今日吵架带来的郁闷。"又怎么了？！"当他艰难地来到摊位前，第一个大木桶已经被掀翻在地了。

"这究竟是怎么回事？"他怒吼一声，一棍子打在为首的里斯塔身上。里斯塔揉着后背，退到一旁："我看你是喝多了吧，我们这是主持正义。”“究竟怎么了！”贝高维奇提高了音量，脸色通红，像是马上就要爆炸。

“拉迪克卖臭鱼！”旁边突然有人喊道，“拉迪克卖臭鱼！”“闭嘴！”贝高维奇晃着警棍命令道。接着，他来到拉迪克妻子身边。可怜的女人已经止住了哭泣，她指着地上的鱼说：“我的鱼都在这里。哪有臭鱼！”贝高维奇将他的酒糟鼻凑过去，使劲闻了闻。所有人都安静下来把目光集中在警察身上。只见他摘下帽子，理了一下头发，再次凑上去闻了闻，然后脸上露出疑惑的表情，额头上冒出点点汗珠。

“真的臭了。”他证实道，随后退了回来。

“现在相信我们了吧？”里斯塔对鱼贩妻子说。紧接着，他走上前去，推倒了第二个大木桶。一大堆鱼掉在地上，洒落在人群中。有些人弯下腰捡起几条，有些人则将它们踏在脚底，或者一脚把它们踢飞。林格纳茨率先抓起一条鱼，砸向贝高维奇，艾莲娜也捡起一条递给里斯塔，眨眼工夫，一场多人混合扔鱼大战开始了。

直到拉迪克赶来，人群才被再次分开。本来喝完第二杯，拉迪克就打算离开了，没想到卡拉曼牵着狗来了，拉迪克只好又陪着喝了第三杯。刚打算倒第四杯，尼古拉走过他的身边，尖声叫道：“拉迪克！拉迪克！他们砸了你的鱼摊！”

拉迪克立刻跳了起来，差点掀翻了桌子：“谁干的！”他撒腿就跑，跑到摊位一看，鱼像玩具一样，被人扔来扔去。

“你们疯了吗？”

# 第十九章　扔鱼大战

“哈哈！”艾莲娜叫道，“拉迪克来了！”没等他反应过来，一条大鱼“啪”的一声打在他脸上，是艾莲娜，她本准备攻击贝高维奇，鱼贩一来便马上改变了目标。其他人纷纷效仿，一条又一条鱼像炸弹一样朝拉迪克飞过来。不管鱼贩如何声嘶力竭地解释他的鱼并没有臭，也不管他如何哀求大家住手，就连贝高维奇和卡拉曼上前帮忙，民众们依然没有停手的意思。他们一边用鱼攻击，一边将渔业公司骂作“投毒犯”。扔完最后一条鱼，人群撤离了，就像他们先前集结的时候一样迅速。

拉迪克和他的妻子面对一地死鱼，欲哭无泪。卡拉曼、贝高维奇围了上来。“你们一定要相信我，”拉迪克向他的盟友们发誓，“我的鱼没有臭，我从来只卖新鲜的鱼。”贝高维奇举起双手说：“可是我闻了，的确是臭的。”

拉迪克气愤地捡起一条“鱼尸”：“你们自己来闻一闻。”

贝高维奇又闻了一下。“这条没有臭，但是……”他四处嗅了嗅，“还是很臭。”

拉迪克深吸一口气，原本被吓得苍白的脸色现在更白了——他自己也闻到了臭味，没错，可怕的臭味。他嗅嗅左边，又嗅嗅右边，一连捡起两条鱼，都没有问题。臭味是从摊位下面发出来的！他弯下腰，在其中一只木桶里发现了三大块半腐烂的金枪鱼肉。

他立刻把木桶拖了出来，气急败坏地质问妻子：“这里面的鱼是谁放的？”

“你自己呀。”她摸了摸自己哭肿了的脸。

“怎么可能！我跟库尔沁去喝酒的时候，这只木桶明明是空的！”

“哦，”拉迪克夫人想起来了，“两个孩子推着手推车，送来几条鱼，说是你买的，然后我就让他们倒进桶里了。”

“就是他们干的！”拉迪克咬牙切齿地说，“我发誓，要是被我抓住，我一定打死他们！”

“他们长什么样？”贝高维奇来了精神，拿出他的小本本。

“我记得，其中一个很高，一头黑发，另一个个子很矮，头发乱蓬蓬的，像一团稻草。两个人身上都破破烂烂的。”

这时，卡拉曼开口了：“如果我没猜错的话，那是红发左拉的两个同伙。”

贝高维奇连忙翻翻他的小本子：“高个子，反应迟缓，黑头发；小个子，头发蓬乱，黄色——全都吻合。”

卡拉曼又说：“他们现在经常出现在格里安家。”

“老格里安？！”

拉迪克拍了一下脑袋：“一定是他搞的鬼，因为他没有许可证，所以找我寻仇来了！”

“慢着，”贝高维奇睁大眼睛说，“老格里安整个早晨都没有离开过我的视线，他吵完架后就去了亚得里亚旅馆，一直坐在那里喝酒。”

拉迪克急了：“要不是他们干的，我敢把扫帚吞了！”

这时，卡拉曼的狗突然叫了起来，扯着绳子，激动地叫着，像是要去什么地方。卡拉曼顺势看过去。“她在那里！”他叫道。

“谁？”贝高维奇问。

## 第十九章 扔鱼大战

“红发左拉！”他指着坡上，“瞧，他们刚刚跑过去，跟在她身后的几个男孩子就是她的团伙。”他们看到的的确是左拉一行人。孩子们目睹了水手和女工将拉迪克的鱼摊搅得一团糟，甚至还偷偷地加入了扔鱼大战，现在正在回去的路上。

“追！”拉迪克说完，朝他们跑去。卡拉曼也被他的狗拽着穿过集市。

追兵踏上河床时，孩子们已经钻进对岸的金雀花丛。看不到人影，卡拉曼松开了狗绳。雷奥早已认出它的两个伙伴，迫不及待地穿过河床，消失在树丛里。杜罗吓得大叫，布兰科和左拉扭头一看，笑了。雷奥开心地围着他俩又跳又叫，还站起来把前爪放在他们身上，跟他们亲热。

“雷奥！”布兰科叫着它的名字，爱抚着它。狗狗叫得越来越响，激动地在他们身前身后来回奔跑着。忽然，外面传来卡拉曼的声音：“雷奥，咬住他们！”可是雷奥并不打算攻击它的朋友，相反，它更加开心地叫着，一会儿在他们身边乱窜，一会儿在地上打着滚儿，一会儿又像个跳高能手似的跃过高高的刺柏和矮松丛。

贝高维奇和拉迪克停下脚步，他们已经无法前进了。“没用的畜生！”贝高维奇恼火地骂了一声，循着狗叫声四处寻找雷奥的身影。

拉迪克也不满地说：“你养了一条跟小偷们称兄道弟的狗。”

卡拉曼停下来叫道：“雷奥！”见没反应，他扯着喉咙又叫了一声。

雷奥听到主人的呼叫，张望了一会儿，它有点儿迷惑，不知道自己到底该跟着谁。“雷奥！”卡拉曼的声音里带着越来越明显的怒气。孩子们已经钻进了矮松丛，雷奥跟了几步，最后还是恋恋不舍地离开了。它知道主人很生气，所以并没有立刻上前。

“雷奥！”卡拉曼又吼了一声，气得连唾沫星子都喷了出来，雷奥这才怯生生地走了过去。卡拉曼对贝高维奇说：“把你的手枪给我用一下。”贝高维奇挠挠头。卡拉曼目光阴冷，整张脸因为愤怒而扭曲着：“把手枪给我。”贝高维奇掏出配枪，递到他手上。

雷奥走到主人面前，匍匐在他的脚边一个劲儿摇尾巴，大大的眼睛看着卡拉曼，像是在祈求宽恕。卡拉曼不为所动，他垂下枪口，对准雷奥的耳后，扣动了扳机。雷奥抽搐着跳了起来，然后躺在地上，不动了。卡拉曼把枪还给贝高维奇：“一条跟小偷混在一起的狗，留着也没用。”

孩子们刚刚离开树丛，便听见一声枪响。布兰科站住了：“什么声音？”

“他们开枪了。”杜罗说。

左拉回头看了看：“他们往回走了。”

所有人都停下了脚步。孩子们看着三个男人掉头离开。

杜罗疑惑地说：“狗呢？”

左拉突然大叫：“刚才那一枪打的是雷奥！”

布兰科瞪大了眼睛：“雷奥？”

等到他们的身影完全消失，孩子们立刻小心翼翼地原路返回。雷奥果然躺在地上，一动不动，嘴里流着血。左拉跪在它身边，抬起它的头，雷奥的眼睛还睁得大大的，仿佛正在望着她。

“可怜的雷奥。”女孩抚摸着它的脊背。布兰科也摸了摸它，他哭出声来。

“多聪明的狗狗，”帕夫勒愤愤不平地说，“一定是因为它不愿意咬我们，卡拉曼才杀了它。”

左拉点点头，沉默了一会儿才说话。“它是我们的伙伴，我们要好好安葬它。”左拉轻轻合上雷奥的眼睛，“可以把它埋在小溪边，那是我们第一次相遇的地方，要不，埋在老爹那里也行。”孩子们打算等到方便的时候就把雷奥运到老爹家去，眼下，只能先把雷奥用树枝盖起来。

老爹已经到家了。他从库尔沁和林格纳茨那里得知，孩子们为了他，把拉迪克狠狠地教训了一顿。他特地精心准备了一顿美餐，想好好谢谢他们。

“干得漂亮！有了你们这帮勇敢的孩子帮忙，老爹绝不会轻易屈服的。”石桌上摆着大块的鲭鱼和老爹特意做的油煎土豆，孩子们正要大快朵颐，突然听见门外传来贝高维奇和多尔德威克的声音。“开门！开门！”他们大声叫着。

老爹懊恼地说：“我早该想到他们今晚肯定会上门。”想躲去山洞已经来不及了。老爹赶紧让孩子们爬到船上，把船撑离岸边，一定不能发出声音。

“开门！”贝高维奇的声音越来越大，薄薄的门板都快被他拍坏了，“把门打开！”

多尔德威克的语气平和多了：“我们今天要来彻底搜查一遍，市长大发雷霆，要是我们今天晚上还抓不住他们，市长先生恐怕肺都要气炸了。”

老爹掏出钥匙，故意掉在地上，然后慢慢捡起钥匙，慢慢插进锁眼：“请便。”门开了，两个警察冲进院子里。

贝高维奇大声说：“你把他们藏到哪儿去了？”贝高维奇冲进房间，多尔德威克则去搜查羊圈。老人趁机清理好石桌。他满意地发现两条小船都已经顺利地离开岸边，远远地漂在海上。

两个警察回来了。贝高维奇挥舞着警棍：“老家伙，我还没搜完呢，我告诉你，要是你窝藏罪犯，我连你一块儿抓起来。”老爹笑笑：“那就请继续吧，我要上床睡觉了。”说完，便不再理会。

此时，小船已经远远地离开岸边。布兰科和左拉所在的那条船甚至已经进入了公海。布兰科从口袋掏出口琴，吹了起来。左拉突然打断了他：“今天早晨，你真的又去找泽拉塔了？”

布兰科点点头。

“为什么？”

“我想见她。”

“所以，你爱上她了？”

“我不知道这是不是爱，”布兰科答道，“不过，每次见到她，我都觉得很幸福。”

“哦。”左拉应了一声，把目光从他的身上移开了。她的脸色逐渐变得阴沉，写满了恨意。布兰科并没有发现她的变化，兀自微笑着，继续吹起了口琴。

# 第二十章　天帝与魔鬼

第二天早晨，布兰科按捺不住内心的思念，尽管他清楚地知道警察们还在四处搜捕，他依然决定去塞尼城找泽拉塔。他比平日更加小心谨慎，但等他到达萨格勒布酒店时，林格纳茨告诉他，泽拉塔已经去浴场了。

他又特意绕了远路离开塞尼城，路上正好经过海边那块熟悉的礁石，以前，他经常一个人待在这里。自从母亲死后，他就再也没有来过。这段日子里发生了什么？他回忆着自己不可思议的经历——与左拉的友谊、塔楼上的生活以及与泽拉塔的相遇。接下来等待他的会是什么呢？他望着海上的波浪，突然想到也许还能再见泽拉塔一面，于是他不假思索地下了海，朝浴场游去。

天色还早，浴场人也不多，他的运气不错，泽拉塔刚巧在浴场围栏外面的海域里游泳。布兰科潜入水底，一直游到她面前才钻出水面，大口呼吸着，甩了甩头上的水珠。他睁开双眼，正好对上泽拉塔又惊又喜的眼神。

“是你！”她笑着说，“我还以为遇上了鲸鱼或海豹。”他俩一块儿游了一阵。

“看到外面那块礁石了吗？我们比一比谁先到！”泽拉塔说完，从他身边弹开，朝礁石快速游去。布兰科连忙去追，拼命地划水，可是泽拉塔离他越来越远。等他终于游到终点时，她已经坐在上面了：“哈哈，论跳海，我比不过你，但是游泳我却比你强。”

布兰科来到她身边坐下。远处的浴场变得小小的，几乎看不清。塞尼城里的高楼也变成了一个个小石块，教堂的钟声从海面传来，让人觉得塞尼已经离他们很远很远了。

泽拉塔望着附近的岛屿：“这里真美。”布兰科却望着她：“而且只有我们俩。”

“是的，在这里，你不会被浴场管理员或我弟弟他们发现。”

“也不用担心警察的搜捕。”布兰科笑着说，“还有你父亲。”

“你们又闯祸了？”女孩问。布兰科点点头，把昨天集市上的事情告诉她。

“我听说了，原来这件事是你们干的。”

“我们这么做，是为了格里安老爹。”

“哦，那位老渔夫是你们的朋友。”

“是的，”布兰科说，“他是世界上最好的人。”

“这样一来，你以后就不能经常去我家了。”

“我们可以在这里见面呀。”布兰科一边说，一边从口袋里掏出口琴。泽拉塔躺下来，聆听着他的琴声。布兰科吹了一段他记忆中的旋律。女孩听完，突然坐起来，问他：“这也是你爸爸教你的？”布兰科点点头。

女孩又问：“他叫什么名字？”

“米朗。”

“你妈妈叫什么？”

“安卡。”

“米朗和安卡，”她低声念着，“多好听的两个名字。”泽拉塔又躺下了。布兰科继续吹着口琴。一阵海风吹来，海水跟随着他的旋律，轻轻拍打着礁石。女孩又问他：“你想一辈子当个乌兹柯克人吗？”

“不，我想像父亲那样，成为小提琴手。”

泽拉塔微微一笑：“正好，我想唱歌。”

布兰科把口琴在大腿上敲了敲，好让里面的水流出来：“那太好了，我们以后可以一起去酒吧演出，我拉琴，你唱歌。”

“不，”泽拉塔摇摇头，“我不想做那样的歌手。我要去音乐厅、剧院或者教堂唱歌。”

“我可以去那里为你伴奏吗？”

“如果你成为出色的小提琴手，当然可以。”

“好的，”布兰科庄严地发誓，“我一定可以。”

沉默了一会儿，他们愉快地望着海面和逐渐升起的太阳，周身都温暖起来。泽拉塔又问：“对了，你会拉小提琴吗？”

“不会，你能教我吗？”布兰科渴望地看着她。

泽拉塔考虑了一下。“也许可以。可是那样的话，你必须来我家。”她又想了想说，“再过三四天吧，到时我通知你。”

他们又在礁石上待了一个钟头，海水渐渐升高，先是淹过礁石，然后没过他们的身体，直到海浪拍打在脑袋上，他们才打算离开。“明天见！”泽拉塔说完，一个猛子扎进水里，朝浴场游去，布兰科一路向右，游进海湾，返回老格里安家。

爬上岸后，布兰科慢慢地朝老爹的小屋走去，整个人还沉浸在相见的欢乐之中。突然，他听见石桌那边传来争吵声，是老爹和奥洛维克父子的声音。最近几天，这两个年轻人只有在中午时分才来到岸边喂鱼，每次老爹都会给他们报酬，卖鱼的收益也给了他们应得的那一部分，但兄弟俩似乎对此并不满意。

布兰科听见黄毛说：“格里安老爹，你真是个死脑筋。”

“什么？！”老人反驳道，“真正该指责的应该是渔业公司！”

“可是人家公司比你厉害。”黑毛毫不客气。

“我看未必，除非你们中途倒戈。”老人一脸讥讽。

“我们只想要回属于我们的钱。”黄毛理直气壮地大声说。

“我每天都付你们工钱了。”

“那才几个钱？那属于我们的鱼呢？”

“你们的鱼在海里。”

“那就把它们卖给渔业公司。”黄毛又说。

“你们非常清楚，除非我把我自己和我的捕鱼区一起卖给他们，他们才会买我们的鱼。”

黑毛冷漠地说：“我们无所谓，那全都卖给他们好了。”

老爹生气地看着他们：“我是个自由的渔夫。”

黄毛冷笑道：“自由又不能当饭吃。”

“话说得没错，但是我宁愿饿肚子，也不愿做渔业公司的奴隶。”

双胞胎兄弟坚持：“那你自己挨饿吧，我们要吃饭。”

布兰科发现其他几个伙伴也都在一旁静静地听着，于是他来到他们身边。

奥洛维克一直靠在树下，老爹问他：“奥洛维克，你说句话吧。”

奥洛维克老爹沉默地吸了一会儿烟斗，才敷衍地回答：“我也拿他们没办法，他们已经不是小孩子了。”

老爹焦急地来回踱步。过了一会儿，他问：“你觉得我该怎么做？”奥洛维克沉思了好久，然后低声却无比肯定地说：“如果我是你，我会放弃。想想之前的那些渔民吧，从这里一直到费尤墨岛，所有人都被他们收服了。”

老爹深深地皱起眉头，生气地跺着脚说：“我不会屈服的。”说完，便朝小屋走去。双胞胎兄弟拦住他的去路：“我们的事还没解决呢。”“你们想做什么？”老爹的眼睛里像是要喷出火来。

“我们约了公司的人，他们马上就到了。你不愿意卖，可我们愿意。该属于我们的，就是我们的，管它在岸上还是水里。”

老爹仰头大笑，盯着两人：“你们也想把自己卖了？”

两个年轻人脸上露出了笑容：“我们已经把自己卖了，合同都签了。”

老爹转过身，问奥洛维克：“那你呢？”

“如果我儿子签了，我也会签的。”

“看来他们已经得手半个海湾了。”老爹意味深长地说，突然，他又哈哈大笑起来，“你们可别高兴得太早了。”说完，他朝兄弟俩眨眨眼睛，走进屋里。还没等关好门，外面的道路上传来汽车的轰鸣声。孩子们朝外望去，原来是渔业公司的三辆大卡车。它们直接停在院子门口，车上跳下几个男人。

其中几个是受雇于公司的年轻渔夫，另一个戴着夹鼻眼镜、有些哮喘的矮胖光头是渔业公司的董事长库库利克，另一个穿着白色西装的英俊男人则是弗拉格斯先生，他经营着苏萨克最大的罐头工厂。库库利克和弗拉格斯来到奥洛维克父子面前。弗拉格斯向众人问了声好，然后说：“听说你们捕获了金枪鱼，可以让我看看吗？”

奥洛维克领着他们朝海边走去。一条条肥硕的金枪鱼被困在渔网之间，彼此紧挨着，远远看去，海水似乎被染成了青黑色。

“这么大的鱼！”弗拉格斯脱口而出。

“可不是嘛，”库库利克推了推他的夹鼻眼镜，“而且量还特别多。”

奥洛维克自豪地说：“这是我们有史以来最好的一次收成。”

弗拉格斯抬眼望去：“渔网有多大？”“这边系在老槐树这里，那边系在一棵老刺柏树下。您仔细看，桩子就在树下。”

“之间的海域里全是金枪鱼？”弗拉格斯震惊了。

奥洛维克点点头：“其实我们已经卖掉了两千公斤，还有一千公斤做了鱼食。”

弗拉格斯递给奥洛维克一支香烟：“你们愿意卖吗？”

## 第二十章　天帝与魔鬼

“连同捕鱼权一起。”库库利克立即补充道。

“愿意！”双胞胎兄弟忙不迭地答应。

奥洛维克老爹却只是勉强应了一声：“嗯。但格里安不愿意卖。”

“你愿意，你的两个儿子也愿意，这就已经三个人了。”库库利克飞快地答道。

奥洛维克轻声说：“可是这片海湾有一半属于格里安。”

弗拉格斯回头看了看：“你们说的那个人在哪儿？”

格里安根本不在屋里。方才他趁着人多眼杂，悄悄离开了家。这时，有人突然指着南边叫道：“在那儿！”

果然，格里安老爹从容地走到槐树下，也就是系着大渔网的桩子前，在一块石头上坐下来。

“这老东西是头倔驴，”库库利克摸着光头说，“我想，我们得亲自过去一趟。”

弗拉格斯点点头。他又看了一眼海里的鱼：“为了它们，值得走一趟。”

孩子们也跟了过去。

格里安老爹往烟斗里塞上烟丝，当大队人马到来时，他刚刚将烟斗点燃。“你好。”库库利克像个圆球似的站在老人面前，老人也礼貌地问候了他。“听说你不想把鱼卖掉？”库库利克开门见山地说。

老人抽了一口烟斗：“说这话的人，一定是个骗子。为了卖鱼，我还亲自去过塞尼的集市。”

“啊哈，也就是说，你只想要钱，既不愿意出让属于你的海湾，也不愿意为我们公司效力？”

“是的，”老人答道，“我不愿意。”

“好吧，那就没什么可谈的了，”库库利克冷冷地说，“我们把属于奥洛维克父子的那部分鱼捞走，你的就留在海里。”

顿了一下，他又嘲讽地说：“如果不小心捞到了你的，我们再放回水里。”

格里安老爹看着他：“计划不错啊，董事长，不过我也有一个计划。”

弗拉格斯原本已经转身打算离开，听见他的话，又折身：“哦？说来听听？”

“只要你们敢下水捕鱼，我就砍断这根绳索，”他指着系着渔网的粗绳说，“把我的鱼放跑。”

库库利克瞪大眼睛，瞬间涨红了脸：“你疯了吗？”

双胞胎兄弟也被吓到了，甚至连老奥洛维克也吃惊地张大嘴巴。

“我没疯，跟你一样清醒。”老爹微微一笑，“不过我就坐在这儿，拿着我的刀。”说着，他从口袋里拿出一把刀，“只要你们的人敢上船，绳子马上就断。”

年轻英俊的弗拉格斯走上前去，饶有兴趣地打量着格里安老爹：“可是老爹，如果你这么做，毁了你自己的渔网不说，还给你和你的朋友造成了巨大的损失。一下子放走这么多条金枪鱼，你不觉得这种行为很可恶吗？”

老爹抬起头："呵呵，你们觉得这样做很可恶，可是我呢？三十年来，头一次没人愿意收我的鱼，我找不到运鱼的车，甚至连自己去集市上叫卖都必须申请许可证。年轻人，难道你觉得这样的做法不可恶吗？"

库库利克解释："我这么做，完全是按照公司和市政府的规定。"

"你这么做，无非是想干掉所有自由的渔民。所谓的公司，不过就是你自己罢了。"说到这里，老人站了起来，"董事长先生，你比我可恶多了。"

库库利克辩解道："许可证是市政府规定的！"

老爹笑了："你和市长都有公司的股份，波佐维克也是，连拉迪克都有份。哈哈，市政府！库库利克先生，打着许可证的幌子来阻止我们这些渔夫自己到集市上卖鱼，这背后的主使同样是你。"

事已至此，库库利克索性把话挑明："既然你全都知道，那你应该也很清楚，你想对抗渔业公司，完全是自不量力。"

"我知道。不过，我只想当一个自由的渔民，既然这些鱼卖不出去，那我宁愿把它们放归大海。"他指着海里的鱼儿，轻轻地眨眨眼，仿佛它们也在沉默地聆听岸上人的对话，"只是可惜了这些鱼，这么大的个头在塞尼真的很罕见。"

"这样吧，"弗拉格斯说，"听听我的建议。我愿意收购你的鱼，你不用出卖你的海湾，也不用出卖自己，但是……"

"弗拉格斯先生！"库库利克恼羞成怒地叫道。

弗拉格斯没有理他，继续说："但是仅此一次，下不为例。反正明年，你还会遇到同样的问题，你的邻居父子已经加入了公司，你要么像他们一样，要么只保留自己的那一半海湾，因为这里的捕鱼权有一半已经转让给了渔业公司。"

"明年的事情，等到明年再说。"老爹直截了当地说，"我已经老了，也许明年这个时候，我已经带着我的自由离开这个世界了。"

"这么说，你同意我的建议？"弗拉格斯朝老爹伸出一只手。老爹刚要握上去，库库利克突然跳出来，挡在他们俩之间："价格呢，弗拉格斯先生，还有价格呢，你忘了说价格。每公斤我最多只付一第纳尔。"

"我一直都卖一第纳尔加三十帕拉，而且我也没听说最近金枪鱼的价格下跌。"

"一第纳尔十帕拉，这是我能出的最高价。"光头又说。

老爹瞥了他一眼："库库利克先生，我是渔夫，不是鱼贩。"

"就按老人说的办吧，"弗拉格斯催促道，"反正你们等于白赚了一半的价格。工厂很需要这一批鱼。"说完，他转身走了。

库库利克看看老格里安，又看看越走越远的弗拉格斯，嘟哝了一句："好吧，成交。"然后追了上去。

他们带来的几个渔夫在石桌旁又支起两张桌子，然后把小船推下水，海湾有史以来规模最大的一场捕鱼行动便开始了。渔夫们并不辨别目标，直接拍打海面，然后将击中的金枪鱼拖上船。受惊的鱼儿打着挺，有几条立刻弹跳起来，在空中翻转身体，

“啪”的一声又坠入海中。孩子们坐在老爹身边，远远地观望着战场。这比前些天他们自己上阵那次残忍多了。

左拉闭上眼睛，依偎在老爹身边，喃喃道：“真可怕，可怜的鱼儿。”

老人摩挲着她的头发：“是很可怕。可是你能怎么办呢？小鱼吃虾蟹，大鱼吃小鱼，人类吃大鱼——你吃我，我吃你，这就是生存。”

没到十分钟，第一批小船满载而归。奥洛维克父子负责杀鱼，称重，然后抬上卡车。捕鱼行动持续了两个钟头，卡车装得满满的。“走吧！”老爹站起来，“现在我们去收钱。”

奥洛维克父子、弗拉格斯和库库利克已经坐在无花果树下，计算着总重量。弗拉格斯朝老爹点点头：“真是一场好收成，我还从没见过这么大、这么重的金枪鱼，大部分都在三十到五十公斤之间，也有几条七十到九十公斤重的。”

“你还不知道吧，我们又叫了三辆车过来，”库库利克的语气友好多了，他满意地摸着自己的光头，“我觉得起码还能再装三车。”

老爹只是冷淡地点点头，平静地说：“也许这是上帝赐予我的最后一次收获，所以格外仁慈。”

数字很快算出来了，库库利克从口袋里掏出一个大钱包，里面装着纸币和各式各样的硬币，他清点完毕，一部分推到奥洛维克父子跟前，剩下的给了老爹：“老爹，这些都是你的了。”老人只是瞟了他一眼。

屋外响起发动机的轰鸣声，男人们向老爹告别，奥洛维克父子还要跟着卡车进城，帮忙装卸鱼肉。海边就只剩下老爹和孩子们。他们清理了桌子，把鱼的内脏拿去喂海鸥——它们早已成群结队地守在院子里，迫不及待地扑腾着翅膀。最后，他们把小船也打扫得干干净净。做完了这一切后，老人把他们唤到自己的身边。

“现在轮到你们领钱了。”他说。

孩子们惊喜地问：“我们？！”

“当然喽，”老人微笑着，“难不成你们以为，我坚持到现在，只是为了我自己？不，老格里安就算没有这些臭钱也能过活。来吧，坐到桌子这里来。”他们围过来，坐在老人对面，老人把钱分为四个等份。他向孩子们解释说：“其实这跟分鱼一样。”他把第一份拿到自己面前：“这一份应该分给老格里安，因为捕鱼区和大渔网都属于他。第二份也应该给老格里安，因为他参与了捕捞。你们中有两个人承担了跟成人一样的工作。”说着，他把第三份推到左拉和布兰科的面前：“这笔钱你们两人自己分。尼古拉和杜罗，剩下的一份是你们俩的。好了，分配完毕。”

孩子们瞪着面前的纸币和硬币，简直不敢相信自己的眼睛。只有帕夫勒打破了沉默，委屈地说：“只有我什么都没有……”老人耸了耸肩。“我们捕鱼的时候，你要么在羊圈，要么在山洞里躺着。等一下，”他突然说，“这几天你帮忙喂过鱼，还跟我一起推着车去过集市。”

于是他从自己的那堆钱里拿出几第纳尔交给他：“这是你应得的。”布兰科、左拉、尼古拉、杜罗也都拿出一些钱，放到帕夫勒的面前。布兰科数着钱:“我成了有钱人了，我有四百八十五第纳尔。”

“我也是,”左拉笑着说,“这笔钱该怎么花呢?”

“我明天要去买一把刀,”杜罗说,“我想有一把真正的刀，想了好久了。”

“明天我去看电影,”尼古拉说,“这是我一直以来的心愿。”

老爹笑容满面:“这笔钱够杜罗买五十把刀了，也够尼古拉看一百五十次电影。你们谁有更好的主意?”

布兰科说:“我想给自己买一把小提琴。”

左拉朝他使了个眼色:“我也想好要买什么了。”但是她并没有说出来，这是她的秘密。

孩子们又陪老人去海边坐了一阵子。左拉准备了酸奶和面包作为晚餐，老人拿出山羊奶酪，让他们蘸着油和胡椒粉一起吃。太阳下山了，岛屿的方向吹来凉爽的风，孩子们大快朵颐，感受到前所未有的富足与快乐。

左拉靠在老人身边:“老爹，为什么这个世界不能永远像今天这样美好呢?”老人慈祥地望着她:“是呀，为什么呢?”

布兰科趴在桌上，问:“老爹，您难道不知道吗?”老人摸了摸胡子:“我当然知道，但那是一个很长的故事。”

“您能给我们讲讲吗?”五个孩子齐齐地望着他。“如果你们能静下心来听，我愿意说一说。”“好哦!”孩子们说着，连忙挤到他身边来。

老人望着天空:“你们看见星空了吗?”孩子们点点头。

“那是世界之母，我要讲的，就是她的故事。”老人沉默片刻，然后开口了，“几千年前，世界之母跟今天一样，住在大地的上方。她有两个儿子：一个很听话，一个不听话；一个专干好事，一个做尽坏事。因此她把其中的好儿子称作天帝，坏儿子称作魔鬼。天帝每天让日月依次轮回，星辰各司其职。可是只要他一离开，魔鬼就会趁机把一切弄得乱七八糟：星辰相撞、爆炸，甚至有一次，一颗星星坠入银河，造成了大事故。天帝每次都要花费好久才能将一切修复，让每一颗星星重回轨道。

“有一天，天帝对母亲说：‘妈妈，为什么我们的星星都如此冰冷死寂？我想让它们变得温暖而有生机。’‘去做吧，我的好儿子，如果这样能带给你快乐的话。’世界之母答道。天帝伸出手，在众多星星中，挑出了地球。他先在上面凿了一个洞，然后找来世界之母的一个小太阳，塞进洞里，让地球变得温暖。接下来，他又将一颗大太阳挂起来，让它从外部供热，他把这命名为白天。为了让地球不至于太热，他又找来一颗月亮为它降温，并将这命名为黑夜。做完这一切后，他便躺下睡觉了。

“就在这时，他的兄弟魔鬼来了，千方百计地想要毁掉地球。他先在上面刺了几个小孔，让内部的小太阳从中漏出来；接着又扰乱了太阳和月亮的轨道，让地球的中间紧贴太阳，使得那里的水分全部蒸发，炎热异常；又让地球的两端远离太阳，使得那里冰雪覆盖、寒冷无比。

“天帝醒来后，看见兄弟的破坏，但是他改变不了这一切，只能补救他的地球。他创造了高山和峡谷，让河流奔腾，让生命孕育，地球变得比任何天体都要美好。

“当他再次入睡时，魔鬼正好醒来。他将沙子撒向原本肥沃的土地，变出沙漠；他把岩石扔进山谷阻塞河流，让洪水淹没一切；他用刀将高山劈开，以至于它的一面优美而富饶，另一面则陡峭贫瘠；他往大海里撒盐，让海水无法灌溉大地，致使大地干涸。

“天帝看见他的兄弟在地球上犯下的罪行后，十分愤怒，他又一次试着修复。他将种子撒向大地，生长出美好的乔木和灌木、青草和百花、浆果和坚果。在炎热地带，他让植物长出尖刺；在四季分明的地方，他让树木在秋天掉落所有的叶片，等到春天再长出新的。而苦寒之地的植物被他赐予了针一样的叶子，再寒冷的天气也拿它们没办法。

“魔鬼用嫉妒的眼神望着这些田地和森林、草地和花园。他等不及他的兄弟闭上眼睛，便将邪恶的种子撒向大地，让它们夹杂在美好之中。藤蔓钻出土壤，依附在树木上，将它们勒死。沼泽吞没生灵，吮吸它们的生机。数百种有毒植物生长在有用的植物之间，让它们枯萎。上千种野草包围了有用的植物，抢走它们的养分、阳光和水。

“即便如此，天帝依然没有放弃他的作品。这次，他创造了最初的生命。他用泥土和水捏出鱼儿，让它们在水中畅游。他为它们涂上色彩，让它们变得美丽而缤纷。他给了它们不同的肠胃，有的能适应海水，有的能适应淡水，甚至有的能在淡水、海水间自由切换。

“魔鬼看到这一切，嫉妒得脸色发白。他拔去了一些鱼儿的牙齿，却为另一些鱼儿装上血盆大口。他让它们头顶毒针、背腹长刺，拥有致命的能力。他又来到它们之间，悄悄告诉大鱼，说它们不必只靠水和空气活着，那些个头小的同类才是美味；他又偷偷地告诉小鱼，不能就这么白白地被大个子的同类吞噬，它们应该反抗。

“天帝第四次从睡梦中醒来，立刻看到了他兄弟干下的坏事。地球所有的水域里——不管是静止的湖泊还是奔腾的河流，鱼类之间爆发了战争，大的想要吞噬小的，而小的也总想去杀死大的。每条鱼都在追杀别的鱼，也在被别的鱼追杀。水中世界不再幸福快乐，取而代之的是嫉妒、敌对和恶意。

“天帝很难过，但是他再次拿起泥土和水创造了鸟儿。鸟儿们有的巨大，有的小巧，有的轻盈，有的壮硕。他让大鸟发出激昂的啸声，让小鸟学会世上最婉转动听的啼叫。所有的鸟类和平相处，幸福快乐，它们翱翔在天空，用歌声赞颂着天帝和他的母亲。

“魔鬼听见鸟儿的歌声，怒火攻心，策划了更为彻底的破坏行动。他剪掉一些鸟儿的翅膀，让它们再也飞不起来；又给另一些刷上肮脏的色彩，遮住原本五彩斑斓的羽毛；他剥夺了部分鸟儿婉转的嗓音，让它们只能发出凄厉的尖叫。他磨尖鸟嘴、赋予利爪，然后告诉每一只大鸟：‘你们知道小鸟在唱什么吗？它在骂你，它说你是恶心的怪胎。’他煽起大鸟的愤怒，以至于每当它们听见小鸟在唱歌，便要扑上去，把它们抓住吃掉。天帝从睡梦中醒来，没有听见鸟儿的歌声，便知道这又是魔鬼犯下的罪孽：天空中只剩下最大最强的鸟儿，小鸟则躲进了森林，轻易不敢露面，连赞颂的歌谣也只能偷偷地唱给他听。

“天帝依然继续完成他的作品，这一天，他创造了动物。于是地球上有了狼、熊、狮子、大象，也有了兔子、牛、马和狗。他赋予它们长鼻、尖角，或是发达的四腿、洪亮的叫声。动物们在高山峡谷尽情地嬉闹追逐，彼此玩耍，天帝心满意足地看着这一切，慢慢睡去。

“魔鬼看见了动物，一开始也很高兴，但是一转眼，他又开始了邪恶的把戏。他让大的学会怒吼，挑拨大的将小的撕碎，吃得连骨头都没剩下。光是这些还不够，魔鬼亲自来到动物之间，他对狮子说：‘狼说它比你厉害。’又对犀牛说：‘老虎说它能一掌把你打翻在地。’于是还没等到夜色降临，大的动物们也开始厮杀。魔鬼开心极了。

“于是天帝决定为地球创造出一种不会彼此厮杀争斗的生命。他自言自语道：‘这次除了泥土和水，我要用上我自己的身体。这样才能防止我的兄弟捣乱，因为自私的魔鬼绝不肯将自己奉献给别人。’因此，人类诞生了。天帝把自己的大脑拿出一部分放进去；再把自己的心脏取出一部分放进去；最后将自己身体的一部分填进去。因此人类便拥有了跟天帝相似的样子。最后，天帝满心欢喜地让人降临到地球上。

“然而天帝错了。魔鬼看见地球上多了一个生物，并且发现这种生物之所以如此完美，是因为天帝不惜用自己的身体塑造。于是愤怒的魔鬼做了跟天帝一样的事情。这样一来，人类也就拥有了魔鬼的血脉。第二天，天帝注视着自己的作品，发现人类也没能逃过他兄弟的魔掌。他们和其他生灵一样，彼此争斗厮杀。当天帝训诫人类，不要作恶时，魔鬼便开展诱惑：‘不，这并不邪恶，而且就算是邪恶的，你也可以照做不误。’”

格里安老爹用深沉的目光望着大海，讲完了这个长长的故事，然后他看了看孩子们：“因此，这个世界不会永远像今天这样美好，因为它并不是全然出自天帝之手，魔鬼也参与其中。所以人类也不总是善良的。”孩子们望着海面，沉默了很久。突然，东边的天空闪烁了几下，一颗流星在拉布岛上空划过，仿佛坠入了大海。

“这肯定又是魔鬼干的。”帕夫勒说。

“是的，是他在玩弄星星。”尼古拉也说。

这时，左拉忧郁地说：“我想，我的心里也有魔鬼的痕迹。”

“我不是告诉你了吗，”老人答道，“我们所有人的内心都住着魔鬼。”

女孩又问：“难道不能把他从我们身体里赶出去吗？”

“我们做不到，但是我们可以努力让心底的魔鬼不要长大。”

左拉深吸一口气：“我会的，老爹。”

老人又对大家说：“这是我们每个人必须做的。”

“老爹，”布兰科也说，“我们会的。”

老人伸出手臂，拥抱住孩子们：“从现在起，我们要比以前更加团结，共同对抗这个世界上的魔鬼。”

# 第二十一章　大战乌贼

晚上睡觉的时候，布兰科辗转反侧，恨不得夜里就出门，他有好多话要告诉泽拉塔——他有钱了，买得起小提琴了，要不了多久，他就会成为一个真正的小提琴手。下海的时候，天还没亮。海面上笼罩着一片浓雾。那块礁石已经露出了水面，布兰科爬上去坐着，冷得直打哆嗦，好在太阳渐渐升起，礁石上也暖和起来。可惜布兰科一直等到上午九点，都没见到那个穿着绿色泳衣和彩色浴袍的身影。

他有些担心：泽拉塔是不是生病了？还是她突然出远门了？教堂敲响了十点的钟声，布兰科只好回去了。一群海鸥盘旋在老爹家屋顶上，像一朵白色的云，那只鱼鹰也来了。院子外面，三辆大卡车刚刚离去，看来渔业公司又派它们来拉了一次货。

四周平静下来，伙伴们好像也不在。咦，小渔船上好像坐着一个女人。

布兰科朝小船走过去。这女人戴了一顶插满彩色花朵的大帽子，优美修长的脖颈上挂满了花花绿绿的项链，穿了一条夸张艳丽的连衣裙，结实有力的双腿穿着薄丝袜，脚上还有一双高跟鞋。女人转过头来，她化了妆，眉毛是两道黑色的粗线，脸颊上两块红斑，还扑了一层粉红色的香粉，薄薄的嘴唇抹得鲜红，像是刚刚用牛血涂过一般——竟然是左拉！布兰科愣住了……

左拉站起来，摇晃着脑袋，朝他眨眨眼："现在我跟你的泽拉塔一样漂亮啦。"

布兰科不知道该怎样回答。他忽然想起她昨晚的话："我也想好了要买什么。"他从震惊中回过神来，摇了摇头，忍着笑说："你为何把我们骄傲的红发左拉变成了一个丑陋的假人？"

左拉的脸抽搐了下，露出冰冷而桀骜的表情："尽管嘲笑我吧，但是听好了，我明天就去把你的泽拉塔眼珠子抠出来！"

"你到底跟她有什么仇？"

"她跟你奶奶卡塔一样，是个女巫！"

布兰科摇摇头："怎么可能？"

"她就是……她用巫术把你迷住了。"

"你这个蠢货！"布兰科生气了，"我看你是魔鬼上身了吧！"

"你才是！否则你为什么整天蹲在那里发呆！为什么一天到晚吹着她送你的口琴？！"

布兰科不甘示弱："哼，那又怎样，她还要教我拉小提琴呢。"

左拉跺着脚说："太过分了！"她还想继续骂他，突然听见附近有人在呼救。左拉立刻停止了争吵："什么声音？"

"有人在喊'救命'！"

他们看了看四周。女孩突然叫道："那里，在那里！"在距

# 第二十一章 大战乌贼

离他们大约五十米远的海上出现了一颗毛茸茸的脑袋，正在大声地呼救。“是杜罗！”左拉惊呼，她立刻将小船推离岸边，抓起船桨。布兰科也认出了他，那张狡诈的面孔此时苍白而扭曲，他挥舞着两只手，越来越绝望。

“快来帮我！”左拉朝布兰科喊道。布兰科冷冷地说：“不，我不会帮他的。这个卑鄙小人一定又去跟踪我了。”布兰科打算袖手旁观。左拉急了，推了他一把：“真不帮？”“不帮。”布兰科一口回绝，还是不能原谅杜罗。“你还算是乌兹柯克人吗？是泽拉塔让你忘记了乌兹柯克人同生共死的情谊吗？我们当初怎样帮你，怎样把你救出监狱，你是忘记了还是现在不愿承认了？你怎么变成一个忘恩负义的小人了？”女孩的眼神里充满愤怒与威胁，她握紧拳头，朝布兰科挥了一下。

布兰科被她吓到了。左拉却将他的沉默理解为拒绝：“伪君子！胆小鬼！我自己去帮他！”还没等布兰科反应过来，她一把扯下头上的帽子，脱掉昂贵的连衣裙、高跟鞋和丝袜，只留下一件短衬衫，红色的头发像火焰一样燃烧，眼看她就要跳进水里。

布兰科如梦初醒：“你别去！我来，你会淹死的。”“那就让我淹死吧！”左拉吼道，“我宁愿跟杜罗一起死在海里，也不想再见到你这个胆小鬼！”布兰科没有理会，找了找有什么东西可以作为武器，船上只有一把吃鱼用的餐刀，他拿在手里，站到船头。

这时，他们终于看清了攻击杜罗的凶手——一只乌贼。自从岸边多了那些鱼内脏，就来了一大批乌贼在浅水区游荡，这只正拼命想把杜罗拖进海底。他们的船很快来到近旁，杜罗伸出手，抓住船身想往上爬，却发出惨叫，身体一点一点地滑下水。

他们现在能清楚地看见这只乌贼的样子，就在杜罗下方，硕大的身体像是被填满的布口袋，黑色的触须紧紧地缠住杜罗，大部分身体藏在满是细沙的海底，但触手仍然紧紧缠绕着杜罗不肯松开，眼看他就要撑不住了。

“快去叫其他人！”布兰科对左拉说完，叼住餐刀，在胸口画了个十字，跳进水里。他在水中辨认出杜罗和乌贼的位置，迅速朝他俩靠近。他必须速战速决，不能让自己也被缠住。乌贼看见他了，它那浑浊的大眼死死盯着他，张牙舞爪地挥舞着黑色的触手，看起来十分恐怖。

他猛地出手，朝杜罗身体上的两条触手砍去，然后徒手去拽缠在他腿上的触手。乌贼吃痛，放开了杜罗。布兰科抓紧时机，潜到杜罗下面，把他顶出海面。然而就在这一刹那，他被一根滑溜溜的“绳索”死死缠住，动不了了，他感觉到“绳索”上面附着的吸盘，身上传来一阵剧痛。

巨大的恐惧一瞬间包裹了布兰科，但他定了定神，强迫自己冷静下来。胸口被一根触手紧紧勒住，触手上的吸盘越来越用力，与此同时，乌贼又朝他伸出了第二条、第三条触手。他握紧餐刀，迅速出击，然而又有其他触手缠了上来，一条勒住脖子，另一条绕住双腿。

可恶的畜生！布兰科在心里暗暗骂道，身体像瘫痪了一样，动弹不得。他看见它了，它就在正下方，蹲坐在海底，身体又圆又胖，像一张丑陋的面具，凸出的眼睛直愣愣地盯着自己。在这紧要关头，他灵光一闪，直接扑向海底，将刀刺向乌贼要害。然而这只畜生似乎猜出了布兰科的想法，它突然喷出一股黏稠的液体，将海水染成黑色，乌贼的身体一下子看不见了。

布兰科并没有放弃挣扎，他狠狠地用脚朝下面那个肿胀的身体蹬去，然后用餐刀疯狂地在乌贼身上捅刺。终于，胸口的压力减弱了，脖子上的触手松了些，身上被吸附的疼痛也没那么厉害了。

然而此刻，最大的危机并没有解除。布兰科的心脏疯狂跳动，耳朵里嗡嗡作响，身体越来越疲软，他用尽最后一丝力气，朝下面狠狠蹬去，然后眼前一黑，失去了知觉。

布兰科在混沌中感觉身体突然一轻，仿佛变成了透明，他离开海洋，飘浮在空中，飞过绿草茵茵、鲜花盛放的草地，见到了已经离开很久的妈妈，妈妈跟他一样浮在空中，她拉起他的两只手，跳起舞来。一个男人拉着小提琴为他俩伴奏，是爸爸！他的琴声是前所未有的动人，听得布兰科热泪盈眶。跳着跳着，他突然发现妈妈不见了，舞伴变成了泽拉塔，泽拉塔的舞姿更加优美，比妈妈多了一分活力与激情，她一边跳舞，一边随着琴声唱起歌来，随后他又听见了妈妈的歌声，琴声越来越悠扬婉转，于是他从口袋里掏出口琴，和着爸爸的旋律吹了起来……

不知过了多久，他睁开了眼睛。爸爸妈妈消失了，泽拉塔也不见了。他看见格里安老爹慈祥的脸，大家都在，左拉的脸上有哭过的痕迹，帕夫勒和尼古拉一脸担心和害怕。“他有呼吸了！”老爹脸上露出了笑容。左拉的眼睛也因为喜悦而明亮起来。

“我在哪儿？”布兰科迷茫地问。

“还跟我们在一起，”老人答道，“不过差一点就不是了。”

“是的，我会跟我爸爸妈妈在一起。”

“那是天堂。”老人轻轻拍了拍布兰科，转身去看杜罗。杜罗的情况比布兰科严重，他喝了太多的海水，老人活动他的手臂，按压心脏，一直帮他催吐，折腾了好久，杜罗憔悴的脸上才出现一丝血色，但这仅仅持续了一小会儿。很快，他又再次陷入昏迷。老爹又朝他的嘴里灌了几口烈酒以及尼古拉刚刚煮好的咖啡，终于让他醒了过来。

“我被一条乌贼缠住了。”杜罗的声音很小，仿佛来自远方。老人朝他笑笑：“它的确缠住了你，不过有人救了你。”杜罗挣扎着想站起来：“是谁？”“布兰科。”老人指了指对面。布兰科正被左拉喂着吃面包、喝咖啡。

老爹知道两个男孩之间的敌对关系：“有些人懂得以德报怨。”杜罗无言地看着老爹，然后闭上了双眼，双脸通红。过了一会儿，他又从口袋里摸出一条银链，上面坠着一个十字架：“这条项链本来是送给左拉的，现在我把它送给你。”布兰科摆摆手：“我不要。要不是左拉开口求我，我才不会管你的死活呢。”

左拉却把项链硬塞进布兰科手里。“收下，”她不容置疑地说，“你看到它，就会时刻记着昨天老爹跟我们说的话。”

“什么话？”

“不让心底的魔鬼长大。”

布兰科看着她，露出了醒来后的第一个微笑：“那你呢？你也会这样做吗？”左拉的表情严肃起来，点点头，没有说话。两个被灌了烧酒的男孩又喝了一次咖啡，半小时后，他们终于能站起来走几步了。

他们想去海边坐坐，可是老爹却说：“你们先去羊圈，到干草堆里睡一觉，睡眠好了，心脏和身体恢复得才快。”两个男孩久久不能入睡。杜罗只要一闭上眼睛，就觉得自己还在拼命逃脱乌贼的魔爪；而布兰科的眼前则总是出现爸爸妈妈和泽拉塔的身影，可是当他伸手想去触摸，才发现摸到的是山羊安德亚。一直到中午，他们才睡得稍微安稳些，一觉睡到了傍晚。

布兰科被一阵响声吵醒，好像有人在铲土。他站起来，走出羊圈。帕夫勒站在无花果树下，正在挖坑。布兰科来到他身边：“你在这里做什么？”帕夫勒吓了一跳，抬头看了布兰科一眼：“你好点儿了没？”布兰科伸了个懒腰，舒展了一下身体：“已经完全恢复了。你先告诉我，为什么要挖坑？”

帕夫勒指着身旁的一块帆布，下面似乎盖着什么东西。布兰科明白了：“是雷奥？”帕夫勒点点头。布兰科掀开帆布，雷奥浑身僵硬地躺在那儿：“真可怜。”“知足吧，”尼古拉从黄毛那借来了铁锹，“幸好我们要埋的不是你们俩。”

一个小时后，帕夫勒已经挖出一个半米的深坑。帕夫勒和布兰科用帆布把它的尸体裹好，然后小心翼翼地放入坟墓。左拉往它的身上覆上鲜花：“它是一位善良的朋友。”

布兰科说：“它到死也没有出卖我们，它跟乌兹柯克人一样忠诚。”

左拉说："我们应该以乌兹柯克人的方式来安葬它。"男孩们问："要怎么做？"

"把自己最喜欢的东西送给它，作为陪葬。"左拉说完，男孩们陷入了思索。帕夫勒说："明天我把收藏的所有宝贝都带来给它。"尼古拉连忙说："我也是！"布兰科郑重地说："我把口琴送给它。"左拉惊讶地看着他，然后坚定地说："那我把我全部家当都给它。"她从口袋里掏出钱包，打算扔进坟墓。老爹一把夺下钱包："不可以，这是罪孽与愚蠢的行为，想点别的。"这时，杜罗也起来了，于是他说："我把我最美丽的一只蝴蝶送给它。"由于大部分陪葬品都留在了塔楼，尼古拉建议第二天早晨再给雷奥下葬。

"好吧，"左拉同意了，"正好我也需要时间想想，到底把什么东西送给它。"

转眼间天就黑了。左拉做了玉米饼，老格里安煎了几条下午捕到的鲭鱼。吃饱喝足，大家围坐在海边。月亮出现在他们的古堡上方，像一只巨大的金色圆盘挂在天空。它越升越高，越升越高，最后竟然一分为二，一个高悬在天空正中，散发着金黄色的光晕，另一个则倒映在银波荡漾的海面。

"多美呀！"左拉低声说。布兰科也有同感，他突然很庆幸自己现在坐在海边，而不是和爸爸妈妈及泽拉塔在一起唱歌跳舞。美丽的夜色让帕夫勒、尼古拉和杜罗的目光变得虔诚起来。这时，帕夫勒说："老爹再给我们讲一个故事吧！"

"太好了！"其他人欢欣鼓舞。老爹摸了摸自己沧桑的脸，问："你们想听什么样的故事？"

"您知道乌兹柯克人的传说吗？"布兰科问。

"是的，"左拉也问，"您听过吗？"

"好像听过，让我想想。"老人想了一会儿，"那我就给你们讲一个乌兹柯克人的故事，主人公叫珀塞达里克和德桑第奇。"

他背靠着无花果树粗壮的树干，娓娓道来："如果我没记错的话，应该是在十六世纪，土耳其跟威尼斯打仗。那时的威尼斯是亚得里亚沿海最富裕、最强大的共和国之一[①]。在土耳其和威尼斯打得最厉害的那一年，几乎每天都有威尼斯人的三桅帆船和土耳其人的轻型船南来北往，几乎每周都有大大小小的战役发生。胜利有时属于以速度见长的土耳其小艇，有时属于金碧辉煌的威尼斯大船。

"我们塞尼虽然很小，但易守难攻。为了保家卫国，英勇的塞尼人修建了很多围墙、瞭望塔和城门——如今你们依然能见到它们的遗址。此外，塞尼还拥有一支威风凛凛的舰队以及身经百战的海军队伍，从拉古萨[②]到威尼斯，他们的威名无人不知、无人不晓。负责管理这一切的是长老议会，遇上战事，议会才会

① 威尼斯共和国，中世纪意大利北部的城市共和国。存在年期由9世纪直至18世纪。威尼斯早先是东罗马帝国的一个附属国，于8世纪获得自治权。中世纪时期，威尼斯由于控制了贸易路线而变得非常富裕，并开始往亚得里亚海方向扩张，曾统治爱琴海内的很多岛屿。15世纪奥斯曼帝国崛起后逐渐衰落，1797年成为奥地利帝国的一部分。1866年并入意大利王国。

② 拉古萨是1358—1808年间，以拉古萨（克罗地亚杜布罗夫尼克）为中心的国家。

把舰队的统领权交给一位统帅，而这个职位许多年来一直由乌兹柯克人占据。

“珀塞达里克和德桑第奇[1]都做过塞尼舰队的统帅。长老议会一般会根据统帅们各自的能力，合理安排任务。困难的任务大多交由细心谨慎的达里克完成，普通的巡逻或小打小闹则分给胆大莽撞的德桑。之所以让他们轮流指挥，也是因为不想让权力集中在某一个人手里，那会威胁到议会及整个塞尼城的安全。所以，这两人之间存在着微妙的竞争关系，议会巧妙地操控着这种关系。

“在土耳其与威尼斯的战争中，塞尼及它背后的城邦一直保持中立。但是当双方激烈厮杀时，往往会有第三者伺机而动，想要分一杯羹。塞尼获利的方式就是白天偷袭路过的土耳其和威尼斯船只。小规模的偷袭一般都由德桑指挥，他特别适合这样的任务，而且每次运气都不错，民众分到的战利品越多，他在塞尼的声望也就越高。年轻气盛的德桑被胜利冲昏了头脑，他不甘心只做一个优秀的统帅，开始显露自己的野心，摆出国王的架势。他还让别人称呼自己为‘伟大的德桑第奇’，后来索性自称为‘常胜将军’。议会长老们起初不以为意，后来，他们发现德桑通过低价抛售胜利品以及举办节日，积累了越来越高的人气，他们开始忌惮他，于是故意减少他统领舰队的次数。

“这时，土耳其和威尼斯都已经回过神来。他们变得越来越谨慎，不再派船只单独经过塞尼，甚至也开始设置陷阱。第一个掉进去的是倒霉的达里克。那天，观察岗哨发现一条巨大

---

① 以下简称为“达里克”和“德桑”。

的、损毁严重的威尼斯三桅帆船。达里克很快带领四条快桨船出发——这艘原本漂亮的帆船本身就是很好的战利品，但是它得手得太过轻易，不免引起了达里克的怀疑。德桑也参加了这次行动——这是权力交替中最重要的一个环节，即双方必须轮流接受对方的统领——他嘲笑达里克胆子太小，说这是他有生以来见到的最轻松的任务，谁不要这天上的馅饼，谁就是胆小鬼。尽管如此，达里克还是很小心。他命令两条桨船包抄帆船，另外两条保持距离跟在后头。他们的桨船刚抛下船锚，帆船上突然跳下大批全副武装的威尼斯人大肆屠杀。与此同时，短短几分钟内，原本受重创的帆船突然变成了战舰，塞尼的桨船在它的身边就像是两只蚂蚁。一艘被击沉，另一艘见势不妙，连忙转向柯尔克岛前面的沙丘，借助地形甩掉了追击，捡回一条小命。达里克的出击以失败告终了。虽说德桑言语上的刺激也是导致失败的原因，但是为此负责的人毕竟还是达里克。

“德桑借此机会肆无忌惮地公开指责达里克，他甚至还唆使他的朋友制造舆论，说如果当初由他来指挥，行动便不至于失败，他会让手下的四条船一起向帆船发起攻击，把船上的所有人制服，那艘三桅帆船也一定会成为他的战利品。

“尽管如此，长老们仍然命令达里克作为下一次行动的统帅。这次发现了三艘规模中等的土耳其船只，塞尼方面出动了六艘小船。据侦察到的消息，土耳其人在拉布岛登陆后，将村子洗劫一空，正准备带着抢来的财物和女人返航。达里克计划兵分两路，他自己带着三艘船正面攻击土耳其人，同时让德桑绕过拉布岛，从背后偷袭敌人。德桑表面上遵从安排，心里却不希望看到达里克的胜利。当达里克英勇杀敌时，德桑却谎称风力不足，先调头朝海岸航行，然后又绕远路，当他出现在约定地点时，战斗早就结束了。不过达里克并没有吃败仗，德桑的诡计没有得逞，土耳其船只中一艘被击沉，一艘受重创逃跑了，最可惜的是最大的那条也脱身了。

“达里克压根没想过德桑会为了名利做出这种事情。他再次两手空空返回塞尼。塞尼人对他的态度更加冷淡。德桑和他的朋友甚至向长老议会发起了针对他的控诉，勇敢的达里克差一点儿被免去统帅的职位。还好议会中的一位长老极力为他辩护，甚至为他争取到了又一次的舰队统领权。

“后来，威尼斯人想在亚得里亚地区寻找一个可靠的地方，好让他们往来科孚岛[①]的船只在漫长的旅途中得以休整或进行补给，于是他们偷袭了塞尼下属的一处村庄，封锁了海岸。这次塞尼派出了整支舰队：两艘三桅帆船——这是从土耳其和热那亚人手里缴获的战利品、十二艘桨船以及很多条小船。相比之下，威尼斯人出动的舰队规模要小很多。达里克分析情报后，决定包围敌人，然后逼进海湾，瓮中捉鳖。他的计划不但高明，实施起来也并不困难——但前提是所有人都必须遵从他的指挥。德桑立刻意识到达里克在作战策略上的确技高一筹。因此他决定暗中捣

① 科孚岛，位于希腊西部伊奥尼亚海，属希腊克基拉州，隔海峡与阿尔巴尼亚相望。先后为罗马帝国、拜占庭帝国、威尼斯共和国等所占领，一直是外族入侵的目标。1864 年始归入希腊版图。

乱，绝不能让达里克获得胜利，他一定要让他一败涂地。

“而达里克对德桑也越来越不信任，这次出战，他更加谨慎小心，只派他带领两条桨船，横在两个岛屿之间，阻止威尼斯舰队突围。自己则带领主力部队正面御敌。威尼斯人发现塞尼舰队逐渐逼近，全都吓坏了，交手之后，他们伤亡惨重，像达里克预料的那样，准备逃进海湾。威尼斯主帅命令舰队中的两艘快船全力突围，出去寻求支援，因为他知道另一支规模更大的舰队正在前往科孚岛的路上，就在这几天，甚至极有可能马上就会经过海湾。其中一艘刺穿了塞尼从热那亚人手上抢来的三桅帆船底部，另一艘则冲进了德桑埋伏的群岛。当时具体发生了什么，已经无从查验了。后人只知道德桑的两条桨船撞到了一起，等勉强修复之后，威尼斯的快船早已离开海湾，消失在天边。

“达里克大为光火，但他仍然不相信比他年轻很多的德桑会为了一己私欲如此不择手段。好在情况还不算太糟，为了防止再次出现意外，他派出数条小船——又是在德桑的指挥下，守在公海。达里克特意强调，他们唯一的任务就是监控海域，一旦发现威尼斯人的蛛丝马迹，立刻向他报告，他自己则带着余下的舰队对付被困在海湾里的敌人。接下来的战斗堪称达里克军事才华的高光时刻，在他卓越的指挥下，他们成功占领两艘敌船，又将其余的船拉上沙滩。正当他在最后一艘敌船上升起塞尼的旗帜时，他在海湾发现了德桑的身影——他没有听从自己的命令，而是带着全部船只返回了海湾，参加了战斗。达里克质问他时，他还大言不惭地承认自己没有遵守统帅的命令，还说他的部下都想要回来在战场上领一份军功。

“最后，他还带着一丝嘲讽的语气补充道：‘一名统帅居然把一半的战力浪费在监控岗哨上，在我看来非常可笑。那艘快船返回威尼斯起码需要四天，就算威尼斯派出最快的舰队赶来解围，也需要四天的时间，这一点就连我手底下最年轻的水手也知道。’他讲的的确是实情，可是马上便听见桅杆上传来水手的叫声：‘舰队！有舰队开过来了！’达里克的脸色一下子变得苍白。强大的威尼斯舰队接到求助后，开足马力奔赴战场，没等震惊的达里克回过神来，他和他手下所有的船只统统陷入了包围。

“这一仗打得异常艰难，尽管达里克一度成功登上了威尼斯统帅所在的主船，燃起熊熊大火，像是一个巨大的火把，昭告着全世界，乌兹柯克人至死也绝不屈服。可惜他的英勇未能挽救颓势，双方兵力和装备实在相差悬殊，两个小时后，塞尼战舰和海军全部战死，而船上的旗帜一直飘扬在海上，直至沉没的那一刻。

“不过，德桑却被朋友带上救生船，逃离了战场。他将舰队全军覆没的消息带回塞尼，却闭口不提自己的双重罪责。他和他的同党甚至还恬不知耻地指责议会：‘正是因为你们不顾我的警告，一再任命达里克为统帅，所以你们跟他一样，是战舰覆没的罪魁祸首。不过你们现在不必惊慌，因为在我的领导下，塞尼只会成功，不会再遭遇失败。’民众纷纷支持德桑，这次，他终于实现了愿望，成为塞尼陆军与海军的唯一统帅。只不过军队的大部分力量已经在他的阴谋与野心中消耗殆尽。

“他很快便尝到了苦果。十天后，威尼斯人的强大舰队兵临城下。由于塞尼再也派不出像样的战船迎战，他们很快占领了港口，同一天又攻进了城市。塞尼人侥幸从另一面逃出城，躲到山上。但威尼斯人在城市的四角纵火，烧毁了城墙和要塞，后来，这里的居民和乌兹柯克人又花了好多年的时间，才将防御工事恢复到当年的规模。”

老爹慢悠悠地讲着故事，中间不时地停顿一下。讲完后，他拿起烟斗，望着孩子们。孩子们眼睛一眨不眨，听得入迷，见他不再开口，便争先恐后地提出了各种问题。布兰科问：“德桑后来怎样了？”左拉问：“人们后来知道他的罪行了吗？”帕夫勒问：“他有没有得到惩罚？”尼古拉也说：“长老议会有没有审判他？”“快说呀，快说呀！”孩子们齐声央求着。

于是老人继续讲述：“德桑死后很久，他手下的一名船长才将他的罪行告诉众人。虽然他没有被长老议会审判，但也得到了应有的惩罚。他在保卫塞尼的战斗中负伤，他的同伴遗弃了他，他一个人在路上爬行了很多天，最后因为重伤不治，在一天清晨痛苦地死于通往费尤墨岛的路上。”

“那是他罪有应得。”帕夫勒说。尼古拉说：“要是我们当中有人背叛大家，他也会得到这样的下场！”

老人说：“孩子们，我想用这个故事告诉你们，如果你们想成为真正的乌兹柯克人，那就放下彼此的敌对，永远团结在一起。”说着，他挨个看了看大家，又问：“你们能做到吗？”

孩子们坚定地把手按在一起——这对杜罗和布兰科来说还是头一次。

# 第二十二章　雷奥的葬礼

大卡车的轰鸣声将孩子们从睡眠中吵醒。庭院、海滩挤满了渔业公司的渔夫和司机。光头库库利克也来了。孩子们没有理会外面的噪声，杜罗、帕夫勒和尼古拉继续睡觉。左拉已经跟山羊安德亚混熟了，她挤了羊奶，跟格里安老爹一起准备早饭。

大卡车一趟一趟地运送金枪鱼，海湾里的鱼不知何时才能全部捞完。这时，海里突然"哗啦"一声，有一条体形巨大的金枪鱼在死命地扑腾、挣扎。

一个渔民大喊着："我看它起码有一百公斤！"第二个人也惊呼："个头比一条成年的鲨鱼还要大！"老格里安闻讯来到跟前，打量了下："它可能远远不止一百公斤。"库库利克匆忙挤进人群，眼珠子差点没瞪出来。他兴奋地摸着光头，问格里安老爹："有没有大一点儿的渔网？我要活捉了它，送给市长先生。"

"送给市长？"老人惊讶地重复道。

库库利克抬头看了他一眼："当然啦，他那么关照渔业公司的生意，这条鱼应该送给他。"

“哈哈哈！”老人苦笑一声，一口回绝，“直说了吧，他为了支持你们的发展，不惜剥夺我们这些穷苦渔民的权利，你反过来剥削我们的血汗，给他送礼。不，我不会把渔网借给你。”

“我家有。”双胞胎立马回去拿渔网。

库库利克赞许地朝他俩点点头，沉浸在自己的天才想法中，激动地来回踱步。经过格里安老爹身边时，他拍了一下老人的肩膀：“老格里安，你知道吗？我们可以把场面做得更隆重——让渔民当着所有人的面，将这条最大的金枪鱼献给市长先生。”

“什么狗屁玩意！”老爹吐了口唾沫，气呼呼地扭头就走。

回屋后，左拉迎了上来，挽着他的手：“您怎么了，老爹？”

“那光头要把我们最大的鱼送给市长先生。”

“伊威科维奇？”

“是的，我的孩子。”老人继续说，“同类相残，官官相护。他哪里配得上最大的鱼，真应该送给他一条死狗。”

“就是说！等下，老爹，什么死狗？”

“这是风俗，从前的人们就是这样对待不负责任的市长的。”

库库利克的计划实施起来并不容易。他先得把鱼抓住，再找一个像酒桶那么大的椭圆形木桶，把鱼装进去。大鱼被逼得退无可退，潜到水下，在渔夫之间飞快地穿梭。转眼间，一个渔夫被它顶翻跌入水里，大鱼又突然从老奥洛维克身后钻进他的两腿之间，一下子将他顶在了背上，左右乱撞，然后又像一头发疯的驴子一样，身子一挺，把他甩了下来。老爹在一旁乐不可支：“应该让我们的市长先生也骑着它，去集市上看看，好好感受一下。”

折腾了好一会儿，他们才将渔网套在了大鱼的身上。即便如此，这个大家伙的战斗力一点儿也没有减弱。它愤怒地扑腾着身体，用有力的尾巴和尖锐的牙齿来对付人类。他们还是拿它没办法。

好心的老爹看不下去了，赶忙提醒："别管鱼了，把渔网拎起来！"他们连忙照做，这才切实地感觉到大鱼的分量。四个年轻男人加老奥洛维克一起，才勉强将它抬出水面。"好家伙！"奥洛维克和格里安老爹异口同声地说，"我从没见过这么大的金枪鱼。"这时，双胞胎兄弟从家里搬来一个椭圆形的大木桶，他们吃力地将它塞进木桶，扯掉裹在它身上的渔网，大鱼更加疯狂地挣扎，水花四溅。即使盖上了盖子，大鱼还是不肯就范。他们不得不用绳索将木桶紧紧地捆住，又在盖子上压了几块石头。库库利克擦擦额头的汗水："总算弄好了。"渔夫们更是累得汗流浃背。

卡车装载完毕，库库利克邀请老爹一起去商量送礼的事。老人像一只受到攻击的刺猬，怒气冲冲："别拿这事来烦我。"库库利克却紧逼不放："来吧，我请你喝酒，顺便把尾款付给你。""这还差不多。"老爹戴上帽子，上了车。

卡车刚开出院子，布兰科出现了，一脸失望的样子。左拉笑着打趣："你又去找她了？"布兰科说："她不在。"

左拉笑笑："也许她不想理你了。"布兰科没理她，转身看向了大桶。尼古拉把早晨发生的事情告诉了布兰科，光头库库利克打算把这条大鱼献给市长，老爹听了很生气。左拉补充道："老爹说，市长配不上这条最大的金枪鱼，他只配得到一条死狗。以前，像他这样不负责任的市长，人们会送他一条死狗。”

“哈哈！”尼古拉狡黠地笑了，“我们干脆把鱼拿出来，换成一条死狗。”

布兰科和左拉看着他：“到哪里去找一条死狗呢？”

尼古拉说：“别忘了，我们的雷奥还没下葬呢。”

“雷奥！”布兰科连连摇头。左拉也说：“不行，不能这么做。”其他人却不这么认为。帕夫勒劝他们：“我们应该这么做。”杜罗说：“晚一天下葬其实没什么分别。”尼古拉说：“我不明白你俩为什么反对，相信我，如果雷奥还活着，它一定乐意帮我们捉弄一下市长。要是它现在还能说话，一定会说‘好的’！”

“好吧，我同意。”布兰科被逗乐了。左拉虽然没有明确答应，但也妥协了：“你们去吧，我不想看到。”说完，难过地离开了。

男孩们打算先对付大鱼，他们费力地掀开木桶盖，大鱼正蜷缩在桶里盯着他们，眼神里充满恶毒。“真像个魔鬼！”“看着就让人害怕。”男孩们叽叽喳喳，但费了九牛二虎之力也抬不起来。大鱼恢复了一丝体力，又开始扑腾，水花溅了他们满身满脸。机智的帕夫勒找来竹竿，垫在木桶下面，然后小心翼翼地滚动竹竿，推着木桶慢慢前进。到了海边，他们用力将木桶推倒。

这条黑色的庞然大物惊恐地躺在滚热的沙滩上，很快，它仿佛嗅到了海水的味道，用力弹起身体，没等孩子们反应过来，壮硕的大鱼已经跳进大海，转眼消失了。没了它，木桶好抬多了，他们将木桶恢复原位。布兰科和尼古拉往里面加水，帕夫勒和杜罗把雷奥抱过来，放进木桶，又拿来石头增加重量避免露馅。刚刚做完这一切，老爹回来了。他的脸色比早晨还要难看，眼睛里闪着两团怒火。

“他们打算大操大办，”他不满地说，“渔业公司召集了所有渔夫，还有烟草厂的女工，还从萨格勒布酒店请来了乐队。他们甚至还要在集市上搭一座领奖台。库库利克要在那里将大鱼献给市长。”孩子们想到木桶里躺着他们勇敢的雷奥，而不是金枪鱼，心里有些害怕。

帕夫勒小声问：“我们要不要告诉老爹呀？”

布兰科摇摇头：“最好别让他知道。”

这时，渔业公司派人来取木桶。库库利克特意让他们穿上白色上衣和黑色的裤子，看起来像水手一样。这次他们没用卡车，而是派来一辆牛车，由两头健壮的公牛拉着，赶车的是一个胖胖的仆人。左拉捣了布兰科一下：“他是卡拉曼家的用人。”一个渔夫回头对他们说：“牛车也是卡拉曼家的。”他朝孩子们眨眨眼：“专门为了庆典无偿提供的。”

其他几个渔夫围着木桶，其中一个年轻人试着抬了一下：“好重啊！”站在牛车旁的老奥洛维克说：“我们出动了六个人，才勉强把它从水里拖上来。”年轻人想解开捆在木桶上的绳索。黄毛赶紧阻止：“你疯了吗？万一它跳出来怎么办！”

渔夫们好不容易将沉重的木桶抬上了牛车。仆人举起鞭子，公牛们努力了三次，才拉着车走出院子。老爹拿起一件外衣，也跟在牛车后面。布兰科问：“您也去吗？”

## 第二十二章　雷奥的葬礼

老人阴沉着脸："公司想让我和老奥洛维克一起上台，把鱼献给市长。""您答应了？！"布兰科和左拉同时叫道。老人嘿嘿一笑："答应得特别爽快。我还准备了几句话，到时说给他听，他一定特别高兴。"

牛车到了。城门下，库库利克带着打扮得花枝招展的工厂女工和一身正装的乐队正在迎接他们。站在库库利克身边的粉刷匠连忙上前，为公牛、仆人、八个渔夫以及奥洛维克和格里安老爹"梳妆打扮"。他把公牛的牛角和车顶涂成银色，女工们也上前将彩带和五颜六色的玻璃球挂在车上，赶车的仆人穿上一件银色的长袍，扔下鞭子，换上一把三叉戟。两位老人开始不愿意接受这样荒唐的装扮，但他们看见其他渔夫都乖乖地贴上大胡子，戴上尖尖的红蓝色假鼻子，又在身后插上芦苇和花朵，便不再反对，任他们折腾去了。女工和粉刷匠把老爹打扮成海王的样子，给他套上红色的假发，装上一个又尖又长的绿色鼻子，眼睛周围打上厚厚的明红色眼影，让他穿上一件笔挺的绿色高领西装，西装下摆像鱼鳍一样分为左右两部分，站在那里活像古老传说中的海中怪物。

库库利克不停地跑来跑去，一边催促大家动作快点，一边又到处指手画脚。他让所有人站好，乐队走在最前头，后面跟着一半女工，然后是牛车和渔夫，另一半女工排在最后。最后，他摸着光头，朝两个老渔夫喊道："你们知道该对市长说什么吧？"奥洛维克撇了撇被涂上油彩的嘴巴，格里安老爹说："不知道。"

"你们就说：我们把最大的金枪鱼献给最仁慈的市长伊威

科维奇先生。”

“知道了，知道了。”老爹点点头。

“千万别忘了，其他的废话一个字也不许说。”

“好的，好的。”老格里安连连答应，然后朝孩子们使了个眼色。

“驾！”赶车人举起了三叉戟，与此同时，乐队奏起了进行曲，整支队伍动了起来。

傍晚时分，日头不再毒辣，海面泛着涟漪，海岛上传来阵阵微风。乐队的声音越来越响，盛装的公牛们前进得越来越快。孩子们也在，一会儿在队伍的前面，一会儿跟在后面，一直来到码头，他们躲进旁边的一条小巷，有的藏在大门后面，有的躲进地下室，在僻静的角落里偷偷地观望这场盛事。

像平日一样，码头上人来人往，市民、士兵、水手、工匠、学生，也有一些伐木工人、烟草厂女工，以及一些刚刚下船的陌生人，人们听到声响，立刻围了上去。

“游行队伍来了！”小斯卡莱科叫了一声，气喘吁吁地挤上前。

“是的，”小卡拉曼听父亲提过，“这是为市长准备的惊喜。”

“嚯，”一些刚刚挤进人群的水手说，“看起来好像海王波塞冬亲自降临塞尼城了。”

“你瞧，”他的同伴笑道，“连美人鱼都学会化妆了。”

人们筑起两道人墙，将队伍夹在中间，一路朝集市走去。“大胡子玛丽亚”一瘸一拐地从她的小摊后面走出来，惊叫道：“天哪，连公牛都被打扮成这样了！”拉迪克夫妇在鱼摊后观望了一会儿，跟在了队伍后面。亚得里亚旅馆门口最挤，队伍不得不在这里停了一会儿。

“来喝一杯吧，海王陛下！”胖胖的马库林举起杯子招呼两个老渔夫。

老格里安答道：“如果是好酒，那就来一杯吧。”

“一杯？”赶车人傲慢地说，“起码得一整瓶。我们一年才来这么一次，下次还不知道来不来呢！”没等马库林反应过来，他便拿着杯子和酒瓶走了。

波佐维克也从店里探出头来。当看到带队的是库库利克，他连忙穿上衣服，跟了上去。小波佐维克跟着父亲跑了过来。小斯莫扬、小马库林和小穆勒也来了。库尔沁、鞋匠、铁匠、普莱尼克、穿着长衫的苏斯奇、德拉冈、教堂的老约瑟夫、帕契克和他的伙计——人们纷纷走出店铺、酒馆和家门，游行的队伍越来越壮大。

广场上还残留着夕阳的余晖，四边形的地砖和房屋白色的外墙将阳光反射得格外亮眼。在水井的后面，也就是主教宫殿的正前方仓促地搭建了一个领奖台。年轻的罐头工厂老板弗拉格斯依然穿着一身白衣，微笑地站在不太平稳的台子上。市长伊威科维奇就在他的身边。他们的身边围着几个人，有大腹便便的斯卡莱科医生、波佐维克、药剂师霍莫里克、胖子卡拉曼，还有普莱尼克。

两名警察一左一右地站在旁边，贝高维奇罕见地穿了一件新上衣，难得整洁了一回，也没像平日那般满头大汗，看起来多了几分庄严肃穆。多尔德威克跟平时没有什么区别，他手拿橡胶警棍，眼睛盯着乐队的乐手们。

领奖台的周围挤满了人。大街小巷尽人皆知：格里安捕获了好多金枪鱼，其中最大的一条更是整个亚得里亚地区几十年来罕有的，而今天，渔业公司要把这条大鱼公开献给市长先生。

游行队伍缓缓地朝领奖台走去，越来越多的人跟在队伍后面拥向广场。库库利克此刻已经满头大汗，他举起手，示意队伍分开。女工们此时作为礼宾小姐站到领奖台前面。乐队一分为二，分别站在牛车的左右两侧。接着，渔夫在他的指挥下围在木桶边，准备把它扛上领奖台。

一群孩子钻到大人的前面，大声喊道："大鱼大鱼！"孩子们身后的大人也开始往前挤，他们好奇极了。贝高维奇和多尔德威克不停地挥舞着警棍驱赶人群，留出空位来，好让渔夫们把木桶放下。格里安刚给木桶松绑，奥洛维克便迫不及待地打算掀起桶盖。

"慢一点儿，"老爹提醒他，"当心它跳出来。"

库库利克大叫："后退！"把人群向后赶。尽管有渔夫和两位警察的支援，但人群的好奇此刻已经达到了顶峰，他们反而又往前进了几步。

"开——盖——啦！"奥洛维克一边说，一边慢慢掀开沉重的桶盖。

"音乐——起！"库库利克朝乐手示意。他们吹响小号伴奏。

不管人们把脖子伸得多长，站在他们的位置根本看不见大鱼，他们只能看见两位老人脸上吃惊的表情。库库利克见状也朝桶里看，惊得差点把眼珠子瞪出来。市长的眼神有些不耐烦了，弗拉格斯和其他几位嘉宾则一脸迷惑，不知道发生了什么。两位老人很快平静下来。格里安老爹甚至在拼命忍着笑意，悄悄给奥洛维克使了个眼色。

他俩将桶里的东西抱了出来——先是头部，然后是身体，最后出来的是一条长着毛的、湿漉漉的黑色尾巴。“那是一条狗！”离老格里安最近的一个孩子尖叫道。领奖台上也开始窃窃私语：“一条狗?！”波佐维克嘘了一声，示意他们不要说话，他的下巴越发尖得像只狐狸。卡拉曼小声嘀咕着什么，脸红得像只大螃蟹。

尽管音乐声还在继续，但孩子的那一声尖叫已经在广场上扩散开来。

“一条狗！”胖胖的库尔沁跟着喊道。桶里的真相真是让人哭笑不得。

“一条狗！”伐木工人们紧随其后，“他们给市长送了一条狗！”

“而且是条死狗！”女工们“咯咯”笑着说。

于是所有人再次拼命往前挤，都想看个究竟。

“哈哈！”一些人大笑起来。“哈哈！”小孩们也被笑声传染了，女工们更是“咯咯”笑个不停。库尔沁、帕契克笑得喘不过气来，老约瑟夫笑得像山羊在“咩咩”叫，铁匠托米斯拉夫的笑声最洪亮，像是小号在响，他的笑声带动了伐木工人，接下来是农夫们，最终，整个广场都响起了雷鸣般的笑声。“一条狗！”

人们不停地喊着，“一条狗！他们给市长送了一条死狗！”

听到这些笑声，库库利克的脸色像死人一样惨白，拿着三叉戟的赶车人不得不在旁边扶着他。弗拉格斯的脸色跟他的西装差不多。不过脸色最难看的还要数市长先生，他瞪着两只眼睛，气得咬牙切齿，八字胡抖个不停，仿佛被装上了电动马达。他简直不敢相信，居然有人跟他开了一个如此恶毒的玩笑，于是，亲自来到木桶前。

老格里安举起雷奥的尸体。人群的声音越来越大：“的确是条死狗！”这声音甚至盖过了音乐，现在就连站在最后一排的人也听见了这句话。不但如此，它还从窗户钻进各家各户的屋里，甚至越过主教宫殿，继续散播开来。

市长努力维持着他最后的镇定。“停下！”他朝乐队大吼。

“停下，快停下！”库库利克如梦初醒。

市长又喊道：“贝高维奇！”

贝高维奇跑上前说：“我在，市长先生！”

“你带五个渔夫，把人群向码头方向疏散。”

“遵命！”贝高维奇敬了个礼，拿着警棍朝人群走去。

“多尔德威克！”

多尔德威克也跳了出来。

“你带另外五个渔夫，把剩下的人赶到林荫大道上去。五分钟之内清空广场！”

“遵命！”多尔德威克连忙照做。

人群渐渐后退，但他们的笑声、哄闹声和口哨声依然回荡在广场上。

市长转身盯着格里安和奥洛维克，他的声音抖得像风中的杨树叶，气急败坏地问：“这是谁干的？”

“快说，”库库利克也附和道，“究竟是谁干的？除了你俩没别人了！”

两位老人耸了耸肩膀。老爹说：“不，很遗憾，不是我们。”这时，渔夫和警察回来复命了。市长又瞪着渔夫们：“你们和这两个老家伙都有嫌疑。”渔夫们连忙发誓自己是清白的。

“我明白了，我猜可能是他们。”黄毛突然说。

市长和库库利克走到他跟前：“谁？你倒是快说呀！”

“那些住在格里安家的孩子。”

“哪些？哪些？”

“就是警方搜捕了一个星期的乌兹柯克人。”

“又是他们！”市长的小胡子又开始剧烈地颤抖。

黄毛用力点点头：“昨天早晨尼古拉来我家借走一把铁锹。我问他用铁锹做什么——当时我还以为格里安想把他的钱藏好——尼古拉却说：‘不，我们要埋一条死狗。’”

“就是这一条？”市长指着又被放回桶里的雷奥说。

卡拉曼认出来了：“这是我家的雷奥，两天前我把它打死了。”

弗拉格斯忍不住插嘴：“他们怎么会跟你的狗扯上关系？”

“就是因为这吃里扒外的东西跟那帮流氓打得火热。这样的狗我卡拉曼宁愿不要。”

“红发左拉和她的手下！”市长的脸愤怒地扭曲着，小胡子颤抖着，“现在我要让他们知道我的厉害！他们完蛋了。贝高维奇！多尔德威克！”

市长生气地踱着步，半晌才飞快地说：“已经有足够的证据表明今天的无耻行径就是红发左拉他们干的。你们明天去贴个告示，把酬金由一百第纳尔增加到两百第纳尔。一旦知道那帮流氓的下落，立刻向我汇报。我还会打电话给周边城市，让他们再派两个警察过来。我们要搜遍所有可以藏身的地方，如果后天晚上还抓不住这些家伙，我就不是塞尼的市长！不过，一旦被我们抓住……”他提高音量继续说：“通通关进监狱，一个不落！我会亲手把他们送进大牢。”他的语速极快，小胡子也跟着他的节奏上下乱蹦，汗水从他的额头上滴下来，连眼镜都抖个不停。

布置完后，市长说了句：“晚安，先生们。”便迅速转身，穿过广场回家去了。

贝高维奇望着他的背影，说：“可怜的男人。”

卡拉曼仍然看着他的狗发呆，像是为它感到惋惜。弗拉格斯不得不安慰一脸挫败的库库利克。这件事已经沦为整个塞尼城的笑话，从集市到大街小巷，人们到处吹着口哨，继续笑着闹着。是的，虽然警察们一直忙着用警棍教训起哄的人群，但一个小时之后，驼背老鞋匠已经把今天的事件配上了曲调，在整个城里传唱开来：

天神波塞冬，
驾大车，运木桶！

# 第二十二章　雷奥的葬礼

大桶如山沉重，
十人也抬不动。

天神波塞冬，
为了得到景仰，
千里来把礼送，
送给塞尼的民众，
还要把市长歌颂。

市长隆重操办，
乐队锣鼓喧天，
百姓杯酒言欢。
所有人拭目以观！

开桶啦开桶啦！
喇叭声起，
无论男女老少，
全都屏息以待！

威武的头，粗大的尾，
身体健壮直又硬！
突然有个孩子喊：
“分明是条死去的狗！”

市长傻了，
嘉宾呆了。
只有我们穷苦老百姓，
笑到肚子抽筋。

感谢天神波塞冬，
我们明白了您的旨意，
美丽的海滨城市塞尼，
从此必将走向衰落。

所有人都笑得直不起腰来，酒店里的客人很快学会了这支歌谣：“美丽的海滨城市塞尼，从此必将走向衰落。”

“为作者干杯！”库尔沁说着，递给驼背鞋匠一杯酒。奥洛维克低声对格里安说：“算是帮我们出了一口恶气。”格里安点点头：“是的，孩子们干得漂亮，比我准备的演讲管用多了。”

旅馆老板也端着一杯酒，来到他们这桌坐下，他目送着唱着歌的人离开，表情似乎有些担心：“会不会有点过头了？”老约瑟夫摇着满是白发的脑袋：“马库林，随他们去吧，随他们去吧，民众的声音就是上帝的声音，让那些当官的听听神和民众是怎么看待他们的，这是件好事。”

# 第二十三章　全城通缉

庆典进行时，孩子们四处躲藏，直到高潮开始——渔夫们将木桶抬上台，他们才走出来混迹在人群中。其他孩子全神贯注地盯着木桶，只有布兰科一直盯着台上的泽拉塔。帕夫勒、杜罗和左拉混在女工和伐木工人组成的队伍里，大呼小叫地穿过大街小巷。挤在前面的尼古拉听到了市长的指令，足足花了一个钟头，才找到了同伴，但布兰科还不知所终。他告诉剩下的伙伴——市长特别生气，又开始全城搜捕了。

另一边，布兰科熟门熟路地溜到上次的小屋边，看见女孩坐在椅子上，正双手捂脸抽泣。门没关，他走了进去："泽拉塔……"女孩猛一转身，用仇恨的目光盯着他。布兰科吓了一跳。"是你！"她恶狠狠地咆哮着，"居然是你！你还来干什么？"

"我……就是想看看你。"他结结巴巴地说。

"看我?！"她歇斯底里地笑道，"你们让我爸爸在所有塞尼人的面前丢光了脸！让我们整个家族抬不起头来，让我不敢见人！现在你来看我？"

“我们怎么了？”

“你想赖账吗？”泽拉塔朝他逼近一步，“不是你们把死狗放进木桶的吗？”

这时，左拉也从林格纳茨那儿得知了布兰科的消息。明晃晃的窗户玻璃反射着阳光，左拉从酒店的围墙望过去只能隐约看见里面有两个黑影。她翻过围墙，走到窗前，果然是他俩。布兰科低着头，胆怯地站在门边。泽拉塔小姐则满脸怒火，张牙舞爪地在他面前挥舞着拳头，跺着脚大骂，而布兰科则是一副迷茫又害怕的样子。

左拉凑近了些，听见她朝布兰科吼道：“我要你亲口告诉我，是不是你们把死狗放进木桶里的？”

“那条狗……”布兰科还没说完，又被她打断了。

“少废话，回答‘是’或‘不是’。”

布兰科挺直了腰，神色坚定起来：“是的，是我们干的。”

左拉屏住呼吸，泽拉塔后面说了什么，她已经完全听不进去了。这一声“是的”让她瞬间天旋地转，双腿乃至整个身体都僵硬了。布兰科不仅来找这个女孩，还背叛了他自己。不，不光是他自己，而是所有人，是整个乌兹柯克人的帮派。昨天他们刚刚发誓要团结，要彼此忠诚，集体的利益高于一切，要永远做出色的乌兹柯克人。他打破了他的誓言和忠诚，同时也粉碎了他与她之间的一切。

布兰科的背叛对左拉的打击太大。她强撑着靠在墙角休息了一阵，恢复力气后，便立刻起身离开。她的心“怦怦”跳得厉害，眼泪夺眶而出，拳头握得紧紧的。布兰科——是的，她曾经喜欢过他，像兄弟一般爱他，没错，也许比兄弟更多一点。她在所有人面前最偏向他，也愿意原谅他之前的一切，包括他对泽拉塔的爱，以及他曾经把这份爱凌驾于他们的帮派之上。可是他现在就是一个名副其实的叛徒，出卖了所有人。她永远不会再原谅他。

她的脚步越来越快，绝望地穿过一条条街道。人群在码头与集市之间反复游荡，把那首歌谣唱得一遍比一遍响亮。可是她什么也看不见，什么也听不见，根本不知道要去哪儿。

这时，有个人突然拦住了她的去路。“红发左拉！”一个尖锐的声音喊道，然后一只手抓住了她的肩膀。她甩开肩上的手，继续往前走。但那个人却不肯放过她。“是红发左拉！红发左拉！”他的声音越来越响。这时，她看清了他的面孔，原来是尖嘴猴腮的小波佐维克。她从侧面踢了他一脚，趁机挣脱。不过小波佐维克的叫声引来了其他四人，他们在她身后穷追不舍。

几分钟后，他们终于截住她，小卡拉曼挡住了她的去路。他一把抱住她。“可算抓到你了，女魔头！”他得意地叫道，长满痘痘的脸因为兴奋而涨得通红。左拉再次试图抵抗。她连踢带打，又抓又挠，可惜终究寡不敌众。

突然，一个水手大力将他们拉开，大声喝道：“你们这帮坏蛋，放开这个女孩！”

“警察正在通缉他们！”小波佐维克气呼呼地挤到他跟前说。小斯卡莱科又补充道：“就是他们一伙人在装鱼的木桶里动了手脚。”

“哦？她就是其中一分子？”水手哈哈大笑，思忖到底该怎么帮助这个女孩呢，要不放她走掉算了。

“对！”小穆勒说，“我们正要抓她去警局。”

这时，左拉已经恢复了镇定。现在她反而不害怕了。布兰科出卖了他们，难道就这样算了吗？起码也要给他一点教训。她也要让他尝尝被人背叛的滋味。她要告诉贝高维奇和其他警察，布兰科此时正跟泽拉塔小姐身在同一屋檐下。

拿定主意后，左拉挣脱男孩们的包围：“我自己去警局。”

“你自己去？”中学生们难以置信地看着她。

“我自己去，你们要是不相信，可以跟我一起去。”

“去就去。”小卡拉曼擦去脸上的血迹。

“那就走吧！”小波佐维克在后面推了她一把。

左拉仿佛觉得自己穿越了浓雾、森林、围墙。她要去哪儿？——去警局。去做什么？——出卖布兰科。她失去理智了吗？她疯了吗？

一路上，中学生的队伍不断壮大，小马库林、小斯莫扬和其他人也来了。他们高声吼叫，比之前还要肆无忌惮：“我们抓到红发左拉了！我们抓到了塞尼城最狡猾的小偷！我们要把她送进警局！她要进监狱喽！市政府应该把她绞死！”他们的叫嚷和欢呼吸引了更多人加入。等来到警局的时候，他们的人数增加到了五十。

值班的是多尔德威克，他探出头问：“你们把谁带来了？”

# 第二十三章 全城通缉

“红发左拉！”学生们叫道。“我抓住的！”小波佐维克说。“你说什么？”小卡拉曼一脚踢开他，“是我抓住的！”“不，是我，是我，就是我。”所有人纷纷叫道。左拉摆脱了他们的钳制：“他们撒谎。我是自愿来的。”多尔德威克更好奇了：“你是自愿来的？”左拉点点头：“我有话告诉你。”

“好吧，”多尔德威克拉开门，“进来吧。”

中学生们也想跟着，于是拼命往前挤，多尔德威克却说：“站住，你们留在外面。我不需要这么多人。”

小波佐维克和小卡拉曼叮嘱道：“别再让她跑了！”

“放心吧！这里所有的门只通往监狱。”多尔德威克将左拉推进屋里，然后自己站在小讲台后面，先抽了一口烟，擤了一下鼻子，目不转睛地盯着这个红发女孩，“现在，开始吧？”

另一边，左拉离去后，泽拉塔和布兰科还在对峙着。

“果然是你们干的。”在听到布兰科勇敢的承认后，泽拉塔的眼睛像是要喷出火来。

“我们只是想给格里安老爹出口气。”布兰科飞快地说，“渔业公司先是拒绝收购他的鱼，后来市长又禁止他自己在集市上卖鱼。他们干了那么多坏事，现在又想把最大的金枪鱼送给市长。”

泽拉塔叫道：“我只知道，市长是我父亲！现在整个城市都在笑话他，鞋匠还写了一首破歌，街头巷尾到处都在传唱。这给我们整个家族带来了多大的耻辱！”

尽管布兰科并不觉得他们做错了什么，但他现在多少理解了女孩的愤怒和绝望。“我想……”他刚一开口，又被打断。

“你什么都别想了，”泽拉塔冷冷地说，“还有你的帮派，你们等着吧。”她一个箭步来到布兰科面前，吓得他往后退了一步。“我这就去警局，通知警察你在这里。”泽拉塔扭头就走，将他关在屋里。他绝望地拨弄着门把手，可是门被锁得死死的，就连玻璃外面的铁窗也上了锁，防止他跳窗逃跑。

这是他第二次被抓，抓他的人偏偏是泽拉塔……

其实，这都是他活该。左拉早就警告过他小心泽拉塔，老爹也提醒过他。他所有的伙伴们都反对他跟泽拉塔的友谊。可是他却怎么也控制不住，最终还是来自投罗网了。布兰科甚至不怨恨泽拉塔，她跟他们一样，在以牙还牙罢了。他也不觉得自己有错。因为他们有义务为老爹讨回公道，市长活该得到一条死狗——哪怕他是泽拉塔的父亲……

此时，警局里，多尔德威克小胡子微微向上翘着，催促道：“可以开始了。”

“我……”左拉突然顿住了。她刚刚想对警察说什么来着？哦，对了，告诉他布兰科的下落，告诉他布兰科躲在泽拉塔那里，还有……

“快说呀！”多尔德威克手指敲打着桌面，再次催促。

“我知道布兰科在哪儿！”左拉终于吐出了这句话。

“啊哈，”多尔德威克说，“他是你们的头儿。”

“他才不是！”左拉叫道，“他只是一个叛徒！”

“哦？”多尔德威克的手指敲得更快了，他盯着左拉说，“目前看来，似乎你才是叛徒。”

左拉一下子愣住了。多尔德威克说得对，可是还没等她开口，外面的中学生又开始吵闹了，突然，警局大门被拉开，左拉和多尔德威克原本以为是中学生们闯进来了，没想到来者却是泽拉塔。她跑得满头大汗，喘着粗气，目光焦急地搜索了一圈，跳过光着脚的左拉，直接锁定在多尔德威克身上："多尔德威克先生，我有紧急的事情要告诉您。"

多尔德威克忙从桌子后面走出来："泽拉塔小姐，您请讲。"泽拉塔气喘吁吁地说："我们能换个地方吗？"多尔德威克打开一扇门，示意她进去。左拉悄悄地来到门边，偷听他们谈话。

"老奥洛维克的儿子告诉我父亲，那条死狗是红发左拉他们干的，这件事您已经知道了吧？"

"我听说了。"

"那您想必也知道，我父亲将悬赏的金额翻了一番，无论如何都要抓住他们。"

多尔德威克点点头："是的，两百第纳尔。我正要去贴告示，泽拉塔小姐。"

"先生，这两百第纳尔，您可以留给自己。主犯已经被我锁在花园了。"

"布兰科？在您的花园小屋？"

"是的。"

多尔德威克没有说话。女孩有些尴尬地说："我不知道该如何跟您解释这一切，其实我认识这个男孩子，之前跟他相处得也挺愉快，他很有艺术天赋，本来我还打算教他拉小提琴呢。后来我听奥洛维克的儿子说，死狗事件是他和他的同伙一手策划的。您能够想象我的气愤和痛苦吗？而事发之后，他居然还恬不知耻地来找我。我气得大骂他是浑蛋，他一开始还想否认，但后来还是承认这事的确是他们做的。所以我把他锁在花园小屋……”

左拉整个人都傻了。布兰科没有出卖他们，是双胞胎告的密！布兰科只是承认了他们的所作所为。她一下子觉得轻松了许多。对布兰科所有的不满与怨恨，全部烟消云散了。现在，布兰科十分危险，而她必须去救他！可是，要怎样做呢？眼下她自己就是半个囚徒，被困在这令人窒息的地方。

她听见多尔德威克在屋里打电话，将泽拉塔的消息转达给了贝高维奇和另外两名警察。她听见系皮带的声音——那一定是他在佩戴枪袋。她听见他的脚步声在渐渐靠近，不好，他就要进来了。

女孩绝望地看了看四周，从正门冲出去那是不可能的——外面围着一群中学生，她根本打不过。窗户也出不去。角落里好像有一扇门！就在多尔德威克进来的一瞬间，左拉钻进了那扇门里。

她来到一个又长又窄的走廊，大步流星地往前走，转过一个弯，又走了大概两米，看见一扇坚固的大门，上面有一个缺口。她透过缺口往门的另一边望去，那里应该是牢房。这条路不能走。不过旁边还有一扇小门，不，那充其量就是一个小洞。上面挂着笨重的铁门栓。女孩使劲去拉门栓，可是它已经锈死了。她试了一次又一次，终于，在几乎快要放弃的时候，门栓被拉开了。

推开小门，她来到一个小小的庭院——她高兴得差点欢呼起来，她认得这里，几周前，她就是从这里把布兰科救出去的。眼下她的当务之急是要赶在警察前面，那样的话布兰科兴许还有救。

左拉撒腿就跑，像猎犬一样翻越障碍，像猫咪一样爬上围墙，又像鼹鼠一样钻入地下室和通风口，没过几分钟，便回到了萨格勒布酒店。不知道警察们来了没有？她查看了一番，并没有发现他们的身影。不过远处传来一阵喧嚣，估计他们很快就到了。现在就要看谁的动作更快了。她一口气跑到酒店的庭院，又翻墙进了隔壁花园。

布兰科一直被锁在屋里，像个囚犯。他在小屋里走来走去，满脑子都是泽拉塔。她一定跟警察说过了吧？警察们大概已经挂上配枪，拿起警棍，跟她一起回来抓他了。恍惚间，他仿佛看见警察们的样子：贝高维奇跑得上衣扣子都开了，挂在身上的警棍来回晃荡着，他喘着粗气，又将上衣的开口扯得更大些。现在，他们应该已经到门口了，再穿过走廊，朝小屋走来，然后……

布兰科突然听见钥匙转动的声音，他的呼吸变得沉重——他们来了！

门缝里露出一个脑袋。"左拉！"布兰科激动得既想笑又想哭。

"是我，动作快点，警察和中学生们马上就要进花园了。"

布兰科已经听见他们的动静了，外面不断响起开门、关门的声音。两人迅速走进花园，翻过围墙，回到萨格勒布酒店的院子里。他们本想立刻离开酒店，这时却发现追兵们不仅进了市长家，就连酒店也没放过。卡拉曼、斯莫扬、穆勒、库库利克，就连弗拉格斯都来了。他们几个本来在娜哈奇酒馆坐着，现在特地过来支援警察。转眼间，斯卡莱科和市长也赶到了。这下好了，他俩的敌人到齐了。左拉问布兰科："现在怎么办？"

布兰科思索片刻。"我知道一个藏身的地方，跟我来。"他拉着左拉的手，悄悄地回到酒店的庭院。

另一头，市长和警察通过酒店对面的老铁匠托米斯拉夫，确认男孩和女孩先后进了酒店，再也没出来过。市长迅速做出布置，不仅包围了市长府邸和萨格勒布酒店，甚至包围了整个街角。

林格纳茨看见市长一行人过来，一下子就猜到了他们想干什么，干脆躲进了地下室，可没想到老板娘把他喊了出来："带这几位先生去各个房间看看，他们正在抓捕两个犯罪分子，说是有可能藏在我们这里。"

林格纳茨取下嘴巴上叼着的烟斗："我不去。我是酒店的门童，又不是警察。"

市长从口袋里拿出一卷钱："我付你五第纳尔如何？"

"一百第纳尔我也不干，警察要抓人就自己去抓，别来使唤我。"

"您别理他，"老板娘说，"我带你们去吧。"于是他们去了地下室。

林格纳茨走上楼，回自己的房间拿烟草，推开门却看见布兰科和左拉正端端正正地坐在他的床上，他不禁瞪大了眼睛："这下有好戏看了。""对不起，林格纳茨，"布兰科一副可怜样，"我们实在走投无路了……"

林格纳茨没说话，只是慢吞吞地敲了敲他的烟斗。左拉忍不住打破沉默："他们还在外面吗？"林格纳茨终于摆弄完了烟斗："正在搜查整栋楼，五分钟后肯定就到这儿了。到时不光是你们，连我也得一起进监狱。"

左拉又问："真的没有别的办法了吗？"

林格纳茨皱着眉头说："即使你们变成耗子也逃不出去，他们封锁了整个街角。"

布兰科沮丧极了："完蛋了。"然而左拉并没有失去信心："一定还有别的办法。"他俩小心翼翼地来到窗口，到处都是他们的人。

林格纳茨说："别想着翻墙逃跑了，肯定会被发现。"

警察们搜完了地下室，准备去楼上的厨房和客房看看。在楼梯上，他们遇见了来送面包的库尔沁。库尔沁问："你们在找谁？"

贝高维奇不敢直视他的眼睛："往木桶里装死狗的那几个家伙。"

"哈哈！"库尔沁发出响亮的笑声，"与其在这儿抓人，我觉得你们更应该研究一下，为什么人们要给市长送死狗。"

贝高维奇瞪了他一眼，却立马低下头，没有作声。

孩子们听出了库尔沁的声音。"他每天这个时候来给酒店送面包。"林格纳茨解释完突然想到了什么，"库尔沁不是你们的朋友吗？现在如果还有谁能帮你们一把，非他莫属了。"林格纳茨出去将库尔沁推进他的房间："这就是罪犯。"库尔沁看见是他俩，惊讶极了："什么？"

“这就是他们正在搜捕的人。”

“是你们干的？”库尔沁想笑又不得不忍住，憋得身体都颤抖了，“就凭这个，明天我要多给你们一份面包犒赏一下。”

“要是我们再不想办法帮他们逃出去，恐怕他们明天只能吃牢饭喽。”林格纳茨提醒他。

“逃出去？”库尔沁抓了抓脑袋，“你说得对，那个臭烘烘的贝高维奇还在外面。”

“还有市长和那几个中学生。”林格纳茨补充道。

库尔沁抓抓头，看了看带来的大筐，这本来是装面包用的：“有了，我可以带一个人走。”

孩子们顺着他的目光看过去，脸上的愁云一下子消散了许多：“真的可以吗？”

库尔沁点点头：“不过只装得下一个人。”

布兰科坚定地说：“请带她走吧。”

“不行，布兰科。”

布兰科跺着脚说：“你要是不走，我也不走。”

“你先走！”

“你先！”

“别争了，我带女孩出去。”库尔沁没等左拉反抗，迅速抱起她塞进了筐里，又在上面盖了一块布，然后连人带筐抱了起来。

“不行！”左拉挣扎着还想出去。

库尔沁生气了：“别乱动！门开了，被他们听见就全完了。”左拉只好沉默。

## 第二十三章　全城通缉

库尔沁迈着沉重的步伐走下楼梯，这时，警察已经上到了二楼。库尔沁停下脚步，问贝高维奇："抓到人了吗？"

"还没有，不过快了。"

"拿个镜子照照自己，"库尔沁在他背后挖苦道，"也许就能找到罪犯了。"

贝高维奇一声不吭，任由库尔沁从他面前走过……

房间里，布兰科担心地说："不知道他们会不会出事？"

林格纳茨双手一摊："还是想想你自己吧，都自身难保了。"

布兰科急得团团转。

"有了！"林格纳茨从阁楼上拖来一个大行李箱，打开箱子对布兰科说，"钻进去！"

"啊？"

"快快快！贝高维奇就在外面。"林格纳茨一把将布兰科塞进去，合上箱子，又找了两根皮带绑了一圈。贝高维奇和多尔德威克还在三楼一间一间地排查。林格纳茨完全当他俩不存在，自顾自地将行李箱背到院子里，放到一辆手推车上。老板娘看见了，走上前问道："这什么？你要把这个箱子拿到哪儿去？"林格纳茨慢条斯理地往烟斗里塞烟丝："这是二楼英国客人的箱子，他让我去配一条加固的绑带，我去木匠帕契克那儿看看。"

"别去太久，"老板娘说，"今天晚上活儿多着呢。"

林格纳茨点燃了烟斗："我去去就回。"说完，他推起小车，走出了院子。市长和库库利克丝毫没有在意，只有卡拉曼眼神里充满了怀疑。林格纳茨停下来："怎么了，先生？"

卡拉曼说："看你一眼不行吗？"

"哦，"林格纳茨说，"我还以为你要给我小费。"

卡拉曼登时恼火了："凭什么？我欠你的吗？"

"不不不，我就随口一说，碰碰运气。人们都说你们最近出手很大方，"林格纳茨笑着说，"毕竟活生生的鱼都变成了死狗，还有什么是不可能的呢？"

卡拉曼的脸涨得通红，他大声吼道："你这个家伙越来越没规矩了！"然而林格纳茨已经推着车，消失在了街角。等过了码头，他才停下脚步，打开箱子："行了，出来吧。"布兰科握住林格纳茨两只手："太谢谢你了，我会永远记住你的救命之恩。"

林格纳茨难为情地挣脱开来："不必了，对了，你记得告诉格里安老爹，让他找几个大木桶，把你们藏进去，放到海里先躲一阵。如果我今天没听错的话，明天半个城市的人都会出动，找寻你们的踪迹，市长抓不到你们不会善罢甘休的。"

"我会转告他的，谢谢你，林格纳茨。"布兰科连连点头。

林格纳茨抬起手推车。"千万别忘了。"他再次叮嘱道，然后转身往城里走去。

布兰科没走多远，就看见左拉从树丛后面走出来。他们开心地拥抱在一起。布兰科真诚地说："谢谢你今天又一次救了我。"

"你不必谢我，"左拉收起笑容，"我一开始没打算救你。我甚至还去了警局，差点儿出卖了你。"

"为什么？"布兰科诧异地问。

左拉说："其实我之前去花园小屋找过你一次，在屋外听见你跟泽拉塔说‘是的，是我们干的’，我以为你出卖了我们。所以我就想报复你，于是去了警察那儿，打算告诉他们你跟泽拉塔在一起。”

“泽拉塔当时已经知道了那件事是我们做的，是黄毛告诉他们的。”

“可我当时不知道呀，我在路上被中学生们截住，然后阴差阳错去了警局。多尔德威克审讯我的时候，泽拉塔来了，她告诉多尔德威克的时候我才知道。”

“所以你就回来救我了？”

“是的，翻了几户人家的院子和围墙，好不容易赶在了他们前头。”左拉说着，突然忍不住内疚，抽泣起来。布兰科拥住她的肩膀，安慰道：“好了，一切都过去了。现在我们俩都得救了，我还是要谢谢你。”

“所以你不生我的气了吗？”

布兰科笑了：“当然不。这件事情就我们两个人知道，不要告诉其他人了，好吗？”

“嗯！”左拉擦干眼泪，“就这样说定了。走吧，我们得快点回去。”

尼古拉、帕夫勒和杜罗还没睡，两位老人坐在石桌旁，都在焦急地等待着布兰科和左拉。

“你们可算回来了，”老爹迎了上来，“我们还以为你俩落到警察手里了。”

“的确差一点就被他们抓住了，是林格纳茨和库尔沁救了我们。”他们把来龙去脉告诉了大家。所有人都笑了，尤其是库尔沁对警察说的话，特别解气。

“林格纳茨让您把我们藏在木桶里，然后趁他们搜查的时候放到海里去。”

老爹笑了:“的确是个好主意。不过，先等等看吧，也许明天会有转机出现。”

# 第二十四章　市政府特别会议

第二天，格里安老爹做好了警察上门搜查的准备。天才蒙蒙亮，他就把孩子们转移到了山洞里，让他们安静地待在里面，不要发出声音。然而早晨过去了，上午过去了，连警察的影子都没见着。十一点左右，老约瑟夫气喘吁吁地上门了，他是专门来给市政府送信的。他尴尬地笑了笑，摘下帽子，从里面拿出一封信。

老爹拆开信封，上面写着：

渔夫 A. 老格里安：

特此传唤您于今日下午三点至市政厅参加市政府特别会议。

市长 伊威科维奇

老爹又读了一遍，然后揉了揉脸："他们又在搞什么花样？"老约瑟夫试探地问："是关于孩子们的吗？"老爹点点头："肯定是。"

"那就没有必要低头。要知道，半个城市的人都为他们拍手叫好。"

“我也没打算低头，我只是想知道，这些孩子们以后该怎么办。”

“车到山前必有路。”老约瑟夫安慰他。说完，他蹒跚着离开了。

既然要去，起码要体体面面地出席。老爹洗了头，把一头浓密的白发梳整齐，又擦洗了脖子、胳膊、双手，甚至还用浓浓的肥皂液泡了脚。接着，他又从抽屉里找出一件绣着花的白色衬衫，穿上一条红色粗条纹裤子——这是他最好的裤子，再戴上一顶太阳帽。收拾妥当后，他拿起镜子照了照，觉得满意了，这才往屋外走去。临走前，老爹又去叮嘱孩子们千万别出来。

城市里一切仍然按部就班地运行着，死狗的事情仿佛已经被遗忘了一般。老爹匆匆忙忙直奔玛丽亚的摊位，买了一袋冰糖，这才慢悠悠朝市政厅走去。那是一座外表看起来不怎么好看的长方形建筑，由一前一后的新楼和旧楼组成。一楼是传达室、税务处、档案室和其他几个办公室，旧楼的楼上则是市长办公室和会议厅。

老爹走上楼梯，向工作人员询问在哪里开会，那人指给他看。老爹仔细把鞋子擦干净——尽管在楼下时已经擦过一遍，然后摘下帽子，叩了下门，走了进去。

这几乎算得上是个大礼堂，窗户上装的不是透明的玻璃，而是数百块小小的圆形彩色玻璃片，有红色、蓝色、绿色和橘色，光线透进来，让室内呈现出一种奇特的、各种彩色糅合在一起的朦胧感。

# 第二十四章　市政府特别会议

老人花了好久才适应这里的光线。他看见房间中央摆着一张厚实的橡木长桌，桌子的周围摆着十三把椅子，一个巨大的帆船造型的烛台式吊灯悬在桌面上方。这般隆重的排场让老人有些不安，不过等他看清了在座的面孔，就没那么紧张了。市长先生坐在长桌的一头，他的椅子是所有椅子中最大的，看起来就像是国王的宝座。他的身边坐着库库利克，光溜溜的脑袋在昏暗中倒显得格外亮堂。库库利克的对面坐着大块头卡拉曼，双手像铁锤似的摆在桌上。然后是斯卡莱科医生，脸上挂着友善的微笑。医生旁边是牧师拉斯诺维克，看上去庄重而慈爱。医生和牧师的对面坐着波佐维克和磨坊主穆勒，他们正在用满怀敌意的目光看着老人。波佐维克的旁边是善良的面包师库尔沁，见到老格里安进来，朝他眨了眨眼。此外，桌子两边还坐着药剂师霍莫里克和依然穿着白色西装的罐头厂经理弗拉格斯，当然还有一脸凶相的林场主斯莫扬、没剩下几颗牙的普莱尼克，最后老人还看到亚得里亚旅馆的老板马库林也来了，他倒也是一脸和气的样子。

格里安老爹有些局促，摸了摸胡子。现在，所有议员全部到齐了。在座的人开始轻声地交头接耳，这时，市长拿起一只小锤子，在桌上敲了一下，然后对老人说："格里安，我们都在等你，去那边坐下吧。"格里安找到自己的位置——这是一张特别小的椅子，跟其他人的椅子比起来简直就像个小矮人。

市长站起来说："我们今天聚集在这里，是为了决定一件关系到整个塞尼城的大事。我也不想多说了。市政府认为，昨天的'死狗事件'必须得到彻查与重罚，不把罪犯送进监狱，我们绝不善罢甘休。”说到这里，他停了一下，仿佛是想要引起听众更多的重视，然后提高了音量：“我们已经知道罪犯是谁，也知道他们现在在哪里。”他突然转向格里安，盯着他说：“格里安，他们现在就在你家。所以我们今天才传唤了你，就是想问问你，愿不愿意把这群小流氓交出来。如果你不愿意，那我们只好把你当作同伙看待，暂时扣留在这，直到把他们全部缉拿归案。到那时，格里安，你就只能跟他们一起接受审判了。”

说完，市长仿佛累了，身体靠回椅背。有人朝他赞许地点点头，然后把目光投向格里安，等待他的回答。

起初，格里安的确有点儿惊慌。他觉得自己简直太愚蠢了，就这么掉进了他们设下的陷阱，现在就像一只被关在笼子里的鸟，出不去了。他思索片刻，直视市长：“好吧，你们这一招的确厉害。不过，就算今天我不在这里，我也一样应该站在被告席。对我来说，他们不是‘小流氓’，他们只是一群孩子，死狗的事情其实我也有责任，而且他们到现在也不理解，为何一个恶作剧就成了市长您所说的严重罪行。”

没等市长开口，牧师先温和地开了口：“格里安老爹，您能不能解释一下，刚才这番话是什么意思？”

“当然，”老人抚着胡子说，“相信在座的各位都很了解渔业公司跟我们这些自由渔民的纠纷吧？你们大概也知道，我是渔民中抗争到最后的人。昨天，他们在我的渔网里发现了一条金枪鱼，它大概是亚得里亚海岸有史以来捕到的最大的一条。渔业公司的董事长库库利克先生想把这条鱼献给市长先生，而我们这位市长先生，事实上从头到尾都在纵容、偏袒渔业公司欺压我们这些小渔民。”

市长不乐意了：“我这么做都是为了塞尼城的渔业发展。”库库利克也连忙附和道：“就是，就是。”

“这只是你的一厢情愿，你问过我们这些小渔民了吗？库库利克先生的提议让我非常生气，一时激动，我就在家里大骂，市长不配得到最大的金枪鱼，他只配得到一条死狗。这话被孩子们听到了，所以趁我们进城筹备庆典的时候，他们把准备安葬的雷奥——卡拉曼先生家的狼犬，偷梁换柱，塞进了木桶里。孩子们并没有什么天大的恶意，如果市长先生坚持认为这是严重的犯罪，那么，应该出庭受审的人是我，而不是孩子们，他们是无辜的。”

格里安老爹的陈述从头到尾简洁而质朴，让库尔沁、牧师拉斯诺维克、斯卡莱科非常动容，然而另一些人却坐不住了：“你说他们是无辜的？！他们就是流氓！罪犯！小偷！”

市长拿起锤子敲了敲，示意他们安静：“格里安，我也觉得很奇怪，你居然明目张胆地为那几个小无赖说话。要知道，他们对塞尼的危害并不只是昨天发生的事，几个星期以来，他们的偷盗行为就没停过，你怎么可以说他们是无辜的？在我看来，他们分明是有罪的。”

老爹清了清嗓子，提高了音量，他直视市长，用更加坚定的语气说：“嗯，我承认您有一点说得对，在那些大大小小的事件中，的确有人是有罪的。但那不是孩子们，而是我们这些人。”

此话一出，仿佛扔了一颗炸弹。“我们有罪？”听众中立刻有人愤愤不平地站了起来。“我们？”牧师和医生也看着格里安老爹，怀疑地问。

“就是我们。我们应该关心的难道不是他们为什么要去偷窃？我认识他们不是一天两天了，对他们还算了解，所以我可以给在座的各位提供一个最准确的答案。”他从口袋里掏出烟盒，为自己点了一支烟，“先说布兰科吧，他是你们所谓的主犯。在座的大部分人都认识他，他是小提琴手米朗·巴比奇和安卡的儿子。你们当中有不少人跟米朗的关系远远超过了泛泛之交，甚至还自称是他的朋友。我也知道，你们一直以他为傲，毕竟他是亚得里亚海岸最出色的小提琴手，甚至市长先生都曾经特意要求与他合影。人们称米朗为‘塞尼的儿子’，后来，他带着他的小提琴继续巡演去了，他的妻子安卡死于肺结核。临死前，除了斯托雅娜嬷嬷，没有人去照顾过她——在这件事上，我们所有人都应该感到羞愧。然而更大的羞愧是，这个城市根本没有一个部门愿意为可怜的死者料理后事，最后还是女工们凑钱买了几块木板，穷木匠分文不取，给安卡打了一口棺材。自打安卡入土为安之后，你们仿佛忘记了米朗和小布兰科的存在。你们这些受人尊敬的先生们，能够想到的最好办法，就是把这个刚刚失去母亲的男孩子赶回他的奶奶——女巫卡塔的身边。可是你们知道吗？他只在那里睡了一晚，第二天一早就被赶出了家门，老卡塔还告诉他‘饿了就去偷’。”

说到这里，老爹的语气难掩愤怒，他怒视着在座的男人们：

“可怜的布兰科还能做什么呢？他除了偷别无办法！”

停顿片刻，他继续说了下去。“至于其他孩子的遭遇，简单地说，这帮孩子总共有五个人。女孩无父无母；个头最小的男孩是个渔夫的儿子，”他将目光投向弗拉格斯，“他的父亲曾被您的公司雇佣，后来因为事故，死掉了，从那以后，再也没人照顾他了；另一个又高又壮的男孩，被他那成天酗酒的鞋匠父亲赶出了家门，他让自己的亲生儿子滚蛋，说他已经足够大了，能养活自己了；还有一个男孩是自己离家出走的，他的父亲接连几个月没有工作，他要是继续待在那个家里，早就被饿死了。就是因为这样或那样的原因，他们才团结在一起，变成了一群你们口中的‘小无赖’‘小流氓’。可是，先生们，难道你们认为他们真心喜欢当小偷，喜欢靠偷盗填饱肚子吗？最初的时候，布兰科连从沟里捡起一条人家不要的鱼，都觉得羞愧得要死。左拉这个姑娘偷过我一只鸡，后来良心不安，便又还了我两只。不，他们根本不愿意去偷东西。所以我要再说一遍：如果真的要找出有罪的人，那就是我们，也就是在座的各位，对他们不闻不问的大人们！”老人说到激愤的地方，挥舞着双手，满脸发光，浓密的胡子颤动着，着实震慑到了在座的所有人。

“说得好！”库尔沁第一个拍手叫好。“说得好！”斯卡莱科医生也跟着喝彩。白发苍苍的牧师甚至站起身来，走到老爹身边，拍着他的肩膀说：“谢谢您，格里安老爹，我永远不会忘记您的这番话，简直说到了我的心里。”

然而，格里安的话也惹恼了另一拨人，他们先是小声议论着，然后逐渐提高音量，最后索性明刀明枪地上了。“哼，”林场主斯莫扬冷冷地说，“没想到小流氓个个成了可怜的孤儿，罪犯被洗白成老实人，而老实人却被说成了有罪。真不知道我们现在是该笑呢，还是该哭呢？”

“那请你告诉我，斯莫扬先生，这帮孩子们偷过你什么东西？”格里安问。

“整个塞尼城的人都知道，一头小鹿、两只狐狸、二十多只鸟，还有两只松鼠。这还不够吗？”

“据我所知，这些动物并不是你的，而是你儿子养的。而且他们并没有偷走，只是把小动物放生了。你不如去问问你儿子，他会告诉你他们这么做的原因。”

“我知道，因为一个臭不要脸的穷小子，他们不过是拿了他几个杏子而已。”

“几个杏子？”老爹生气了，“所以孩子们才去报复了你那个臭不要脸的儿子，把他养的动物放生了。”

斯莫扬霍地站起身，气得脸上的青筋都暴了出来：“你这是在当众侮辱我！”

老爹冷笑一声：“请问诸位，我有侮辱过斯莫扬先生吗？”

库尔沁和普莱尼克笑了，其他人脸上露出了尴尬的表情。

林场主一个箭步走上前去：“收回你刚才的话。”

“哪句？”

“你说我的儿子臭不要脸。”

“那请你先收回那句‘臭不要脸的穷小子’。在这个世界上，所有的孩子都是平等的。”

“你有什么资格教训我！”斯莫扬气得快要爆炸了。

“不想听，就请你把耳朵堵上。只要其他的人听懂我的话就够了。”

“老东西！”

暴怒的斯莫扬站在老人面前，气得发抖的手高高举起，看样子想要动手。老人也站起身来，毫不示弱地迎向斯莫扬，宽阔的肩膀，肌肉发达的手臂，坚毅的表情。两个人看起来势均力敌。“斯莫扬，我不是你手下的伐木工人，也没在你的林子里偷过动物或者木材。我是塞尼城一个自由的公民。你那套恐吓对我没用。我现在建议你老老实实回去坐下，否则，”说到这里，老爹也抬起手臂，“我帮你坐下。”

“我想干什么，你管不着！”斯莫扬吼道，“不用你这个流氓头子来教训我！滚蛋吧！”斯莫扬还想说什么，却被市长喝止了。“闭嘴！”他走过来分开了剑拔弩张的两人，“这里不是酒吧。”老爹坐下来，斯莫扬也被市长推回了他的座位上。

这时，市长又问波佐维克：“你怎么看待这件事？”

杂货铺老板一副苦大仇深的模样，将目光转向格里安：“对我来说，小偷就是小偷，不管是为了寻开心还是因为肚子饿，我认为，偷了东西，就应该进监狱。”

“波佐维克，你真的是这么想的吗？”老爹突然打断他的话。

“当然。”

“好吧，”老人平静地说，“如果我是你，我会先把你的儿子抓进监狱。”

“我儿子？小心我告你诽谤！”他的表情扭曲了。

“你知道你儿子在你家院子里堆纸箱的地方偷偷搭了一个秘密基地吗？里面全是从你家店里偷来的东西。一个沙丁鱼罐头换一张邮票，一块巧克力换两张邮票，要是谁有三张邮票，估计你的半个铺子都要被偷空了。你要是不信，去院子里，把纸箱推倒，你自己看看里面藏着什么。”

“我儿子？偷我店里的东西？”波佐维克气急败坏，“我这就回去瞧瞧，格里安，要是你敢乱说，别怪我对你不客气，到时候我要上法庭……”话没说完，他就想跑。市长拦住了他：“等一下！等会议结束了再走。”他把激动的波佐维克强行按在椅子上。

现在轮到马库林了。“你的想法呢？”市长问他。

马库林摊开肥厚的手掌，放在肚子上：“跟在座的各位一样。”

“在座的各位想法是什么？”

“他们各持己见。”

市长笑了笑：“既然每个人都不一样，你又怎么跟所有人的想法一样呢？”

“因为我听出了一致的地方。”

“什么？”

“就是格里安说的那番话。在这群孩子的问题上，无论谁的责任多，谁的责任少，归根到底，我们都是有罪的。”

磨坊主穆勒叫道：“那帮小流氓曾经把你的儿子丢进井里！”

“哦，”马库林摆了摆手，“我知道，他后来告诉我了。”

斯莫扬问：“你儿子差点被他们几个淹死在井里，你竟然一点儿都不介意？”

“吃了亏，他才会懂得反思。”马库林不慌不忙地说，“起码他也明白了，不能仗着家里有钱，就随意欺负穷人家的孩子。毕竟，穷人和富人一样，都是我们的顾客。”

“马库林，你就没有别的话想说了吗？”市长语气严厉。

“至少今天没有了，市长先生，我想说的就这些。”说着，他擦了擦脸上的汗。

“好吧，卡拉曼，你呢？”

高大的卡拉曼将两只手放在桌子上：“我的观点从头到尾都没有变过。布兰科·巴比奇是个小偷，红发左拉比他更无耻，而另外三个人也好不到哪儿去。他们几个活该进监狱，而且他们还害死了我的狗，因为雷奥，我恨不得亲手把他们抓住，关起来！”

格里安朝卡拉曼眨了眨眼：“别老是‘小偷，小偷’地叫，卡拉曼，这个城市里关于你欺软怕硬的故事流传得还少吗？”

“你在侮辱我！”卡拉曼攥紧拳头。

“我有吗？有句老话说得好：‘有多大身板，穿多大衬衣。’”

“我倒是也有一句老话送给你：‘传播谣言的人，本身就是恶人。’”

“我没有传播任何谣言，卡拉曼，我只希望你跟我们一样，良心未泯。比如，对雷奥。”

“对！那帮小偷必须赔我一条狗。”

“狗是他们偷走的？”

“是他们教坏了雷奥！”

“我倒觉得雷奥是自愿跟孩子们亲近的，而且我跟你保证，如果换成是我，我也想从你家逃跑。”

“哦？你倒是说说为什么？”

“因为大家都说，卡拉曼家的小牛犊比他家的雇农肥多了。”

“哈哈！”卡拉曼大笑着松开了拳头，“他们都是这么说的？那就对了。我养着牛犊子，是为了养胖了杀来吃，养着雇农是为了给我干活，我从没听说过胖子比瘦子干活干得利索。”

市长又问了面包师。库尔沁早就等不及了：“我支持格里安老爹的说法，孩子们是无罪的。我认识他们的时间比你们在座的都要久，我知道，他们真的不是坏人。”

“你认识他们？在哪里？什么时候的事？”大家七嘴八舌地问起来。

库尔沁不好意思地笑了笑：“我每天一大早把卖剩的面包放到外面，让他们拿去吃。”

“蛋糕也舍得给他们？”波佐维克刻薄地说。

“那得看头一天有没有剩下来，以及我太太有没有偷偷拿去给你。”

“我又不是白要她的东西。”

“我知道，”库尔沁皮笑肉不笑地说，“你拿烧酒跟她换的。不过我认为，比起你的猪，孩子们更需要这些面包和蛋糕。”

“嗬！嗬！”库库利克阴阳怪气地叫起来，“你以为养猪很简单？好吃的煎猪排不是哪里都能吃得到的。”

“我并没觉得养猪很简单。我只是觉得，如果为了一口猪肉让这么多孩子挨饿，那么再好吃的煎猪排我也吃不下去。”

“你说得倒是有道理。”库库利克承认了。

轮到普莱尼克了。他已经在椅子上坐立不安好一会儿了。市长伊威科维奇是他的老主顾，斯莫扬和穆勒也常常照顾他的生意。

他犹犹豫豫地说：“我只知道布兰科·巴比奇在他母亲活着的时候，是个懂事的孩子。至于他后来如何了，我并不清楚。”

“普莱尼克，如果我是你，我就有话直说，用不着考虑那么多。”格里安老爹不客气地说，“要不是你在他妈妈去世后立刻收回了房子，将他赶到街上，也许我们今天压根不会坐在这里讨论他的问题。”

“我……”普莱尼克心虚了，“这是谁说的？”

“亲爱的普莱尼克，城里人人都这么说，这种事情传得最快了。”

市长打断他们的争执：“我们听听牧师先生的想法吧。”

“好的，好的，”牧师站起身来，“我跟格里安老爹的意见一致。如果说一定要定罪，那么有罪的是我们自己。所以我建议，在认清我们自己的罪责之后，再花十五分钟时间讨论一下，我们应该怎样做出弥补。”

“我有话要说！”这时，磨坊主穆勒高声说，“牧师先生，您难道忘了吗，那帮浑小子放光了我鱼塘里的水，我的鲷鱼、梭子鱼和鲤鱼，全都跑光了，这笔账还没算呢？”

下面立刻议论纷纷："当然要算！""难道这也是我们的罪过吗？"波佐维克说。"这帮小畜生，应该拿荆条好好抽一顿！"斯莫扬咬牙切齿地对市长说。

"是的，"市长挑衅地看着老爹，"我很想知道，这回你还有什么借口？"

"那件事的确很糟糕，但是，"他转头对穆勒说，"你其实跟我一样清楚，孩子们并非故意放干鱼塘的水，他们是想通过这种方式抓到你的儿子。要是早知道这么做会带来巨大的损失，他们绝对不会碰水闸。"

"那谁来赔偿我的损失呢？将近三千第纳尔，就这么打了水漂了。"

"两千五百第纳尔——这是你昨天在萨格勒布酒店亲口说的，"老爹纠正他，"我拿我的脑袋担保，这笔钱，孩子们会分文不少地赔给你。"

"他们赔我钱？！"穆勒傲慢地说，"难道要我等到海枯石烂、天荒地老吗？这样吧，三十年后如何？"

大家哄堂大笑。只有格里安老爹一脸严肃："不需要。这笔钱，明天就给你。""明天？"穆勒听到此话，瞪大了眼睛。老爹点点头。

"他们从哪搞来的钱？"波佐维克和卡拉曼怀疑地问。

"他们自己的钱。"

"肯定是偷来的！"卡拉曼叫道。

"不，你错了。这是他们自己用劳动赚来的。"

市长也插嘴说："那么请你告诉我们，他们在哪里赚来了这么多钱？"

老爹吸了一口烟："在我这里。"

"在你那里?！"所有人异口同声地叫了起来。

"没错，"老爹笑了，"金枪鱼刚刚出现在附近海域的时候，渔业公司几乎跟所有的渔夫都签了雇佣合同，我找不到其他人帮忙，就只好托人带口信给孩子们，没想到他们真的来了。"

"哼！"波佐维克和穆勒说，"他们会乖乖地给你干活？"

老爹真的怒了。"你们为何永远放不下对他们的成见？他们偷东西根本不是为了取乐，只是为了填饱肚子。听说我需要帮助，他们很高兴就来了，非常主动地跟我一起干活，不信的话，你们可以去问问老奥洛维克。"他顿了一下，看到那些人脸上露出难以置信的惊讶表情，接着说，"他们早晨最早起来，晚上最晚睡觉，如果没有这帮孩子日以继夜地帮忙，我们肯定连一半的鱼都捞不到。"

"我只想知道他们怎么能赚到两千五百第纳尔这么多钱的？"卡拉曼伸长了脖子，咄咄逼人。

"怎么赚到的？其实很简单。因为雇佣他们的不是像你们这样的人，他们是在帮一个老实本分的渔夫干活。你们知道吗？在亚得里亚海岸，一个老实本分的渔夫依然按照老辈人的规矩分配收入。先把渔网的那一部分分给渔网的拥有者，然后剩下的部分，所有人根据功劳大小分配。两个孩了相当于一个成年人，现在，你们可以问问库库利克先生，"他指着光头说，"问问他总共付给我多少钱，再加上我自己卖掉的一小部分，算下来差不多是赔偿金的两倍。”

“你同意这个赔偿办法吗？”斯卡莱科医生问他身边的穆勒。穆勒连忙说：“当然同意。”

“那就行了。”医生的脸上露出微笑，他搓着两只手。“那我们就放过这些孩子吧，关于死狗事件，”他转身对市长说，“民众们只是出于好玩闹一闹，很快就会忘记了。”

“他们这般笑话我，还编了歌谣满城传唱，你说这是好玩？！”市长愤怒地吼道。

“他们一样笑话过我，也唱过关于我的歌。”

“你就这样算了？”

斯卡莱科医生嘬了嘬冰糖，然后说：“开始我跟您一样愤怒，吼过他们，也骂过他们。后来看开了，就一笑了之。”

一直一言不发的罐头厂老板弗拉格斯开口了：“我也这么认为。最好的办法就是一笑了之。放过那帮孩子吧。”然而市长却站起来说：“我本人坚决反对。这件事必须大家投票决定。不过，无论投票的结果如何，他们的那个什么乌兹柯克帮派绝对不允许继续存在，我不能再任由他们在我们的城市里、我们的土地上继续捣乱。否则，我马上亲手把他们关进牢房。”

“同意，我们投票吧。”穆勒、卡拉曼和斯莫扬纷纷说。

市长用锤子敲了一下桌面：“同意审判乌兹柯克人的，请举手。”

卡拉曼、斯莫扬、穆勒、霍莫里克、波佐维克和库库利克举起手。

“反对的请举手。”

拉斯诺维克牧师、库尔沁、斯卡莱科、马库林、普莱尼克和弗拉格斯举起了手。

“六票对六票。”市长的语气中充满失望。

“还有您自己呢？”卡拉曼赶紧提醒他。

“对啊，”市长顿时来了精神，“还少一票呢。”这时，突然有人在他的肩上拍了一下。他扭头一看——泽拉塔不知何时来到他的背后。其实泽拉塔已经在门口张望了好几次，在这紧要关头，她终于忍不住鼓起勇气，走进了会议室。

“你怎么来了？”市长问。

“爸爸，我有话跟您说。”她低声说。

“我现在没空。”

“您必须有空！”她的语气十分焦急。

父女俩对视了一眼。“好吧，”市长无奈地对大家说，“请各位稍等片刻。”

市长刚走，会议厅里，牧师、库尔沁、弗拉格斯和格里安便坐到了一起。弗拉格斯问：“格里安老爹，你说那帮孩子中有一个男孩，他的父亲生前曾是我工厂里的员工？”老格里安点点头：“他叫尼古拉。”

“不知道他愿不愿意做个渔夫？”

老人说：“其实他已经是了，捕鱼的技术相当不错。”

“太好了，请转告他，让他明天来我办公室报到。密涅瓦号明天要去科孚岛附近捕鱼，船长正好需要一个能干的男孩。”

牧师也说：“我认识一个农夫，他叫波拉切克，在森林的另一侧有一块田地。他昨天跟我说，因为自己没有孩子，所以想找一个小伙子帮他干活，当他的孩子。”

“您说的这个波拉切克住在山后面？”

“是的，就在森林边上。”

“孩子们认识他，一定有人愿意去的。”

“我也要一个，每天帮我送面包，过两年可以给我当学徒，学学烘焙。”库尔沁说，“正好现在店里就一个伙计，实在忙不过来。”

“已经三个啦，”牧师的脸上露出欣慰的微笑，“我们争取在市长先生回来之前把剩下两个孩子也安排好。”

“不用麻烦了，”格里安老爹笑着说，“这两个我要了。”

这时，市长伊威科维奇走进会议厅，坐在原来的位子上，沉默地看着众人，似乎在思考着什么。牧师欢欣鼓舞地告诉他：“我们已经为这五个孩子安排好了去处。”

卡拉曼扭过头，不满地说：“我们还在等着市长那一票呢。”

“我决定弃权。”市长的语气出奇平静，“因此投票结果还是六比六。但是，”他停了一下，对牧师和老爹说，“我再强调一遍，不管你们做什么，请牢牢记住：乌兹柯克人必须解散，从今以后不准再藏身于古堡，不准再搞恶作剧。傍晚之前，告诉我你们打算如何安置这五个孩子。等我确认乌兹柯克帮派已经彻底成为过去之后，我才同意放过他们。”说完这番话，市长站起来宣布会议解散。

其他人也纷纷站起身来。卡拉曼和弗拉格斯跟在市长身后，剩下的人朝出口走去。

“现在我们要做什么？”老爹问牧师。

“就像我们刚刚商量的那样，您回去告诉孩子们，会有善良的人收留他们。市长那边不用担心，我保证他一定会放了孩子们。”

“何以见得？”

牧师微笑着说：“我认识伊威科维奇已经四十年了，一看他的表情就知道，他已经站在我们这一边了。”

格里安老爹还有些半信半疑，不过牧师的话多多少少给他吃了定心丸。他走下楼梯，在大门口却被一个女孩拦住了，正是刚刚来找市长的泽拉塔。

“您是格里安老爹？”她问。

“是我。”老人点点头。

“我叫泽拉塔。”她说，“泽拉塔·伊威科维奇。我有几句话想跟您说。请您转告布兰科，我已经不生他的气了。请您告诉他，我很后悔那天带着警察去抓他。还有，刚才是我把古堡闹鬼的事情告诉了我爸爸，才逼得他改变了主意。请您跟他说，让他和他的伙伴们千万千万不要将此事散播出去，只有这样，我的父亲才会有所顾忌，才会放过他们。”

老人笑了：“我说他怎么突然改变了态度，原来是这样。谢谢你，好孩子。”

泽拉塔点头道：“他最害怕的就是这件事情也闹得尽人皆知，

如果真是那样的话，布兰科他们就完蛋了。”

“我一定转告他们，”老爹保证道，“其实，不说也行，因为我相信他们早已忘了这件事。”

“您决定吧，格里安老爹，替我问候布兰科，今后我可能见不到他了。”

“你要离开塞尼？”

“是的，去意大利，我要去学声乐。”

“祝福你，善良的孩子。”

两人握了握手，泽拉塔便离开了。

# 第二十五章　别了，乌兹柯克人

格里安老爹回到海湾时，美好而静谧的夜晚刚刚拉开序幕。

四点前海面刮起的一阵寒风，此时已经平息。太阳还悬在大海和陆地上面。海岛方向吹来带着咸味的凉风，来自大山方向的暖风却夹带着植物的香气——鼠尾草、百里香、迷迭香和薰衣草。

老爹慢慢走着。现在，一切问题都得到了圆满的解决，只剩下最后一个，也是最艰巨的任务——他必须把今天下午的决议告诉孩子们。乌兹柯克人围坐在无花果树下的石桌旁，尽管老爹临走时一再嘱咐，不让他们出来，他们最终还是忍不住跑出了山洞。一方面是因为肚子饿了，另一方面也是担心老爹的安危——按理说，他早就该回来了。

格里安老爹刚一走进家门，孩子们便蜂拥而上，将他团团围住。

左拉搂着他的脖子："吓死我们了，还以为您受我们的牵连，被抓起来了。"

"他们差一点就这么做了，孩子，只差一点点。"他摸了摸左拉火红的头发，“不过后来他们还是妥协放我走了。”

“他们说了些什么？”布兰科问。

“等一下再告诉你们。现在老爹肚子饿啦，咱们先吃饭。”孩子们早已预备好了。炉子上炖好了浓浓的面汤，帕夫勒将铁锅搬出来，杜罗摆好餐具，布兰科端来面包和奶酪，尼古拉则为老爹拿来一瓶葡萄酒。老爹微笑着说：“这么丰盛的晚餐，我要好好享用喽。”左拉把面汤分给每个人，大家用勺子喝起汤来。

他们不时抬头看看老爹，像是猜到了什么，心里有些不安。老人有所察觉。“快吃呀！”他鼓励大家，“等吃饱了肚子，才有力气听老爹说话。”孩子们继续吃饭，但饭菜似乎不那么香甜了。

吃完饭，孩子跟老爹一起来到海边，坐在礁石上。他们坐在老爹身边，把腿浸在海水里，晃来晃去。

老爹开口了：“今天我要讲一个不太好听的‘故事’。因为你们的事，市长传唤了我，我在那里跟他们开了整整一个下午的特别会议。市长说要亲自把你们抓住，关起来；卡拉曼说要揍你们；斯莫扬说要扒了你们的皮；穆勒说要把你们磨成面粉；波佐维克说要让你们当着全塞尼人的面接受鞭刑。”

“那您呢？”尼古拉调皮地问。

老人并没有被逗乐：“我说了整整两个小时，感觉这辈子的话都被我说完了。拉斯诺维克牧师后来跟我说，就算他本人出马，可能也没我说得好。”

左拉望着他：“您的话有效果吗，老爹？”

# 第二十五章　别了，乌兹柯克人

老人点点头。“我说服了他们，不会把你们关进监狱，不会揍你们，你们也不用担心被磨成面粉。但是，古堡以后不准再去了，”他逐个看着他们的眼睛，“乌兹柯克人的时代结束了。”

“不可能！”左拉叫道，她气愤地站了起来。

“坐下，孩子，”老人拽着她坐下，“你们的行为确实触犯了法律，如果把所有事情算在一起的话，也够坐牢的了。但是我知道你们大部分时候并没有恶意，正是这一点让你们最终得到了赦免。”

“我们根本不需要赦免，”左拉愤怒地咆哮着，“反正我们永远是乌兹柯克人！”

老人严肃地说：“如果乌兹柯克人的帮派继续存在，那么他们会先把我抓起来，再把你们从古堡或者从山洞里搜出来，最终你们还是免不了坐牢。”

帕夫勒说：“我们可以逃跑。”

“对，就像以前真正的乌兹柯克人一样，逃进深山里，那里也有他们的城堡。”尼古拉说。

“你们当然可以逃，”老人点点头，“但那不是真正的出路。警察迟早会找到你们，不管你们逃到什么地方，警察一定找得到。而且，你们打算靠什么填饱肚子？”

“以前能填饱肚子，以后自然也可以。”左拉倔强地说。

“我知道，靠库尔沁救济的面包，靠小偷小摸。可是库尔沁已经不能再帮你们了，不光是警察和中学生，半个城市的人都在搜捕你们。”

“我们自己还有钱呢。”尼古拉眨眨眼睛说。

“很遗憾，那笔钱的大部分要赔给磨坊主穆勒。”

“不！”杜罗急了，“绝对不行。”

“我拿我自己的性命替你们做了担保，明天一定还钱，否则，你们现在已经在监狱里了。”

“那……您要我们做什么？”布兰科可怜巴巴地说。

“你们必须以正当的手段养活自己。”

“以正当的手段，”帕夫勒说，“我们一向如此啊！”

老人笑了：“可是其他人并不相信。”

“我不管，我只想做乌兹柯克人。”左拉语气生硬地说。

老爹将她拉到自己身边，搂着她说：“我相信你，孩子。可是，乌兹柯克人的时代终将过去。你看，历史上的乌兹柯克人也逃不过同样的宿命。后来，威尼斯和土耳其签署了和平条约，他们一致认为，与其互相争斗，不如各自集中力量去收拾周边的小国。从那时起，乌兹柯克人不得不离开他们的城堡，凿沉自己的船，放下海盗的屠刀，安心当起了工匠或农民。你们瞧，历史又在你们身上重演了。那些躲藏在古堡中的岁月，饥一顿饱一顿的日子，无论是受人欺负还是以牙还牙，吃苦流浪还是开心玩闹——一切都结束了，乌兹柯克人的时代已经过去。这是市长、市政府的命令，也是面包师、牧师和老爹我本人的愿望，是全体塞尼人的要求。”

左拉依然不肯放弃：“可是几天前您还说过，人要为自己的自由抗争到死！”

# 第二十五章　别了，乌兹柯克人

老爹点点头：“我的确说过，我也抗争过，但那是在抗争有效的前提下。你们也都知道，最后我还是跟渔业公司达成了和解，我屈服了。”

“可是他们也屈服了。”布兰科不服气地说。

“这么说吧，是我们双方达成了一致，各自做出了妥协和让步。你们也是一样。根据法律规定，你们理应接受审判，然后被关进监狱。相信我，今天你们真的是与牢狱之灾擦肩而过——会议上有六票支持，六票反对。最后经过协商，市长同意放过你们，但你们必须保证今晚就地解散乌兹柯克人的帮派，做个好孩子，长大后成为塞尼的守法公民。”

“我们才不要呢。”尼古拉、帕夫勒、杜罗和布兰科异口同声地说。

“话别说得太早了。”老人提醒他们。

接下来，他对尼古拉说：“你有两个选择。一是以后继续躲着所有人，晚上住山洞、睡草丛或待在古堡，靠捡垃圾、小偷小摸和库尔沁给的卖剩的面包为食；二是做个正直、体面的渔夫，跟着渔船出海捕鱼，听着海风在耳边吹，扬起风帆，将渔网撒向大海——你选哪一个？”

“噢，”尼古拉兴奋得脸都红了，“我想做乌兹柯克人，也想当渔夫！”

“告诉你吧，弗拉格斯先生——就是那个总穿着白色西装的年轻人，他想让你明天就去他那里报到，跟着密涅瓦号去科乎岛附近捕鲭鱼，他们正好需要你这样一个年轻能干的男孩子。”

尼古拉开心地拍着手说："他愿意让我上密涅瓦号？那可是一艘大渔船！太好了，我当然愿意去！"

"还有你，"老人又扭头对杜罗说，"波拉切克想要你去他那里。你还记得他吗？就是救过帕夫勒的那个农夫。他昨天去找牧师打听你们的情况，因为他自己没有孩子，所以想收养一个男孩，平时帮他干干农活。他还特地说了，'杜罗是最佳人选'。等他明天或后天过来，你就可以跟他去了。"

杜罗欣喜地看着老人："太好了，做农夫是我的梦想，我愿意去波拉切克家，帮他放牛养猪。他对我们特别好，他的妻子也是个好人。我想跟他们在一起，我会很幸福的。"

"帕夫勒，"老人的脸上露出浅浅的笑意，"库尔沁挺想让你去他的店里帮忙。不过，只有一点比较麻烦，库尔沁说：'我需要一个高大壮实的小伙子，能一把扛起一大袋面粉，有力气和面团的那种，帕夫勒的身体好像有点弱呀。'"

"什么？"帕夫勒果然中了激将法，不服气地争辩，"我单手就能举起一袋面粉，库尔沁要是觉得我没力气和面，那他大错特错了。"他撸起袖子，"我以后肯定比他还要高大壮实。"

"我当时就告诉他啦，帕夫勒可有劲儿了。"老爹安慰他，"可是，他不相信我的话。所以你最好自己去一趟，让他自个儿瞧瞧老爹有没有撒谎。"

"我今晚就去，"帕夫勒气呼呼地说，"我要让他知道，塞尼城再也找不出比我更结实的男孩子。"

这时，老人看了看布兰科和左拉。

# 第二十五章　别了，乌兹柯克人

布兰科一直在倾听他们的对话，脸上的表情由最初的诧异变成了微笑。而左拉则不同，当其他男孩子对老人的建议做出热烈回应时，左拉的表情却越来越生硬，越来越抗拒。

“轮到我们了？”布兰科问，“您打算怎么安置我们？”

“是呀，”左拉气愤地说，“您打算把我们卖到哪里去？”

此时的格里安老爹看起来格外苍老与疲惫：“谁也不卖。恰恰相反，我想请求你们两人一起留在我身边。我已经七十七岁了，在这个世界上，除了我的山羊，我再无其他亲人。我需要像你们这样的帮手，帮我一起捕鱼。”

“我愿意，老爹，我愿意。”布兰科幸福地跳了起来，搂住老人的脖子。

老爹望着左拉：“你也愿意吗？”

左拉的满腔怒火瞬间消失了，她微笑着说：“我想不到比这更好的去处了。”

孩子们纵情欢笑着。是的，这一切都是他们以前想都不敢想的奢望。以前，警察、监狱和感化院就像幽灵似的，经常出现在他们的噩梦中。现在，他们不仅摆脱了噩梦，竟然还能实现多年来的梦想。

尼古拉即将随船出海捕鱼。帕夫勒有机会成为最好的面包师傅，以及塞尼城最强壮的男人。杜罗也能够跟他喜欢的羊、兔子和小马驹打交道。布兰科想要在闲暇时候学一学小提琴。左拉愿意给老人做饭，帮他一起捕鱼。

这时，尼古拉的脸上再次露出调皮的微笑，他说：“我有一点不太明白，老爹为什么一定要我们解散乌兹柯克帮派呢？乌兹柯克人也可以是个优秀的渔夫呀。”

“对呀，”杜罗也说，“乌兹柯克人的身份并不阻碍我做个优秀的农夫。”

帕夫勒嘟哝着：“面团究竟是帕夫勒还是乌兹柯克人和的，对库尔沁来说都一样。”

“我也是这么想的。”布兰科笑了，“乌兹柯克人布兰科照样可以学小提琴。”

左拉欢呼道：“当然啦，尼古拉说得对，以后老爹的家就是我们乌兹柯克人的城堡，等尼古拉出海回来，我们要在这里替他好好庆祝一下。”

“我会给你们带礼物的。”尼古拉向他们承诺。

“我可以趁每周波拉切克来塞尼的时候过来看望你们。”杜罗说。

“反正我每周也要来给老爹送两到三次面包。”帕夫勒点点头。

左拉望着老爹：“您说，这样可以吗？”

老爹挠了挠头，抹了把脸，笑着说：“你们这帮调皮鬼啊！乌兹柯克人当然可以是优秀的工匠、农夫和渔民，你们也可以把新的‘城堡’安在我和安德亚的地盘上——反正这三个星期以来，这里已经是你们的‘城堡’了。只要你们喜欢，也可以继续把自己称作乌兹柯克人。当年的乌兹柯克人离开大海，迁入内陆后，逐渐成为猎人、渔民、农夫、工匠或书记员，我猜，他们也曾经在很长一段时间里，继续把自己叫作乌兹柯克人，也许他们的孩子，甚至孩子的孩子也这样做了，所以后人才会去搜集他们的传说，吟唱关于他们的歌曲。如今，古老的乌兹柯克人在你们身上复活了。”老爹又压低了声音说：“我们可以不顾市长和市政府的禁令，不让乌兹柯克人的身份死亡，但这是我们的秘密，只能我们自己知道，除了我和你们之外，不能透露给任何人。”

“泽拉塔也不行。”左拉说着，看了布兰科一眼。

“是的，包括泽拉塔。”老爹说，“不过，别把这个女孩当成敌人似的对待。”

“她出卖了布兰科！”左拉抗议道。

老爹告诉左拉：“我知道，可是，你们今天之所以还能享受自由，没被送进监狱，多亏了人家泽拉塔。”

“为什么？”左拉和布兰科异口同声地问。

“我刚刚说了，会上的投票结果是六比六平，最后一票在市长手里，也是最关键的一票，是泽拉塔及时出现，帮你们求情，市长才没投出对你们不利的一票。”

布兰科和左拉面面相觑。

“对了，她还让我转告你，”老人对布兰科说，“她很后悔那天被愤怒冲昏了头脑，希望你不要生她的气。她要你好好学琴，以后成为跟你父亲一样优秀的小提琴手。她让我跟你说声再见。”

“她要离开塞尼？”布兰科的心里既有感动，更多的却是惊讶。

“对，去意大利学声乐。”

听到这里，左拉松了一口气，紧锁的眉头也舒展开来。布兰科从口袋里掏出口琴，先是吹了一段轻柔伤感的旋律，仿佛在跟泽拉塔告别，然后，他的琴声逐渐变得明亮激昂，声音越来越大，最后，他吹起了《乌兹柯克人之歌》，孩子们欢快的歌声汇集到一起：

噢，美丽的大海，
噢，红色的大海，
乌兹柯克人，时刻准备着。
当大风吹起，
当潮汐来临，
当老鹰在我们头顶长啸。
上船，上船，
挂起帆，
带着欢乐驶向大海，
管他土耳其，
还是威尼斯，
手握宝剑，冲向前。

夜深了，大海变成了深蓝色，小朵小朵的白色浪花在海面绽放，不知何时，一轮圆月出现在乌兹柯克人的古堡上方。

“你们看，”老人说，“无论世事如何变迁，月亮永远都在。”

“我们也一样。”布兰科说。

“是的。”左拉大声说，“别了，乌兹柯克人！乌兹柯克人，万岁！”

—小竹马童书—

世界少年经典文学书屋